淮安运河诗词三百首

荀德麟 编注

HUAI'AN
YUNHE
SHICI
SANBAISHOU

苏州大学出版社
Soochow University Press

图书在版编目(CIP)数据

淮安运河诗词三百首/荀德麟编注. --苏州：苏州大学出版社，2023.9
 ISBN 978-7-5672-4545-7

Ⅰ.①淮… Ⅱ.①荀… Ⅲ.①古典诗歌-诗集-中国 Ⅳ.①I222

中国国家版本馆 CIP 数据核字(2023)第 168773 号

书　　名：淮安运河诗词三百首
编　　注：荀德麟
责任编辑：朱坤泉
助理编辑：任雨萌
美术编辑：吴　钰
出版发行：苏州大学出版社(Soochow University Press)
社　　址：苏州市十梓街 1 号　邮编：215006
印　　装：江苏农垦机关印刷厂有限公司
网　　址：www.sudapress.com
邮　　箱：sdcbs@suda.edu.cn
邮购热线：0512-67480030
销售热线：0512-67481020
开　　本：880 mm×1 230 mm　1/32　印张：9.5　字数：247 千
版　　次：2023 年 9 月第 1 版
印　　次：2023 年 9 月第 1 次印刷
书　　号：ISBN 978-7-5672-4545-7
定　　价：58.00 元

凡购本社图书发现印装错误，请与本社联系调换。服务热线：0512-67481020

前　言

淮安市是江苏省的辖区市，截至2019年年底，下辖清江浦、淮阴、淮安、洪泽4个区，涟水、盱眙、金湖3个县，总面积10 030平方千米，常住人口493.26万，其中城镇人口313.22万，常住人口城镇化率达63.50%。淮安市内有大运河、淮河、淮河入江与入海水道、苏北灌溉总渠、二河与淮沭河、黄河故道、淮北盐河，洪泽湖、白马湖、高邮湖等，是一座漂浮在水上的城市。

淮安主城区位于中国南北地理分界线上，古淮河、大运河与黄河故道的交汇处，涵纳古淮河大小清口、古末口与整个山阳湾。如果以公元前486年吴王夫差开凿邗沟作为大运河的发端，那么，淮安市内的隋唐宋运河不仅包括邗沟与汴河（通济渠）的一部分，而且包括连接两河的100公里淮河自然航道与复线运河；元明清时期，则包括市内的古泗水（黄河）航道、中运河航道、清口枢纽。淮安市内分布着清江大闸、码头三闸、洪泽湖大堤，以及春秋以迄明清的淮阴故城、甘罗城、韩信城、霸王城、山阳城、涟口城、龟山城、泗州城、盱眙城、洪泽城、大清口城、八里庄城、小清口城、淮安三城（新城、老城、夹城）等20多座运河古城遗址，在大运河发展史上具有非常重要的地位。明清时期的淮安，更以漕运总督、河道总督、工部分司、户部分司、淮北盐运分司、淮关监督的驻节，成为全国漕运指挥中心、漕船制造中心、漕粮转输中心、黄淮运河道治理中心、淮北盐集散中心，"五大中心"支撑起繁华鼎盛的"运河之都"。

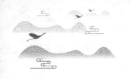

淮安运河诗词三百首

  中国大运河,是人类历史上的稀世奇观,是中华文明的壮丽史诗,更是"诗城"淮安的伟大母亲。古往今来,运河流淌不息,吟咏层出不穷,从诗词泰斗如李太白、白居易、苏东坡,到名不见经传的纤夫船妇、野樵牧竖,都在淮安境内的运河上留下了诗词篇章。

  为了响应大运河文化带建设国家发展战略,助推"运河之都"淮安大运河"百里画廊"工程建设,普及历代咏淮安运河的代表性诗词,遵照淮安市委宣传部的指示精神,笔者从2021年问世的淮安特大型韵文集成《淮安诗征》中选注形成《淮安运河诗词三百首》。该选本坚持文史兼顾,以"史诗"为重,以名家为重,以内涵为重,力求多侧面地反映运河在淮安市内流淌的曲折而生动的历史画卷,凸显运河绚丽而多姿的文化贡献。

凡　例

1. 为了响应大运河文化带建设国家发展战略，助推"运河之都"淮安大运河"百里画廊"工程建设，普及历代咏淮安运河的代表性诗词，笔者从《淮安诗征》中选注形成《淮安运河诗词三百首》，部分有改动。

2. 运河在淮安市内流淌 2 500 余年，线路多变迁，航运多艰阻，沿途多胜迹，故遴选时坚持文史兼顾，以"史诗"为重，以名家为重，以内涵为重。对历代运河沿线"热点"胜迹的歌咏，适当多选，同时兼顾运河全线景观。对反映历代运河管理之得失、运河沿线兵革之起伏、风俗之文野的诗词，亦择要收录，以便读者"复原"历史风貌。

3. 为尽可能让较多的诗词家作品入选，作有较多咏淮安运河诗词的名家，如刘禹锡、苏轼、杨万里、萨都剌、乾隆皇帝等，所选诗词亦控制在 3—5 首，绝大部分只选 1 首。

4. 入选作品按作者所处朝代顺序与出生年份先后编排，出生年份不详者插入同时代作者中的适当位置，一人入选多首者其作品集中排在一起，兼有诗与词者先诗后词。

5. 为方便读者阅读与理解，书中每一位诗词作者皆有作者简介，所选诗词皆有背景说明，生僻字、词、典故皆有注释。书中计量数据大多出自史料记载，为表准确，全书保留古制计量单位使用。

目 录

前言	（1）
凡例	（1）

1. 早渡淮 ……………………………… 杨　广（1）
2. 早发淮口望盱眙 …………………… 骆宾王（2）
3. 漂母岸 ……………………………… 崔国辅（4）
4. 涟上题樊氏水亭 …………………… 高　适（6）
5. 淮阴书怀寄王宗成 ………………… 李　白（7）
6. 秋日与张少府楚城韦公藏书高斋作 ……… 李　白（9）
7. 泊舟盱眙 …………………………… 常　建（11）
8. 洪泽馆壁见故礼部尚书题诗 ……… 皇甫冉（12）
9. 经漂母墓 …………………………… 刘长卿（13）
10. 淮上喜会梁州故人 ………………… 韦应物（14）
11. 宿淮浦忆司空文明 ………………… 李　端（15）
12. 宿淮阴作 …………………………… 陈　羽（16）
13. 送僧澄观 …………………………… 韩　愈（17）
14. 楚州开元寺北院枸杞临井繁茂可观群贤赋诗因以继和
　　 …………………………………… 刘禹锡（19）
15. 淮阴行 ……………………………… 刘禹锡（20）
16. 韩信庙 ……………………………… 刘禹锡（20）
17. 隋堤柳 ……………………………… 白居易（21）
18. 赠楚州郭使君 ……………………… 白居易（23）

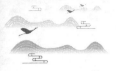

19.	却入泗口	李　绅	(24)
20.	夜到泗州酬崔使君	陆　畅	(25)
21.	宿淮阴水馆	张　祜	(26)
22.	淮阴阻风寄呈楚州韦中丞	许　浑	(27)
23.	忆山阳	赵　嘏	(28)
24.	楚州宴花楼	赵　嘏	(29)
25.	夜泊淮阴	项　斯	(30)
26.	赠少年	温庭筠	(31)
27.	清河泛舟	薛　能	(32)
28.	汴河怀古	皮日休	(33)
29.	题泗州塔	徐　夤	(34)
30.	盱眙山寺	林　逋	(35)
31.	淮阴	梅尧臣	(36)
32.	小村	梅尧臣	(37)
33.	和陈子履游泗上雍家园	欧阳修	(38)
34.	淮中晚泊犊头	苏舜钦	(39)
35.	过井陉淮阴侯庙	韩　琦	(40)
36.	望淮口	王安石	(41)
37.	望淮亭	徐　积	(42)
38.	望淮篇示门人	徐　积	(43)
39.	泗州僧伽塔	苏　轼	(44)
40.	发洪泽中途遇大风复还	苏　轼	(46)
41.	再过泗上	苏　轼	(47)
42.	行香子·与泗守过南山晚归作	苏　轼	(47)
43.	蝶恋花·过涟水军赠赵晦之	苏　轼	(48)
44.	过龟山	苏　辙	(49)
45.	泗州东城晚望	秦　观	(51)
46.	第一山怀古	米　芾	(52)

47. 玻璃泉浸月	米 芾	(53)
48. 鱼沟怀家	晁补之	(54)
49. 淮阴	张 耒	(55)
50. 楚城晓望	张 耒	(55)
51. 过龟山	朴寅亮	(56)
52. 食淮白鱼	曾 几	(57)
53. 题盱眙第一山	郑汝谐	(57)
54. 望楚州新城	杨万里	(58)
55. 初食淮白鱼	杨万里	(59)
56. 过磨盘口得风挂帆	杨万里	(60)
57. 至洪泽	杨万里	(61)
58. 盱眙旅舍	路德章	(62)
59. 六州歌头·长淮望断	张孝祥	(63)
60. 盱眙北望	戴复古	(64)
61. 淮村兵后	戴复古	(65)
62. 淮安州	王 恽	(65)
63. 小清口	文天祥	(66)
64. 淮安州	陈 孚	(67)
65. 清河道中	赵孟頫	(68)
66. 八里庄渡淮入黄	周 权	(69)
67. 过淮河口	释大䜣	(71)
68. 过渔浦	王 冕	(72)
69. 夜过白马湖	萨都剌	(73)
70. 九日渡淮喜得东南顺风	萨都剌	(74)
71. 念奴娇·过淮阴	萨都剌	(74)
72、73. 淮阴杂兴	陈 基	(75)
74. 寄黄观澜经历时率八卫汉军屯盱眙	成廷珪	(77)
75. 过清江浦	袁 华	(78)

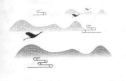

76. 发淮安 …………………………………… 杨　基（79）
77. 淮安新城候船 ………………………… 杨　基（80）
78. 清口 ……………………………………… 张　羽（81）
79. 淮安览古 ………………………………… 姚广孝（82）
80. 发淮阴驿 ………………………………… 权　近（83）
81. 清口驿 …………………………………… 胡　俨（84）
82. 清江镇 …………………………………… 唐文凤（85）
83. 舟过清河题竹送李信圭太守 ………… 杨士奇（86）
84. 淮安舟中 ………………………………… 曾　棨（87）
85. 夜入淮安 ………………………………… 钱　溥（88）
86. 夜泊淮安西湖嘴 ……………………… 丘　濬（89）
87. 过韩信城 ………………………………… 杨　茂（90）
88. 病中思乡 ………………………………… 顾　达（91）
89. 次清江浦邵文敬吴文盛二主事邀饮寄寄亭中夜放舟至
　　清口晓渡淮至清河乃别 ……………… 程敏政（92）
90. 寄寄亭 …………………………………… 李东阳（93）
91. 吴王墓吊古 ……………………………… 石　渠（94）
92. 题韩信庙 ………………………………… 骆用卿（95）
93. 淮阴曲 …………………………………… 蔡　昂（96）
94. 过霸王城 ………………………………… 汪应轸（97）
95. 一鉴亭 …………………………………… 舒　芬（99）
96. 平河桥 …………………………………… 吴承恩（100）
97. 瑞龙歌 …………………………………… 吴承恩（101）
98. 题复通济闸 ……………………………… 潘季驯（102）
99. 渡小淮口大风和子与 ………………… 王世贞（103）
100. 白马湖 ………………………………… 郑正中（104）
101. 河堤工成 ……………………………… 王　典（105）
102. 北极庵同友人眺桃花坞故处 ………… 冯一蛟（107）

103. 远心园怀古 ……………………………… 张泰烛（108）
104. 清江浦 …………………………………… 方尚祖（109）
105. 甘罗城 …………………………………… 于奕正（110）
106. 金牛墩怀古 ……………………………… 夏日瑚（111）
107. 秋日登状元楼 …………………………… 安　氏（112）
108. 隰西草堂 ………………………………… 万寿祺（113）
109. 文通塔 …………………………………… 李挺秀（114）
110. 仲春丘季贞招集送潘江如之沭阳方尔止之彭城
　　 …………………………………………… 靳应升（114）
111. 清江闸 …………………………………… 吴伟业（115）
112. 过淮阴有感 ……………………………… 吴伟业（116）
113. 浦上晚步 ………………………………… 归　庄（117）
114. 平江伯祠 ………………………………… 丁大来（118）
115. 湖心寺杂诗 ……………………………… 释传遐（119）
116. 清江浦 …………………………………… 顾炎武（120）
117. 王家营 …………………………………… 顾炎武（122）
118. 登龙光阁 ………………………………… 张养重（123）
119. 悯水 ……………………………………… 张养重（124）
120. 王默生靳茶坡张虞山过访一蒲庵 ……… 阎修龄（125）
121. 富陵湖 …………………………………… 汤调鼎（126）
122. 惠济祠 …………………………………… 汤调鼎（127）
123. 晚泊平河桥 ……………………………… 方孝标（128）
124. 天妃闸歌 ………………………………… 施闰章（129）
125. 书清河县客舍 …………………………… 施闰章（130）
126. 登七星楼 ………………………………… 胡从中（131）
127. 少年游·过淮城口占 …………………… 毛奇龄（132）
128. 桂殿秋·淮河夜泊 ……………………… 陈维崧（133）
129. 秋日陆咸一招泛郭家池 ………………… 丘象升（134）

130. 山紫湖晚眺	杜首昌	(135)
131. 南歌子·泛东湖游化城诸庵	杜首昌	(135)
132. 过东阳故城	戚珝	(136)
133、134. 淮安新城有感	王士祯	(137)
135. 过淮阴城下	孙华	(139)
136. 由清江浦至出口	王摅	(141)
137. 九日集郡庠尊经阁	马骏	(142)
138. 移居清河茅舍	董讷	(143)
139. 白马湖	乔莱	(143)
140. 白马湖	王式丹	(144)
141. 泗州	潘耒	(145)
142. 清江浦	程鎏	(146)
143. 淮上有感	孔尚任	(147)
144. 渡黄河	孔尚任	(148)
145. 秋杪重至王家营	查慎行	(149)
146. 淮安上船	查慎行	(150)
147. 晚经淮阴	爱新觉罗·玄烨	(151)
148. 览淮黄成	爱新觉罗·玄烨	(151)
149、150. 杨庄新开中河得顺风观民居漫咏二首	爱新觉罗·玄烨	(152)
151. 赴淮舟行杂诗	曹寅	(153)
152. 淮阴侯钓台	徐昂发	(154)
153. 八里庄	查升	(155)
154. 寄淮上曲江楼文会诸子	王汝骧	(155)
155. 凤凰台上忆吹箫·将营苇间书屋作	边寿民	(157)
156. 泛萧家湖	金农	(158)
157、158. 午日淮阴城北观竞渡	厉鹗	(158)
159. 袁江八景诗·夹岸帆樯	汪枚	(159)

160. 板闸被水歌	伊龄阿 （160）
161. 清河慈云寺	曹焜年 （163）
162. 河兵谣	束南薰 （164）
163. 万柳池小集	撒文勋 （165）
164. 清江浦	爱新觉罗·弘历 （166）
165. 阅老坝合龙	爱新觉罗·弘历 （167）
166. 谒惠济祠	爱新觉罗·弘历 （168）
167. 阅接筑高堰堤工成	爱新觉罗·弘历 （169）
168、169. 留别荷芳书院	袁枚 （170）
170. 南漕叹	袁枚 （171）
171. 中秋同人泛舟珠湖作	程晋芳 （174）
172. 天妃闸	王彬 （175）
173. 再过淮上晴岚留饮荻庄即事	赵翼 （176）
174. 望泗州旧城	黄景仁 （177）
175. 河溢	凌廷堪 （179）
176. 题柳衣园	汪廷珍 （180）
177. 渡淮水见漂没民田数万顷感赋	钱泳 （181）
178. 王家营渡河	张问陶 （182）
179. 漕船纤夫行	胡敬 （183）
180. 洪泽湖	郭鹏举 （184）
181、182. 淮阴竹枝词二首	郭瑗 （185）
183. 淮上舟行	齐彦槐 （186）
184、185. 河上杂诗	梁章钜 （188）
186. 王子乔丹井	李宗昉 （189）
187. 淮上春日竹枝词	程虞卿 （190）
188. 河堤	杨文荪 （191）
189. 过曲江楼废址	黄以炳 （192）
190. 浣溪沙·万柳池纳凉	黄以炳 （193）

191、192. 登郡城楼	潘德舆	(193)
193. 捉船行	陆费瑔	(195)
194. 安流民	萧令裕	(196)
195. 袁浦	姚承望	(197)
196. 阅老子山水师	完颜麟庆	(198)
197. 袁浦留帆	完颜麟庆	(199)
198. 开坝行	曹楙坚	(200)
199. 己亥杂诗（八十三）	龚自珍	(201)
200. 甲申十一月十三日纪灾	丁晏	(201)
201. 淮阴竹枝词	卢贞吉	(203)
202. 咏板闸竹枝词	卢贞吉	(204)
203. 斗姥宫	鲁一同	(204)
204. 拉粮船	鲁一同	(205)
205. 九日雨中庆献淮榷使招同莲幕诸公雅集昙香精舍得"禅"字	释渊如	(206)
206. 淮北盐政歌	段逢元	(207)
207. 王家营	萧培元	(208)
208. 登龙光阁	范以煦	(209)
209. 题高良涧青龙庵壁	李鸿章	(210)
210. 龙爪槐	黄钧宰	(211)
211. 水调歌头·秋夜过柳衣园旧址	黄钧宰	(212)
212. 淮上竹枝词	胡福臻	(212)
213. 清江浦	王闿运	(213)
214. 吟清江	范冕	(214)
215. 岁己亥十一月摄安东县偶成	吴昌硕	(215)
216. 山阳湾	卢福臻	(216)
217. 镇淮楼	卢福臻	(217)
218. 忆丙子岁归淮	刘鹗	(218)

219. 慧之上人以《湖上留题录》见示并索题句赋此应之
　　 ··· 韩国钧（219）
220. 龟山望明陵························· 张相文（220）
221. 慧之上人招同杨玉农李伯延周衡圃朱笠人秦少文王
　　 研荪邵子楞集湖心寺············· 冒广生（221）
222. 大堤秋眺·································· 毛乃庸（223）
223. 蝶恋花·题汪澄伯《勺湖图》····· 秦遇赓（224）
224. 谒韩侯祠································ 周　实（225）
225. 过洪泽湖································ 陈　毅（226）
226. 将赴烟台赠阿英······················ 李一氓（227）
227. 夏日勺湖即事························· 玛继宗（228）
228. 周恩来童年读书处梅花············ 谢冰岩（229）
229. 平定洪泽湖····························· 张爱萍（229）
230. 蒲儿菜烧狮子头······················ 王辛笛（230）
231. 淮安故乡枚里旧宅感赋············ 高鸣珂（231）
232. 秋日登高良涧进水闸················ 高家骅（232）
233. 醉花阴·淮阴城南公园中秋游园观灯会··· 王洪明（232）
234. 淮河入海道破土动工················ 陶绍景（233）
235. 题吴承恩故居塑像··················· 丁　芒（234）
236. 赞水利枢纽工程······················ 丁　芒（235）
237. 鹧鸪天·老子山······················· 欧阳鹤（235）
238. 一剪梅·赞洪泽湖···················· 杨笑风（236）
239. 萧湖雨后································ 章壮余（237）
240. 南水北调工程淮安翻水站观后··· 汤也鸢（237）
241. 望海潮·龟山即景···················· 蔡厚泽（238）
242. 长相思···································· 梁　东（239）
243. 临江仙·清江浦······················· 周笃文（239）
244. 吴承恩故居····························· 陈振文（240）

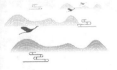

245. 清明谒关天培祠 …………………………… 陆春桂（241）
246. 踏莎行·金湖感怀 ………………………… 郑伯农（242）
247. 古清口淮安大桥赞 ………………………… 王士爱（243）
248. 白马湖桃花岛 ……………………………… 陈永昌（244）
249. 临江仙·登第一山 ………………………… 张忠梅（244）
250. 菩萨蛮·金湖万亩荷花荡 ………………… 杜　渐（245）
251. 游淮安河下古镇 …………………………… 杜　渐（246）
252. 清江浦夜游 ………………………………… 李树喜（247）
253. 满庭芳·参观周恩来故居 ………………… 周兴俊（247）
254. 过吴承恩故居 ……………………………… 陈光永（248）
255. 唐多令·寻访水下泗州城 ………………… 李文庆（249）
256. 望海潮·游明祖陵 ………………………… 李文庆（249）
257. 暮游天津路大运河新桥 …………………… 陈安祥（250）
258. 登观湖楼 …………………………………… 穆厚高（251）
259. 一剪梅·雨中游白马湖 …………………… 赵京战（251）
260. 芳草渡·金湖 ……………………………… 徐　红（252）
261. 洪泽湖边断想 ……………………………… 戴家才（253）
262. 梁红玉祠 …………………………………… 王明政（254）
263. 江城子·洪泽湖大堤 ……………………… 卜开初（254）
264. 访高堰关帝庙遗址怀康熙巡堤 …………… 荀德麟（255）
265. 临江仙·谒枚乘故里 ……………………… 荀德麟（256）
266. 行香子·题盱眙第一山 …………………… 荀德麟（257）
267. 水调歌头·龙虾咏 ………………………… 王兆浚（258）
268. 登观湖楼感赋 ……………………………… 闵永军（259）
269. 鹧鸪天·古文楼 …………………………… 赵庆生（259）
270. 鹧鸪天·入海道之水上立交 ……………… 赵庆生（260）
271. 咏盱眙龙虾节广场万人龙虾宴 …………… 李厚仁（261）
272. 临江仙·咏淮阴 …………………………… 周桂峰（261）

273. 念奴娇·韩侯钓台怀古	周桂峰	(262)
274. 洪泽望湖楼夜宴	陈仁德	(263)
275. 过洪泽湖怀陈毅	李葆国	(263)
276. 蝶恋花·洪泽湖大堤	范诗银	(264)
277. 重访洪泽湖大堤周桥大塘	沈华维	(265)
278. 洪泽湖感怀	陈廷佑	(266)
279. 次潘泓《老子山》韵	张玉银	(267)
280. 老子山	潘 泓	(267)
281. 过洪泽老子山	宋彩霞	(268)
282. 龟山行	朱洪滔	(269)
283. 游河下古镇	邵忠祥	(270)
284. 江城子·水釜城	陈幼实	(271)
285. 鹧鸪天·高良涧镇	袁翠萍	(271)
286. 菩萨蛮·游清晏园	朱德慈	(272)
287. 钵池山	李静凤	(273)
288. 桃花岛暮春	宗寿华	(274)
289. 洪泽湖泛舟	高 昌	(274)
290. 菩萨蛮·高家堰	林 峰	(275)
291. 过洪泽湖湾	江 岚	(276)
292. 冬日观涟水五岛湖公园夕照山	郭伟明	(276)
293. 夜色荷花荡	奚晓琳	(277)
294. 白马湖飞舟	朱士华	(278)
295. 四月湖城	孙 兵	(278)
296. 采桑子·寻芳	汪厚乐	(279)
297. 古堰乡愁	王庆邦	(279)
298. 鹧鸪天·洪泽湖	韩 新	(280)
299. 喝火令·洪泽湖之夏	刘如姬	(280)
300. 清平乐·参观淮扬菜博物馆	任云霞	(281)

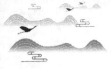

301. 淮安河下 …………………………………… 裴增明（282）
302. 题蒋坝民俗村 ………………………………… 侯荣荣（283）
303. 鹧鸪天·悬湖喜雨 …………………………… 郭卫帮（284）
304. 登安澜塔 ……………………………………… 鲁家用（284）
305. 临江仙·秋雨涟湖 …………………………… 张爱甲（285）

后记 ………………………………………………………（286）

1. 早 渡 淮

杨 广

平淮①既淼淼②,晓雾复霏霏③。
淮甸④未分色,泱㳽⑤共晨晖。
晴霞转孤屿,锦帆出长圻⑥。
潮鱼时跃浪,沙禽鸣欲飞。
会待⑦高秋晚,愁因逝水归。

【作者简介】 杨广(569—618),华阴(今属陕西)人,生于长安,隋文帝杨坚次子,隋朝第二位皇帝。在位期间,他开创科举制度,开凿北通涿郡(今北京)、南达余杭(今浙江杭州)的大运河,营建东都、迁都洛阳,对后世颇有影响。然而杨广频繁地发动战争,加之滥用民力,致使民变频起,导致隋朝覆亡。杨广曾先后三下扬州,大业十四年(618),在扬州被其部下宇文化及等缢死。唐朝谥炀皇帝。《全隋诗》存其诗四十多首。

【背景说明】《隋书·炀帝纪》记载,隋大业元年(605)三月,"发河南诸郡男女百余万开通济渠,自西苑引谷、洛水达于河,自板渚引河通于淮"。其中引河入淮段系自板渚(今河南荥阳)引黄河水入汴渠,从大梁(今河南开封)注入淮河,其行经路线在商丘以下,到今盱眙县境内的古泗州城入淮河,由淮河东下,再由邗沟南下,以达扬州。《早渡淮》诗系作者行进于泗州至楚州的淮河中所作,大致是第三次下扬州途中的作品。

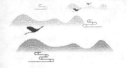

【注释】

① 平淮：早潮涨平时的淮河。

② 淼淼（miǎo miǎo）：水势浩大。

③ 霏霏（fēi fēi）：雨雪烟云盛密的样子。

④ 淮甸：淮河流域。

⑤ 泱漭：昏暗不明貌。

⑥ 圻（qí）：曲岸。

⑦ 会待：将来，等到。会，未来之事。

2. 早发淮口望盱眙

骆宾王

养蒙①分四渎②，习坎③奠④三荆⑤。
徙帝⑥留余地，封王表旧城⑦。
岸昏涵蜃气⑧，潮满应鸡声⑨。
洲迥⑩连沙静，川虚⑪积溜明。
一朝从捧檄⑫，千里倦悬旌。
背流桐柏⑬远，逗浦木兰⑭轻。
小山⑮迷隐路，大块⑯切劳生⑰。
唯有贞心在，独映寒潭清。

【作者简介】骆宾王（约638—684），字观光，婺州义乌（今属浙江）人。唐代诗人。曾随徐敬业起兵讨伐武则天，撰写《讨武曌檄》。徐敬业兵败后，他下落不明。骆宾王诗歌辞采华赡，格律严谨。他与王勃、卢照邻、杨炯以诗文齐名，合称"初唐四杰"。有《骆宾王文集》。

【背景说明】淮口在泗州城，即汴水入淮之口，也称汴河口，在今盱眙城对岸。盱眙在先秦时期一度为楚国的核心区域，秦时置盱眙县。秦末项梁、项羽起义，拥立楚怀王孙熊心为王，仍号楚怀王，以盱眙为都城，后又以彭城为都城。此诗是骆宾王某个早晨从泗州汴河口出发，顺流而下，望见对岸盱眙时有感而作，是一首五言排律。

【注释】

① 养蒙：以蒙昧自隐修养正道。

② 四渎：江、淮、河、济皆独流入海，故名四渎。

③ 习坎：坎，八卦之一，卦形象征水。引申为险阻。

④ 奠：奠定。

⑤ 三荆：三楚，即南楚、西楚、东楚。

⑥ 徙（xǐ）帝：项羽把楚怀王从盱眙迁到彭城，改以彭城为都。

⑦"封王"句：盱眙曾为项梁、项羽起义时期的都城。盱眙淮河边圣人山有霸王城（项羽所居之城）、小儿城（楚怀王所居之城）、汉王城（刘邦所居之城）。

⑧ 蜃（shèn）气：一种大气光学现象。光线经过不同密度的空气层后发生显著折射，使远处景物显现在半空中或地面上的奇异幻象。常发生在海上或沙漠地区。古人误以为蜃吐气而成，故称。

⑨"潮满"句：淮河涨早潮，平潮时而雄鸡报晓。在黄河夺淮前，淮河潮水可以上涨到今盱眙以西的五河县以上。后面入选的常建诗中的"夜久潮侵岸"，也是这一现象的重要佐证。

⑩ 迥：远，差别大。

⑪ 川虚：因河水流得太快，河流就好像要倒空似的。

⑫ 檄：檄文，声讨敌人的文书。

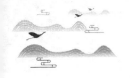

⑬ 桐柏：淮河发源地桐柏山。因骆宾王顺流而下，故云"背流桐柏远"。

⑭ 木兰：木兰舟。任昉《述异记》中云，木兰川在浔阳江中，多木兰树。昔吴王阖闾植木兰于此，用构宫殿也。七里洲中，有鲁班刻木兰为舟，舟至今在洲中。诗家云木兰舟，出于此。

⑮ 小山：淮南小山，是西汉淮南王刘安的一部分门客的共称。

⑯ 大块：指大地，大自然。

⑰ 劳生：辛苦劳累的生活。《庄子·大宗师》："夫大块载我以形，劳我以生，佚我以老，息我以死。"

3. 漂母岸

崔国辅

泗水①入淮处，南边古岸存。
秦时有漂母，于此饭王孙②。
王孙初未遇，寄食何足论③。
后为楚王来，黄金答母恩。
事迹遗在此，空伤千载魂。
茫茫水中渚，上有一孤墩④。
遥望不可到，苍苍烟树昏。
几年崩冢色⑤，每日落潮痕。
古地多堙圮⑥，时哉不敢言。
向夕泪沾裳，遂宿⑦芦洲村。

【作者简介】 崔国辅,生卒年不详,吴郡(今江苏苏州)人,唐代诗人。开元进士,曾任许昌令、集贤院直学士、礼部员外郎,后贬为晋陵司马。《全唐诗》存其诗一卷。

【背景说明】 古泗水为沟通黄、淮间水上交通的主要自然航道,唐宋时依然是辅线航道。漂母岸在淮阴故城下,为古淮河岸的一段,位于泗水入淮处泗口南岸。韩信微时曾钓于城下,腹饥无以为食,有诸母漂,一母见信饥,为他供食,一连数十天,韩信非常感动,说:"我要重重报答您老人家。"漂母说:"我是可怜你,哪里指望你报答呢!"后来韩信衣锦还乡,赐漂母千金。漂母死,韩信投金增陵以报。漂母墓在淮阴故城东五百米,为往来行旅重要的凭吊之处。今漂母墓前建有漂母祠,淮安河下里运河东堤下亦有漂母祠。从"茫茫水中渚,上有一孤墩"可知,初唐时期,漂母墓曾一度沦为淮河洲渚中的一个土墩子。

【注释】

① 泗(sì)水:古河道,淮河支流。

② 王孙:韩信。

③ 论:言说讨论。

④ 墩(dūn):隆起的高地。

⑤ 冢色:漂母墓与滨淮的淮阴故城,在泗口南岸。冢色一作冢邑。

⑥ 堙圮(yīn pǐ):堵塞毁坏。

⑦ 遂宿:一作只宿。

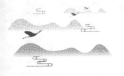

4. 涟上题樊氏水亭

高 适

涟上非所趣，偶为世务①迁。
经时驻归棹②，日夕对平川。
莫论行子③愁，且得主人贤。
亭上酒初熟，厨中鱼每鲜。
自说宦游④来，因之居住偏。
煮盐沧海曲，种稻长淮边⑤。
四时常晏如⑥，百口无饥年。
菱芋藩篱下，渔樵耳目前。
异县少朋从⑦，我行复迍邅⑧。
向不逢此君，孤舟已言旋⑨。
明日又分首，风涛还眇然⑩。

【作者简介】高适（约700—765），字达夫、仲武，蓨县（今河北景县）人，后迁居宋州宋城（今河南商丘）。唐代著名的边塞诗人。曾任散骑常侍，获封渤海县侯。有《高常侍集》等传世。高适与岑参、王昌龄、王之涣合称"边塞四诗人"。开封禹王台五贤祠即专为高适、李白、杜甫、何景明、李梦阳而立。

【背景说明】涟水，为淮河尾闾支流，上通古硕项湖，下至涟口（位于今涟水县城）入淮河。西汉置淮浦县；南北朝及隋朝时期，先后置襄贲（féi）县、涟水县于涟口。唐垂拱四年（688），开新漕渠，自涟口北通海、沂、密州。涟水向有"淮海门户"之称,滨淮傍海,为鱼米之乡,盛盐斤之利。该诗是高适由汴河口的泗州顺流而下,经淮阴、楚州到达涟水,在涟水受到樊秀才盛情款待后所作。诗中盛赞涟水的富庶、主人的盛情、民风的淳厚。

【注释】

① 世务:谋身治世之事。
② 归棹:归来的船。
③ 行子:出行的人。
④ 宦游:在外做官。
⑤ "煮盐"二句:唐代涟水盐场为全国四大盐场之一,涟水县为著名的鱼米之乡。沧海曲,大海弯曲隐秘之处,这里指黄海弯曲处。唐宋时代,淮河入海口在今涟水东方的云梯关附近,所以称涟水位于海边。
⑥ 晏如:安然自若的样子。
⑦ 朋从:朋辈。
⑧ 迍邅(zhūn zhān):迟疑不进。
⑨ 言旋:回还。言,语首助词。
⑩ 眇然:遥远貌。

5. 淮阴书怀寄王宗成①

李 白

沙墩至梁苑②,二十五长亭③。
大舶夹双橹,中流鹅鹳鸣。
云天扫空碧,川岳涵余清。
飞凫④从西来,适与佳兴并。

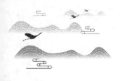

眷言⑤王乔舄⑥，婉娈⑦故人情。
复此亲懿⑧会，而增交道荣⑨。
沿洄且不定，飘忽怅徂征⑩。
暝投淮阴宿，欣得漂母迎。
斗酒烹黄鸡，一餐感素诚⑪。
予为楚壮士，不是鲁诸生⑫。
有德必报之，千金耻为轻。
缅书羁孤⑬意，远寄棹歌⑭声。

【作者简介】 李白（701—762），字太白，号青莲居士，唐代伟大的浪漫主义诗人。与杜甫合称"李杜"。祖籍陇西成纪（今甘肃静宁西南）。到长安时，大诗人贺知章对李白大加赏识，称之为"谪仙人"，"诗仙"即由此得名。辞赋方面，同样享有极为崇高的地位。有《李太白集》。

【背景说明】 开元二十六年（738）秋天，李白由任城（今山东济宁）南下，辗转游宋州（今河南商丘）等地，而后南下安宜（今江苏扬州）。诗人在淮阴、楚州一带逗留，遇到了像王子乔那样仙风道骨的友人，得到了像漂母一样古道热肠的老妇人的真诚款待，并为此发出了诸多感慨。

【注释】

① 王宗成：一作王宋城。

② 梁苑：西汉梁孝王的东苑，一说位于今开封东南。梁孝王与宾客舞文弄墨、娱游其中。

③ 长亭：古时设在城外路旁的亭子，多为行人歇脚用，也是送行话别的地方。十里一长亭，五里一短亭。

④ 飞凫：飞翔的野鸭，借指轻舟。

⑤ 眷言：回顾。

⑥ 王乔舄（xì）：《钵池山志》载，钵池山在山阳县城北十

余里,冈阜盘纡,外高中凹,形如钵盂,因此得名。唐杜光庭《洞天福地记》载,此山为七十二福地之一,相传王子乔炼丹于此,丹台丹井,皆在其下,台旁有祠,祀子乔像。山土皆呈赭色,俗称炼丹所致。王子乔炼丹成,以饲鸡犬,化为龙凤,遂乘之登仙而去。相传王子乔常自县至京师,而不见车骑,临至必有双凫飞来,人举网得之,则为乔所穿之舄(鞋子)。

⑦ 婉娈:缠绵;缱绻。

⑧ 亲懿(yì):至亲。

⑨ 交道荣:(与之)打交道的光荣。

⑩ 徂(cú)征:远行。

⑪ 素诚:一向蓄于内心的情意。

⑫ "楚壮士"二句:楚壮士指韩信。李白居住于任城,从任城来淮阴,故以淮阴典故为喻,言自己受人款待,如漂母之于韩信,受一饭之恩,以千金相报,而不像鲁地诸生那样不达世情。李白《嘲鲁儒》诗:"鲁叟谈五经,白发死章句。问以经济策,茫如坠烟雾。"

⑬ 羁孤:羁留的孤独。

⑭ 棹歌:船夫行船时所唱的歌。

6. 秋日与张少府楚城韦公藏书高斋作①

李 白

日下空庭暮,城荒古迹余。
地形连海尽,天影落江虚②。
旧赏人虽隔,新知乐未疏。
彩云思作赋,丹壁间藏书③。

楂拥随流叶，萍开出水鱼。
夕来秋兴满，回首意何如④？

【背景说明】 陶情冶性于山水之间，访书交友于巷陌之中，是"诗仙"李白一生最大的乐趣。该诗是李白在楚州城逗留期间，与姓张的少府一起，拜访韦姓文人的藏书室后所作。这是一首五言排律，在太白诗中甚为难得。

【注释】

① 楚城：淮安老城在隋唐宋时期为楚州治所，称为楚州城，简称楚城。高斋：对别人居处的雅称。

② "日下"四句：为韦公藏书高斋之古、之富做铺垫。

③ "旧赏"四句：是赞美韦公收藏有很多珍贵书籍，自己很想赏读，以增加"旧赏"，收获"新知"。"丹壁"句系用典，据传秦始皇焚书时，孔子九代孙孔鲋将《论语》《尚书》《礼记》《春秋》《孝经》等儒家经书，藏于孔子故宅墙壁中，从而使这些经典得以保存、流传。

④ "楂拥"四句：感慨自己像秋天里围绕木筏漂流的落叶，像浮萍开处之鱼，纵然读到好书，感受了碧流，感受了清新，回看已是迟暮，又能怎么样呢？怀才不遇之情跃然纸上。楂，木筏。

7. 泊舟盱眙

常　建

泊舟淮水次①，霜降夕流清。
夜久潮侵岸，天寒月近城。
平沙依雁宿，候馆②听鸡鸣。
乡国云霄外，谁堪羁旅情？

【作者简介】常建，生卒年不详，唐代诗人。与王昌龄同榜进士，曾任盱眙尉。其诗多为五言，兴旨幽远。《题破山寺后禅院》一诗较为著名。殷璠《河岳英灵集》首列其诗。有《常建集》。

【背景说明】盱眙，古县名，县城在汴河口（即淮口）南岸，为隋唐宋时期大运河上的重要城市。这里山清水秀，景色清幽，有候馆驿站，为羁旅行人重要的流连之所。这首诗中反映了淮河涨夜潮的情景。史料载，唐宋时期淮河涨潮可达今安徽省五河县以上。该诗题一作《晚泊淮口》。

【注释】
① 次：边。
② 候馆：指接待过往官员或外国使者的驿馆。

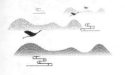

8. 洪泽馆壁见故礼部尚书题诗

皇甫冉

底事①洪泽壁②，空留黄绢词③。
年年淮水上，行客不胜悲。

【作者简介】皇甫冉（718—约770），字茂政，润州丹阳（今属江苏）人，唐代诗人。十岁便能作文写诗，张九龄呼为小友。天宝进士。历官无锡尉、左金吾兵曹、左拾遗、左补阙等职。与刘长卿等交好。其诗清新飘逸，多漂泊之感。有《皇甫冉诗集》三卷。

【背景说明】洪泽馆，在古淮河东岸洪泽镇（今漫入洪泽湖中），其地西南距泗州汴河口四十公里，东北距淮阴故城三十公里，为运河沿线的重要站点。这一带系淮河自然航道，河面宽阔，风波覆舟之祸经常发生，被往来行旅视为危途。故皇甫冉写下此悲凉之作。白居易《渡淮》诗有"淮水东南阔，无风渡亦难"之句，也反映了这段淮河自然航道历史上的地理状貌。

【注释】
① 底事：何事，什么事。
② 洪泽壁：指洪泽馆的墙壁。
③ 黄绢词：东汉末蔡邕所题碑文"黄绢幼妇，外孙齑臼"，是"绝妙好辞"的隐语。后常用以赞誉优秀的文学作品。

9. 经漂母墓

刘长卿

昔贤怀一饭，兹事已千秋。
古墓樵人识，前朝楚水流。
渚𬞟①行客荐②，山木杜鹃愁。
春草茫茫绿，王孙③旧此游。

【作者简介】刘长卿（？—约789），字文房，宣城（今属安徽）人。唐代诗人。唐玄宗天宝进士。官至随州刺史，世称刘随州，有《刘随州集》。其诗风格简淡，长于五言，自称"五言长城"。《经漂母墓》诗，为咏漂母墓名作。

【背景说明】漂母墓详见崔国辅《漂母岸》背景说明和注释。

【注释】

① 渚𬞟（zhǔ pín）：水边浮萍。
② 荐：献，祭。
③ 王孙：与首句中"昔贤"均指韩信。

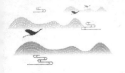

10. 淮上喜会梁州故人

韦应物

江汉①曾为客,相逢每醉还。
浮云一别后,流水十年间。
欢笑情如旧,萧疏鬓②已斑。
何因不归去?淮上有秋山。

【作者简介】 韦应物(约737—791),字义博,京兆万年(今陕西西安)人。唐代诗人。曾任苏州刺史。有《韦苏州集》。

【背景说明】《淮上喜会梁州故人》为五言律诗,系韦应物在大运河重要的节点城市盱眙逗留期间,遇到梁州老朋友时写的一首赠答诗。该诗情真意切,明白如话,其中"浮云一别后,流水十年间"乃千古名句。

【注释】

① 江汉:长江与汉水交汇的地区。
② 鬓(bìn):面颊两边靠近耳朵的头发。

11. 宿淮浦忆司空文明[1]

李 端

愁心一倍长离忧，夜思千重恋旧游。
秦地故人[2]成远梦，楚天凉雨在孤舟。
诸溪近海潮皆应，独树边淮叶尽流。
别恨转深何处写？前程唯有一登楼[3]。

【作者简介】李端，生卒年不详，字正已，赵州（治今河北赵县）人。唐代诗人，"大历十才子"之一。大历进士，曾任秘书省校书郎、杭州司兵参军，晚年隐居衡山。其诗风格与司空曙相似。今存《李端诗集》三卷。

【背景说明】涟水县在东汉时为淮浦县，故城在今涟水城西。时为沿淮的重要港口城市，也是垂拱四年（688）疏凿的淮北新漕渠与淮河的交汇处，是北上海州、密州等地的必经之途。

【注释】

① 司空文明：司空曙，广平（今河北永年附近）人。进士，"大历十才子"之一。

② 秦地故人：指司空曙，其当时在长安做官。

③ "别恨"二句：言面对异乡景色，别恨更深，无可抒发，唯有如王粲登楼聊以自遣而已。王粲为汉末文人，"建安七子"之一，所著《登楼赋》抒发了其羁留异地、怀念故乡的心情。

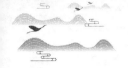

12. 宿淮阴作

陈 羽

秋灯点点淮阴市,楚客联樯①宿淮水。
夜深风起鱼鳖腥,韩信祠②堂明月里。

【作者简介】陈羽,生卒年不详,唐宪宗元和初前后在世,江东(今长江南岸下游)人。唐代诗人。贞元八年(792)进士,与韩愈、王涯等同登一榜,时称"龙虎榜"。《全唐诗》存其诗一卷。

【背景说明】这首诗是写秋高气爽的夜晚,淮阴市繁华动人的夜景:城里城外秋灯点点,夜市繁忙;城边的淮河里船桅如林,南来北往的客商联樯而宿。夜深人静之时,阵阵秋风送来鱼鳖的腥味,而这时的韩信祠,正笼罩在一片月光之中。好一幅清丽静谧的"秋淮夜泊图"!

【注释】

① 联樯(qiáng):多条船排列在一起。樯,船桅杆。
② 韩信祠:纪念韩信的祠堂。

13. 送僧澄观

韩 愈

浮屠①西来何施为？扰扰四海争奔驰。
构楼架阁切星汉，夸雄斗丽止者谁。
僧伽后出淮泗上，势到众佛尤恢奇②。
越商胡贾脱身罪，珪璧满船宁计资③。
清淮无波平如席，栏柱倾扶半天赤。
火烧水转扫地空，突兀便高三百尺④。
影沉潭底龙惊遁，当昼无云跨虚碧。
借问经营本何人，道人澄观名籍籍⑤。
愈昔从军大梁下⑥，往来满屋贤豪者。
皆言澄观虽僧徒，公才吏用当今无。
后从徐州辟书至⑦，纷纷过客何由记。
人言澄观乃诗人，一座竞吟诗句新。
向风长叹不可见，我欲收敛加冠巾。
洛阳穷秋厌穷独，丁丁啄门⑧疑啄木。
有僧来访呼使前，伏犀插脑高颊权⑨。
惜哉已老无所及，坐睨⑩神骨空潸然。
临淮⑪太守初到郡，远遣州民送音问。
好奇赏俊直难逢，去去为致思从容。

【作者简介】韩愈（768—824），字退之，河阳（今河南孟州）人。自谓郡望昌黎，世称韩昌黎。唐代哲学家、文学家、诗

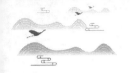

人。贞元进士,官至吏部侍郎。唐朝古文运动的倡导者,苏轼称其"文起八代之衰",为"唐宋八大家"之首。其诗风奇崛雄伟,力求新警,善铺陈,好发议论,对后世有较大影响。有《昌黎先生集》等。

【背景说明】泗州普照王寺,系西域高僧僧伽创建。唐景龙四年(710),有观世音转世之称的僧伽坐化于长安荐福寺后,唐中宗敕令归葬泗州,遂建塔,名灵瑞塔。贞元中,塔毁于火,僧澄观重建。韩愈这首诗作于唐贞元十六年(800)秋,时韩愈在洛阳,逢高僧澄观,韩愈作这首诗相赠,内含讥讽,这与韩愈一贯反对佛道的观点是一致的。

【注释】

① 浮屠:佛教语,这里指西域高僧僧伽。

② 恢奇:恢廓奇诡。此指僧伽多有惊世骇俗、恢廓奇诡的道行。

③ "越商胡贾"二句:指南来北往的商人,为了摆脱罪孽、祈求保佑而慷慨地不惜重金向寺院奉献珪璧等珍宝。

④ "火烧"二句:原塔因遭受火灾和水灾而不存,在澄观主持下,又马上复建成功,且更加壮观,高达三百尺。

⑤ 道人:得道的僧人。籍籍:形容名声甚盛。

⑥ "愈昔"句:有注云"贞元十二年,公佐宣武军幕"。

⑦ "后从"句:有注云"十五年,公从事徐州节度张建封幕"。

⑧ 啄门:打门、敲门。

⑨ 伏犀插脑:鼻上伏犀骨隆起直贯发际,相士认为这是一种大贵之相。高频权:"权"通"颧",高颧骨。俗云:"颧骨高,是英豪。"

⑩ 坐睨(nì):坐看。

⑪ 临淮:汉置临淮郡,唐改泗州。

14. 楚州开元寺北院枸杞临井繁茂可观群贤赋诗因以继和

刘禹锡

僧房药树^①依寒井,井有香泉树有灵。
翠黛叶生笼石甃^②,殷红子熟照铜瓶^③。
枝繁本是仙人杖,根老新成瑞犬形。
上品功能甘露味,还知一勺可延龄。

【作者简介】刘禹锡(772—842),字梦得,洛阳(今属河南)人。唐文学家、哲学家。贞元进士,官至检校礼部尚书兼太子宾客,世称刘宾客。其诗通俗清新,晚年与白居易唱和甚多,合称"刘白"。有《刘梦得文集》。

【背景说明】唐代楚州城开元寺(遗址位于今淮安市淮安区图书馆)北院中有一口古井,井壁长有一株千年枸杞,井水甘洌,相传饮之能令人延寿,因称为甘泉。这首诗是宝历二年(826)刘禹锡与白居易一同前往洛阳,途经楚州所作。白居易有《和郭使君题枸杞井》诗。

【注释】
① 药树:此处指枸杞,可入药。
② 石甃(zhòu):石垒的井壁。
③ 铜瓶:古井名。杜甫有《铜瓶》诗。

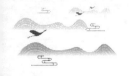

15. 淮阴行

刘禹锡

古有《长干行》①,言三江之事悉矣。余尝阻风淮阴,作《淮阴行》以裨乐府。

簇簇淮阴市,竹楼缘岸上。
好日起樯竿,乌飞惊五两②。

【背景说明】这首诗不仅写出了淮阴市的繁华,而且反映了当年淮阴市多竹楼的建筑特色。刘禹锡共作《淮阴行》五首,选其一。

【注释】

① 《长干行》:长干,地名,在今南京江宁区。唐人多有关长干名篇,如李白有《长干行》,崔颢有《长干曲》。

② 五两:挂在桅杆顶端观测风向、风力的器具,用鸡毛五两做成,故名。

16. 韩信庙

刘禹锡

将略兵机命世雄,苍黄①钟室②叹良弓③。
遂令后代登坛者,每一寻思怕立功。

【背景说明】此诗为刘禹锡游韩信庙所作的即兴诗,为历代咏韩信庙较早的诗歌之一,也是极具代表性的言简意赅的好诗。该诗同时也说明,最迟在唐代,淮阴一带就已经有纪念韩信的祠庙了。

【注释】

① 苍黄:苍指青色,黄指黄色。素丝染色,可以染成青的,也可以染成黄的。后以"苍黄"喻事情变化反复。

② 钟室:萧何骗韩信入长乐宫,吕后命武士绑住韩信,斩之于长乐宫钟室。

③ 叹良弓:刘邦曾逮捕韩信,韩信被捕时,叹曰:"果若人言,狡兔死,良狗烹,高鸟尽,良弓藏,敌国破,谋臣亡。天下已定,我固当烹。"被押解到洛阳后,刘邦赦其罪,封其为淮阴侯。

17. 隋堤柳[①]

白居易

隋堤柳,岁久年深尽衰朽。
风飘飘兮雨萧萧,三株两株汴河口。
老枝病叶愁煞人,曾经大业[②]年中春。
大业年中炀天子,种柳成行夹流水。
西自黄河东接淮,绿阴[③]一千三百里。
大业末年春暮月,柳色如烟絮如雪。
南幸江都恣佚游[④],应将此柳系龙舟。
紫髯郎将护锦缆,青娥御史直迷楼。
海内财力此时竭,舟中歌笑何日休。
上荒下困势不久,宗社之危如缀旒[⑤]。

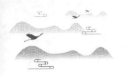

炀天子，自言福祚⑥长无穷，岂知皇子封酅公⑦。
龙舟未过彭城阁，义旗已入长安宫。
萧墙祸生⑧人事变，晏驾不得归秦中⑨。
土坟数尺何处葬，吴公台⑩下多悲风。
二百年来汴河路，沙草荒烟朝复暮。
后王何以鉴前王，请看隋堤亡国树。

【作者简介】 白居易（772—846），字乐天，号香山居士，祖籍太原（今属山西），迁下邽（今陕西渭南北）。唐代伟大的现实主义诗人。贞元进士，与元稹共同倡导新乐府运动，世称"元白"；与刘禹锡并称"刘白"；与李白、杜甫合称"唐代三大诗人"。诗歌题材广泛，形式多样，语言平易通俗，于民生困苦多有反映。有《白氏长庆集》等传世。

【背景说明】 白居易是在泗州汴河口见到隋朝古柳而作此诗。

【注释】

① 隋堤柳：隋炀帝开汴渠，沿岸植柳。

② 大业：隋炀帝年号，为公元605—618年。

③ 绿阴：一作绿影。

④ 恣佚（yì）游：放纵游乐。

⑤ 缀旒：君主为臣下所挟持，大权旁落，政权如冕上缀旒，摇摇欲坠。

⑥ 福祚（zuò）：君主的位置。

⑦ 封酅（xī）公：隋恭帝杨侑禅位于李渊后，被封为酅公。

⑧ 萧墙祸生："萧墙"典出《论语·季氏》，孔子曰："吾恐季孙之忧，不在颛臾，而在萧墙之内也。"古代宫室内分隔内外的当门小墙称萧墙，引申为内部的意思。公元618年隋炀帝在扬州被其部将宇文化及缢杀。

⑨ 晏驾（yàn jià）：古时帝王死亡的讳称。秦中：指隋京城所在的长安一带。

⑩ 吴公台：古台名，在今扬州北。隋炀帝死后，萧后葬其棺于吴公台下。

18. 赠楚州郭使君①

白居易

淮水东南第一州，山围雉堞月当楼②。
黄金印绶③悬腰底，白雪歌诗④落笔头。
笑看儿童骑竹马⑤，醉携宾客上仙舟。
当家美事堆身上，何啻林宗与细侯⑥。

【背景说明】这是白居易在楚州城期间，席间赠楚州刺史的一首七律。全诗的意思是：大运河沿线的名城楚州，真是淮水东南第一州！这里山川壮美，城防坚固，明月当楼。写诗高手刺史善于治理，使这里富裕而祥和。作为当家人的您，岂止像东汉郭泰（字林宗）与郭伋（字细侯）那样的大名士呀！该诗首句对楚州的定位，精准而有气势，明姚广孝的咏淮名句"壮丽东南第一州"，即源于此。

【注释】

① 郭使君：楚州刺史郭行余。

②"淮水"二句：唐代楚州因运河而兴盛，经济繁荣，城市规模大，为当时的全国性大城市，在淮河沿线城市中名列第一。山围雉堞（zhì dié），形容楚州城坚固而壮观。雉堞，古代城墙

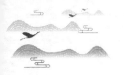

上掩护守城人用的矮墙,也泛指城墙。

③印绶(shòu):印信和系印的丝带。古人印信上系有丝带,佩戴在身上。

④白雪歌诗:《阳春白雪》,古歌名。

⑤"笑看"句:东汉郭伋,字细侯。出任并州牧,老幼相携而迎,到西河有儿童数百,各骑竹马,迎拜于途。

⑥啻(chì):但,只,仅。林宗:东汉郭泰,字林宗,为太学生首领,不就官府征召,党锢之祸起,闭门教授,生徒以千数。

19. 却入①泗口

李 绅

洪河一派清淮②接,堤草芦花万里秋。
烟树寂寥分楚泽,海云明灭满扬州。
望深江汉连天远,思起乡闾满眼愁。
惆怅路歧真此处,夕阳西没水东流。

【作者简介】李绅(772—846),字公垂,无锡(今属江苏)人。唐代诗人。元和进士,武宗时曾为宰相,后为淮南节度使。与元稹、白居易交游颇密,并共同倡导写作新乐府诗。今存《追昔游诗》三卷,《全唐诗》另录其杂诗为一卷。其《悯农》诗二首甚有名。

【背景说明】古泗水为古黄河和淮河之间重要的南北水运通道。隋大运河开凿后,淮河以北的主航道由泗州汴河口入通济渠(汴河),泗水仍为辅线航道,由泗水可直达徐州,再入汴水。

黄河夺淮前，淮、泗水涨潮可达今宿迁市境内。泗口即泗水入淮处，在淮阴故城北、淮河北岸，为古老的水上交通咽喉。皇甫冉《渔子沟寄赵员外裴补阙》有"欲逐淮潮上，暂停渔子沟"句，可为佐证。

【注释】

① 却入：退入。因其家乡无锡在南，进入泗口是北上，故云。

② 清淮：泗水亦称清水。古淮、泗水交汇区域称为清淮。

20. 夜到泗州[①] 酬崔使君

陆　畅

徐城[②]洪尽到淮头，月里山河见泗州。
闻道泗滨清庙磬[③]，雅声今在谢家楼[④]。

【作者简介】陆畅，生卒年不详，吴郡（今江苏苏州）人。唐元和元年（806）进士，《全唐诗》存其诗一卷。

【背景说明】隋炀帝开通济渠，接近淮河的一段，系由今泗县至泗洪县城青阳街道，再向东南徐城故城以下，沿淮河北岸向西南，至盱眙县城对岸的泗州城入淮河。陆畅这首诗，就是写夜间由徐城至泗州，受到泗州州官崔使君接待的情景。

【注释】

① 泗州：汉为泗水国，唐置泗州，迁治于淮河与汴河交汇处的汴河口。其故城于清康熙十九年（1680）沉入洪泽湖。故址在盱眙县城淮河对岸，部分遗址已被发掘。

② 徐城：秦汉时为徐县，汉代为临淮郡治，东魏为高平县，

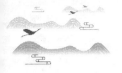

隋更名徐城。故城在今盱眙县北约十五公里的洪泽湖中。

③ 泗滨清庙磬（qìng）：相传唐时于泗水滨得一石磬置于清庙（太庙）。石磬，我国古代的打击乐器，用石制成。

④ 雅声：高雅的乐声。谢家楼：南朝宋谢灵运家的楼房。谢灵运《登池上楼》诗中有"园柳变鸣禽"的佳句，后遂以"谢家楼"作为咏柳的典故。

21. 宿淮阴水馆

张　祜

积水自成阴，昏昏月映林。
五更离浦棹，一夜隔淮砧①。
漂母乡非远②，王孙道岂沉？
不当无健妪③，谁肯效前心？

【作者简介】张祜（hù）（约785—约852），字承吉，贝州清河（今河北清河西）人。唐代诗人。晚年至淮南，与杜牧交好。后在丹阳筑室隐居而终。有《张承吉文集》。

【背景说明】淮阴水馆在古淮河南岸的淮阴故城（今淮阴区马头镇），与泗口古镇隔淮相对，砧声相闻。

【注释】

① 隔淮砧（zhēn）：从淮河北岸的泗口传来的砧声。

②"漂母"句：韩信被漂母所助，后不忘旧恩报答漂母一事。详见崔国辅《漂母岸》背景说明。

④ 妪（yù）：老年妇女的通称。

22. 淮阴阻风寄呈楚州韦中丞[①]

许 浑

垂钓京江[②]欲白头,江鱼堪钓却西游。
刘伶台下稻花晚,韩信庙前枫叶秋[③]。
淮月未明先倚槛,海云初起更维舟。
河桥有酒无人醉,独上高城望庾楼[④]。

【作者简介】许浑,生卒年不详,字用晦(一作仲晦),润州丹阳(今属江苏)人。唐代诗人。大和进士,官至睦州、郢州刺史。其诗长于律体,多登高怀古之作。有诗集《丁卯集》。

【背景说明】淮阴与楚州相距约三十公里,其间为淮河山阳湾,水流迅急,有风波覆舟之险,故每遇汛期或大风,舟船即不敢行驶,停泊以待。

【注释】

① 楚州韦中丞:唐会昌末任楚州刺史的韦瓘,因曾任中丞,故作者这样称呼他。

② 京江:今镇江一带的长江,因镇江古称京口而得名。

③ 刘伶(líng)台:在楚州城东北七里,靠近淮河岸边,相传为刘伶隐居处。韩信祠:在淮阴故城,楚州有韩侯祠。

④ "独上"句:晋庾亮在武昌时,曾登南楼与僚属月下咏谑。后以"庾公楼"为咏月夜的典故。

23. 忆山阳

赵嘏

家在枚皋旧宅①边,竹轩晴与楚坡连②。
芰荷香绕垂鞭袖,杨柳风横弄笛船③。
城碍十洲烟岛路,寺临千顷夕阳川④。
可怜时节堪归去,花落猿啼又一年。

【作者简介】赵嘏(gǔ),生卒年不详,字承祐,山阳(今江苏淮安)人,唐代诗人。会昌进士,官渭南尉。为诗长于七律,《长安秋望》中"残星几点雁横塞,长笛一声人倚楼"一联,最为有名,因此有"赵倚楼"称号。有《渭南诗集》。

【背景说明】山阳县为隋唐宋时期楚州附郭县,县城即州城,赵嘏家即在山阳城,诗中所写就是城外他家门前的景物。考其位置,当在今淮安河下镇或其附近。

【注释】

① 枚皋(gāo)旧宅:枚皋,西汉辞赋家,枚乘之子。旧宅,据《淮安府志·古迹》,枚乘故宅在淮阴故城南二百步。这里的"枚皋旧宅",乃诗笔之泛指,诗人之隐喻。

② "竹轩"句:当门便是竹轩,前与楚坡(山阳池,后亦称管家湖)连接,四周水竹,相连一片,空碧互映。

③ "芰荷"二句:轩前水边,多赏心乐事。垂鞭袖上,芰荷香绕;杨柳风中,横船弄笛。

④ "城碍"二句:城根有通往十洲(祖洲、瀛洲、玄洲、炎

洲、长洲、元洲、流洲、生洲、聚窟洲、凤麟洲)的去路。城边的宝刹(或许是湖心寺)则与千顷河川相连。

24. 楚州宴花楼

赵 嘏

门下烟横载酒船,谢家①携客醉华筵。
寻花偶坐将军树②,饮酒方重刺史天③。
几曲艳歌④春色里,断行高鸟暮云边。
分明听得舆人语⑤,愿及行春⑥又一年。

【背景说明】宴花楼即淮安旧城南门楼,唐时建。天启《淮安府志》注,宴花楼即淮安城南门楼,当时郡守宴新进士于其上,为之簪花,故曰宴花楼。

【注释】

① 谢家:东晋谢安,位至宰相,尝于土山营墅,楼馆林竹甚盛,每携子侄往来游集。

② 将军树:《后汉书·冯异传》载,汉光武将冯异"为人谦退不伐……每所止舍,诸将并坐论功,异常独屏树下,军中号曰'大树将军'"。后世以此来称美武将。

③ 刺史天:《后汉书·苏章传》载,顺帝时,(苏章)迁冀州刺史。有故人任清河太守,贪赃枉法,苏章行部至清河,为之设酒肴,陈平生之好。太守喜曰:"人皆有一天,我独有二天。"苏章曰:"今夕苏孺文(苏章字)与故人顾者,私恩也;明日冀州刺史案事者,公法也。"遂举正其罪。后以"刺史天"称颂有

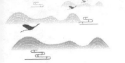

惠政的地方官吏。

④ 艳歌：乐府古辞。

⑤ 舆（yú）人语：众人称说。此处用子产的典故称赞韦中丞。《左传·襄公三十年》："（子产）从政一年，舆人诵之曰：'取我衣冠而褚（贮藏）之，取我田畴而伍（赋）之。孰杀子产，吾其与之！'及三年，又诵之曰：'我有子弟，子产诲之。我有四畴，子产殖之。子产而死，谁其嗣之！'"

⑥ 行春：汉制，太守于春季时巡视所管州县，督促耕作，曰行春。

25. 夜泊淮阴

项　斯

夜入楚家烟，烟中人未眠。
望来淮岸尽，坐到酒楼前。
灯影半临水，筝声多在船。
乘流向东去，别此易经年。

【作者简介】项斯，生卒年不详，字子迁，乐安（今浙江仙居）人，晚唐著名诗人。会昌进士，官丹徒尉。项斯科举未中时，曾带着诗作拜谒杨敬之，敬之赠诗曰："平生不解藏人善，到处逢人说项斯。"不久之后，他的诗就闻名长安，次年项斯科举高中。后世因此称为人扬誉或说情为"说项"。明人辑有《项斯诗集》。《全唐诗》收录其诗八十八首。

【背景说明】该诗生动地描述了淮阴这一沿淮沿运城市的地理特色和繁华景象。该诗浅显易懂，"灯影半临水，筝声多在船",为咏运河名城淮安之名句。

26. 赠少年

温庭筠

江海相逢客恨多①,秋风叶下洞庭波②。
酒酣夜别淮阴市③,月照高楼一曲歌④。

【作者简介】温庭筠(yún)(约801—866),字飞卿,太原(今属山西)人。唐代词人、诗人。天赋甚高,文思敏捷,每入试,八叉手而成八韵,故有"温八叉"或"温八吟"之称。然恃才不羁,又好讥刺权贵,多犯忌讳,官终国子助教。其诗辞藻华丽,秾艳精致,其与李商隐齐名,时称"温李"。精通音律,作词刻意求精,注重文采和声情,被尊为"花间派"鼻祖。文笔方面,其与李商隐、段成式齐名,三人都排行十六,故三人文风合称"三十六体"。其诗存三百多首,有《温庭筠诗集》;词存七十余首,收录于《花间集》等书中。

【背景说明】唐代淮阴县城不仅仅是淮阴侯韩信故里,更是大运河与古泗水航道交汇处的枢纽城市,是文人骚客"发思古之幽情"的流连之所。温庭筠的这首著名绝句,就是在淮阴创作的赠别之作。在秋风萧瑟的时节,诗人在淮阴与一位少年才俊相遇,彼此性情相投,但相会片刻随即分手。诗人用相逢又相别的场面来表现客恨,自然流露出无限的离愁与别恨,给人以颇深的艺术感受。

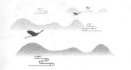

【注释】

①"江海"句:江海,泛指外乡,就是浪游的地方。客游他乡,忽遇知音本当使人高兴,但由于彼此同有沦落江湖、政治失意之感,故觉颇多苦恨。

②"秋风"句:叶下,指秋风吹得树叶纷纷落下。此句化用《楚辞》中的"袅袅兮秋风,洞庭波兮木叶下",描写南方萧索的秋色,借以渲染客恨,并非实指。

③"酒酣"句:酒酣,饮酒尽兴。淮阴市,点出话别地点,但主要用意还是借古人的典故,暗用淮阴侯韩信的故事,寓有以韩信的襟抱期待自己向昨天的耻辱告别之意,亦有怀才未遇之叹。

④"月照"句:高楼对月,作者和少年知音放歌一曲以壮志告勉。

27. 清河泛舟

薛 能

都人层立似山丘,坐啸①将军拥棹游。
绕郭②烟波浮泗水,一船丝竹载凉州③。
城中睹望皆丹臒④,旗里惊飞尽白鸥。
儒将不须夸郤縠⑤,未闻诗句解风流。

【作者简介】 薛能(?—880),字大拙,汾州(治今山西汾阳)人。唐代诗人。会昌进士。为政严察,绝私谒。癖于诗,政暇日赋一章。有《薛许昌集》十卷。

【背景说明】古泗水由山东泗水县南流经徐州至淮阴北泗口入淮,因为水清,又称清水、清河。清河口为交通要道、军事重镇,向来有重兵把守、将军驻节。该诗即写一位儒雅将军在清河上组织的一次赛舟活动。

【注释】
① 坐啸:闲坐吟啸。后用以指做官而不亲自办事。
② 郭:泗口城,四面环泗水。
③ 凉州:古《凉州词》,古代的乐曲名称。
④ 丹艧(huò):漆成红色的小船。
⑤ 郤縠(xì hú):春秋时晋文公中军将军,是著名的儒将。

28. 汴河①怀古

皮日休

尽道隋亡为此河,至今千里赖通波②。
若无水殿龙舟事③,共禹论功不较多④。

【作者简介】皮日休(约838—约883),字袭美,一字逸少,襄阳(今属湖北)人,晚唐诗人、文学家。咸通进士,曾任太常博士。诗文兼有奇朴二态,且多为同情民间疾苦之作,对于社会民生有深刻的洞察和思考。有《皮子文薮》。

【背景说明】隋炀帝大业元年(605),发河南淮北诸郡民众,开掘了名为通济渠的大运河。自洛阳西苑引谷、洛二水入黄河,经黄河入汴水,引汴水东南流,至泗州临淮县沙墪(今盱眙泗州城遗址)达淮水。故运河主干在汴水一段,习惯上称为汴河。隋炀帝开通大运河,消耗了大量民力物力。唐诗中有不少作

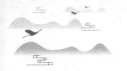

品是吟写这个历史题材的，大都指称隋亡于大运河云云。皮日休生活的唐后期，政治腐败，已进入动乱阶段，唐朝即将走上隋朝的老路，因此，作者以诗文的形式有意重提这一教训。

作者对隋炀帝的批斥是十分明显的。但他并不直说，而是在第四句忽然举出大禹治水的业绩来相比，甚至用反诘句式来强调："共禹论功不较多。"意思就是：论起功绩来，炀帝开河与大禹治水，似可不较多寡，平分秋色。《汴河怀古》共二首，这里所选为第二首。

【注释】

① 汴河：通济渠，因其主要利用汴水以达今盱眙城对岸入淮，故称汴河。

② 赖通波：赖，依靠。通波，通航。

③ 水殿龙舟事：隋炀帝下扬州乘豪华龙舟的事。

④ "共禹"句：是可以和大禹治水的功绩相比的。

29. 题泗州塔

徐 夤

十年前事已悠哉①，旋被钟声早暮催。
明月似师生又没，白云如客去还来。
烟笼瑞阁僧经静，风打虚窗佛幌②开。
惟有南边山色在，重重依旧上高台。

【作者简介】徐夤（yín），生卒年不详，一名徐寅，字昭梦，莆田（今属福建）人。晚唐五代诗人。有《探龙集》《钓矶集》。

【背景说明】泗州塔即泗州灵瑞塔,内藏唐代著名高僧僧伽大师佛骨,详见韩愈《送僧澄观》背景说明与注释。灵瑞塔历史上多次显灵,往来行旅礼拜甚勤。该诗中"明月似师生又没,白云如客去还来"为咏泗州塔名句。

【注释】

① 哉（zāi）：感叹词。

② 幌（huǎng）：帐幔。

30. 盱眙山寺

林 逋

下傍盱眙县①，山崖露寺门。
疏钟过淮口，一径入云根。
竹老生虚籁②，池清见古源③。
高僧拂经榻，茶话到黄昏。

【作者简介】林逋（bū）（967—1028），字君复，钱塘（今浙江杭州）人，北宋诗人。居西湖孤山，终身不仕、不娶，与梅花、仙鹤作伴，称"梅妻鹤子"。其诗风格淡远。有《林和靖诗集》。

【背景说明】宋代盱眙的山寺主要有上龟山寺、五塔寺等。

【注释】

① 盱眙县：盱眙县衙，山寺与县衙靠得很近。时县衙在山寺下面，故云"下傍"。

② 虚籁（lài）：风。

35

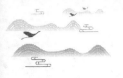

③"池清"句：此处"池"指盱眙第一山古老的玻璃泉。

31. 淮　阴

梅尧臣

青环瘦铁缆，系在淮阴城。
水胫多长短①，林枝有直横。
山夔②一足走，妖鸟③九头鸣。
韩信祠堂古，谁将胯下平？

【作者简介】梅尧臣（1002—1060），字圣俞。北宋诗人。宣城（今属安徽）人，赐进士出身，授国子监直讲，累迁至都官员外郎。其诗致力于刻画日常生活和民生疾苦，风格力求平淡，对宋代诗风影响较大。与欧阳修并称"欧梅"，与苏舜钦并称"苏梅"。有《宛陵先生文集》。

【背景说明】本诗是诗人的旅船停泊淮阴城下时的所闻、所见。

【注释】

①"水胫"句：胫（jìng），胫骨。此句指众多跑到水里帮助靠岸舟船上的旅客背行李的码头游民。

② 山夔：神话传说中的山中独足怪兽，其说法不一。

③ 妖鸟：传说中的九头鸟。其羽赤而形似鸭，鸣时九头皆鸣。后以九头鸟比喻奸诈狡猾的人。

32. 小 村

梅尧臣

淮阔洲多忽有村,棘篱①疏败漫为门。
寒鸡得食犹呼伴,老叟无衣犹抱孙。
野艇鸟翘唯断缆,枯桑水啮②只危根。
嗟哉③生计一如此,谬入王民版籍论④。

【背景说明】这是一首七律,是作者坐船行进在楚州、泗州之间的淮河航道上所写的一首即景诗。淮河在盱眙龟山以下非常开阔,洲渚众多。诗中写道:旷阔的淮河上洲渚众多,忽然见到上面有一个小村,疏败的棘篱留个缺口便算门了。得食的雄鸡呼唤着母鸡,未穿上衣的老头儿还抱着小孙子。村边的小艇上呆立着翘着尾巴的野鸟,只有一根断缆维系;枯黄的桑树被波浪冲啮,只有危而欲坠的树根。可叹小村居民的生计如此悲惨,荒谬的是他们还被登记入王朝的户籍册交纳赋税呢!该诗为宋诗中的七律名篇。

【注释】

① 棘(jí)篱:用荆棘编织的篱笆。

② 啮(niè):咬。

③ 嗟(jiē)哉:叹息。

④ "谬入"句:谬(miù),错误,荒唐。王民,王朝子民。版籍,户籍册。全句的意思是,枉为列入户籍册的王朝子民了。

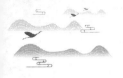

33. 和陈子履①游泗上雍家园

欧阳修

长桥②南走群山间,中有雍子之名园。
苍云蔽天竹色净,暖日扑地花气繁。
飞泉来从远岭背,林下曲折寒波翻。
珍禽不可见毛羽,数声清绝如哀弹。
我来据石弄琴瑟,惟恐日暮登归轩③。
尘纷解剥④耳目异,只疑梦入神仙村。
知君襟尚⑤我同好,作诗闳放⑥莫可攀。
高篇绝景两不及,久之想象空冥烦⑦。

【作者简介】欧阳修(1007—1072),字永叔,自号醉翁、六一居士,吉州吉水(今属江西)人。宋代政治家、文学家、史学家。天圣进士,官至枢密副使、参知政事。北宋古文运动的领袖,为"唐宋八大家"之一。亦工诗词,诗重气势而又流畅自然。有《欧阳文忠公文集》《新五代史》《新唐书》等。所撰《六一诗话》为最早以诗话名书的著作。

【背景说明】盱眙县城与隔淮相对的泗州城,共同构成唐宋时期大运河上的重要枢纽。盱眙县城第一山为淮上胜境,景点众多,雍家花园即是其中之一。

【注释】

① 陈子履(lǚ):子履,作者朋友、越州(今浙江绍兴)人陆经的字。因母再嫁,早年冒姓陈。

② 长桥：泗州城和盱眙城之间淮河上的浮桥。后文苏轼《泗州僧伽塔》诗、《行香子·与泗守过南山晚归作》词中的长桥亦指此桥。

③ 登归轩：坐车归去。

④ 尘纷解剥：从人间的俗务纷繁中解脱。

⑤ 襟尚：亦作"襟上"，襟怀和习尚。上，通"尚"。

⑥ 闳（hóng）放：阔大奔放。

⑦ 冥烦：不能明理之意，作者自谦之词。

34. 淮中晚泊犊头

苏舜钦

春阴垂野草青青，时有幽花一树明。
晚泊孤舟古祠下，满川风雨看潮生。

【作者简介】苏舜（shùn）钦（1008—1049），字子美，开封（今属河南）人，北宋著名诗人。景祐进士。庆历中，被范仲淹荐为集贤校理、监进奏院。后寓居苏州，修建沧浪亭。其诗风格豪健，甚为欧阳修所重。有《苏学士文集》。

【背景说明】犊（dú）头镇为宋代淮河边上的一个小镇，位于盱眙以北的龟山镇和洪泽镇之间，为往来舟楫必经之所。光绪《清河县志》等书写作"渎（dú）头镇"。该诗为宋诗中七绝名篇。

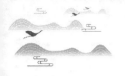

35. 过井陉淮阴侯庙

韩 琦

破赵降燕汉业成,兔亡良犬日图烹。
家僮上变安知实,史笔加诬贵有名。
功盖一时诚不灭,恨埋千古欲谁明。
荒祠尚枕陉间道,涧水空传哽咽声。

【作者简介】韩琦(1008—1075),字稚圭,自号赣叟,安阳(今属河南)人。北宋大臣。天圣进士。宝元三年(1040)出任陕西安抚使,与范仲淹共同防御西夏,时称"韩范"。后任枢密副使、枢密使,任相多年,执政三朝。王安石变法,他为保守派首脑。有《安阳集》。

【背景说明】该诗首联"破赵降燕汉业成"概括韩信无出其右的兴汉之功与兔死狗烹的可悲结局。第二联直指家僮上变的莫须有罪名与史家的罗织诬陷,岂不知这却成就了韩信的青史留名。第三联进一步加以生发,感叹韩信功冠三杰不可磨灭,抱恨千古需要谁去辨明?尾联抒情,枕于长淮道上的荒祠,幽咽的涧水围绕,似在为之抽泣。诗中史实详见《史记·淮阴侯列传》。

本诗为韩琦途经淮阴侯庙时所作,抒发了诗人对韩信遭遇之慨叹。曾作为边防主帅、三军统帅,而且也姓韩的韩琦,凭吊韩信自然别有一种悲情。

36. 望淮口

王安石

白烟弥漫接天涯,黯黯^①长空一道斜。
有似钱塘江上望,晚潮初落见平沙。

【作者简介】王安石(1021—1086),字介甫,号半山,临川(今江西抚州)人。北宋政治家、文学家、思想家。庆历进士,熙宁二年(1069)为参知政事,次年拜相,实行新法,遭到保守派反对,史称"王安石变法"。晚年退居江宁,封荆国公,世称王荆公。散文雄健峭拔,其为"唐宋八大家"之一。诗歌遒劲清新,词虽不多而风格高峻。有《王文公文集》《临川先生文集》等。

【背景说明】淮口,指泗州汴河入淮口。作者在这里看到的是淮河落晚潮的壮丽景象。

【注释】

① 黯黯(àn àn):光线昏暗,颜色发黑。

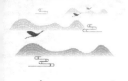

37. 望淮亭

徐 积

泽国茫茫似十洲①,有情空上夕阳楼。
可凭流水传人意,莫望远山添客愁。
南浦②雪思乘棹往,北轩③春负插花游。
若论仕宦何非义,二子无容说愧羞。

【作者简介】徐积(1028—1103),字仲车,山阳(今江苏淮安)人。北宋诗人、高士。治平四年(1067)进士。历任扬州司户参军、楚州教授,死后谥节孝处士。有《节孝集》三十卷及《节孝语录》。淮安旧有徐节孝先生祠。

【背景说明】望淮亭在山阳县望云门(今淮安老城西门)外运河岸边,城外即为著名的管家湖,管家湖阔数十里,中多洲屿。这首诗是徐积与二友人游望淮亭的唱和之作。

【注释】

① 十洲:祖洲、瀛洲、玄洲等十洲,详见赵蝦《忆山阳》注释。

② 南浦(pǔ):南面的水边。《楚辞·九歌·河伯》:"送美人兮南浦。"后常用以称送别之地。

③ 北轩:赵蝦的竹轩,在望淮亭运河岸边。赵蝦《忆山阳》诗有"竹轩晴与楚坡连""可怜时节堪归去,花落猿啼又一年","北轩"即取其意。

38. 望淮篇示门人①

徐 积

闲花落尽春无有,脚踏青红②望淮走。
到淮适值晚潮来,满淮鼓吹风波吼③。
传声急唤钓鱼船,船未到时洗双手。
买得船中双白鱼④,便访前村五青柳⑤。
旋烹野茗问村醪⑥,五柳荫中坐良久。
此行大略类陶潜,但乏黄花白衣酒。
操舟人去一点鸥,帆入云开何处收?
孤鸥浴处依浅滩,修竿放饵投深流。
岂无野妇荷而汲⑦?亦有老翁行且讴⑧。
君看此景值几钱?此时正是夕阳天。
便教金印大如斗,何似鱼庵⑨共钓船。
有人问君莫要说,怀中取出吟诗篇。

【注释】

① 门人:入门弟子。徐积有弟子马存,鄱阳(今江西上饶)人,寓居山阳,向徐积求学有年。马存有《长淮谣为徐先生咏》,从内容看,应是《望淮篇示门人》的酬酢之作。

② 青红:青草和落花。

③ "到淮"二句:时淮工程之一的末口至磨盘口的沙河运河已经开通,磨盘口开闸须待涨潮。每逢涨潮开闸,官船优先放行,满河鼓吹。

④ 白鱼:亦称淮白鱼,为淮上特有的美味佳肴。

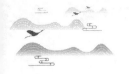

⑤ 五青柳：五株柳树。引陶渊明《五柳先生传》典。
⑥ 醪（láo）：浊酒、江米酒之类。
⑦ 汲（jí）：从井里打水，取水。
⑧ 讴（ōu）：歌唱，歌颂。
⑨ 鱼庵：捕鱼人的栖身之所。唐皮日休有《鱼庵》诗。

39. 泗州僧伽塔

苏 轼

我昔南行舟系汴①，逆风三日沙吹面。
舟人共劝祷灵塔，香火未收旗脚转。
回头顷刻失长桥，却到龟山未朝饭。
至人②无心何厚薄，我自怀私欣所便。
耕田欲雨刈③欲晴，去得顺风来者怨。
若使人人祷辄遂④，造物应须日千变。
我今身世两悠悠，去无所逐来无恋⑤。
得行固愿留不恶，每到有求神亦倦。
退之旧云三百尺，澄观所营今已换⑥。
不嫌俗士污丹梯⑦，一看云山绕淮甸。

【作者简介】苏轼（1037—1101），字子瞻，号东坡居士，眉山（今属四川）人。北宋著名文学家、书画艺术家，宋代文学最高成就的代表。嘉祐进士，历杭州通判，知密州、徐州、湖州等，后被贬儋州，北还后病死于常州。其文汪洋恣肆，明白畅达，与父洵、弟辙均位列"唐宋八大家"；其诗题材广阔，清新豪健，善用夸张比喻，独具风格，与黄庭坚并称"苏黄"；其词开豪放一派，与辛弃疾并称"苏辛"，对后世均影响很大。诗文有《东坡七集》，词集有《东坡乐府》。

【背景说明】泗州僧伽塔在普照王寺内，为僧伽大师舍利子安放处。唐贞元中澄观重建僧伽塔，后又毁。宋雍熙中又建，故又称雍熙塔，即苏轼所登临的僧伽塔。普照王寺为北宋五大名刹之一，历代吟咏甚多。

【注释】

① "我昔"句：治平三年（1066）四月，父苏洵卒于京都开封，作者与弟苏辙扶灵柩乘船归蜀，经过泗州、洪泽、淮阴等地。故有"我昔南行舟系汴"之句。

② 至人：道德修齐达到最高境界的人。

③ 刈（yì）：割草。

④ 辄（zhé）：文言副词，总是、就。遂（suì）：顺心，称意。

⑤ "去无"句：自己的升沉进退，全由命运安排，没有什么追求，也没有什么值得留恋。反映苏轼被贬后的消极情绪。

⑥ "澄观"句：韩愈在《送僧澄观》诗中说，僧伽塔经澄观重建。后毁，宋太宗雍熙元年（984）再次重修，故有"今已换"一说。

⑦ 俗士：出家人目中的普通人，此处是作者自指。丹梯：塔中红色的梯子，指寻仙访道之路。

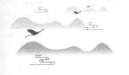

40. 发洪泽中途遇大风复还

苏 轼

风浪忽如此,吾行欲安归。
挂帆却西迈,此计未为非。
洪泽三十里,安流去如飞。
居民见我还,劳问亦依依。
携酒就船卖,此意厚莫违。
醒来夜已半,岸木声向微。
明日淮阴市,白鱼①能许肥。
我行无南北,适意乃所祈。
何劳舞澎湃,终夜摇窗扉。
妻孥②莫忧色,更典箧中衣③。

【背景说明】这是作者在由洪泽镇去淮阴县城的航程中,遇到大风而中途返回,以及回到洪泽镇并在船上过夜的情景。时洪泽镇至淮阴县城的避淮工程洪泽新河已开凿,然而其中利用了十多里的自然航道,一旦遇到大风,仍很危险,故诗人折回洪泽镇留宿。该诗以大风浪隐喻他因反对变法,受到排挤打击的险恶处境。整首诗明白如话,而又意蕴深长。其弟苏辙有《次韵子瞻发洪泽遇大风却还宿》诗。苏东坡一诗既成,每求和诗;一台既筑,每征文赋,此亦积习也。

【注释】

① 白鱼:淮河名特产品,早在《禹贡》中就有记载。详见徐积《望淮篇示门人》注释。

② 孥（nú）：子女。
③ 箧（qiè）中衣：箱箧中的衣物。箧，竹制的箱子。

41. 再过泗上

苏 轼

眼明初见淮南树，十客相逢九吴语①。
旅程已付夜帆风，客睡不妨背船雨。
黄柑紫蟹见江海，红稻白鱼饱儿女。
殷勤买酒谢船师，千里劳君勤转橹。

【背景说明】苏轼这首诗较好地反映了泗州、盱眙一带，在宋代交通枢纽的地位，以及鱼米之乡的盛况。这里不仅盛产红稻、白鱼，还出产柑橘、螃蟹等外销产品。此诗亦见《张耒集》，题作《阻风累日泊宝积山下》。

【注释】
① 吴语：吴地的方言。

42. 行香子·与泗守过南山晚归作

苏 轼

北望平川，野水荒湾。共寻春、飞步孱颜①，和风弄袖，香雾萦鬟。正酒酣时，人语笑，白云间。

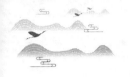

飞鸿落照，相将归去。澹娟娟、玉宇清闲。何人无事，宴坐②空山？望长桥③上，灯火乱，使君还。

【背景说明】泗州为隋唐宋时期运河沿线的重镇和交通枢纽。苏轼一生中曾十多次往来淮上，这是其中的一次。这首词是元丰七年（1084）十二月苏轼与刘士彦游泗州南山晚归作。该词刻石在盱眙第一山。

【注释】

① 巉（chán）颜：险峻、高耸貌，指高峻的山岭。

② 宴坐：闲坐。

③ 长桥：连接泗州城与盱眙城的淮河浮桥。

43. 蝶恋花·过涟水军① 赠赵晦之

苏 轼

自古涟漪佳绝地，绕郭荷花，欲把吴兴②比。倦客尘埃何处洗？真君堂③下寒泉水。

左海门④前酤酒市，夜半潮来，月下孤舟起。倾盖相逢拚一醉，双凫⑤飞去人千里。

【背景说明】该词是苏轼由杭州调往密州任知州，途经涟水军，受到赵晦之款待后所作的答谢之词，是一阕大处落笔、细处倾情的好词。

【注释】

① 涟水军：故城在今涟水县城西，为唐代新漕渠渠首、宋代通涟河（淮北盐河）关键。军为宋代军政合一的行政建置。

北宋米芾曾任涟水军知军两年多。

② 吴兴：湖州。

③ 真君堂：在涟水城内，为供奉晋代著名道士袁真君的祠堂。

④ 左海门：宋代涟水城东门的名称。

⑤ 双凫：用鞋子化双凫之典。详见李白《淮阴书怀寄王宗成》注释。

44. 过龟山

苏　辙

再涉长淮水，惊呼十四年。
龟山老僧在①，相见一茫然。
僧老不自知，我老私自怜。
驱驰定何获，少壮空已捐。
掉头不见答，笑指岸下船。
人生何足云，陵谷自变迁。
当年此山下，莫测千仞渊。
渊中械神物②，自昔尧禹传。
帆樯避石壁，风雨随香烟。
迩来③放冬汴④，冷沙涨成田。
褰裳⑤六月渡，中流一带牵。
俯首见砂砾，群渔捕鲂鳣⑥。
父老但惊叹，此理未易原。
何况七尺躯，不为物所旋。
众形要同尽，独有无生全。

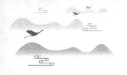

百年争夺中，扰扰谁相贤？

【作者简介】 苏辙（1039—1112），字子由，苏轼之弟。眉山（今属四川）人，北宋文学家。与父洵、兄轼皆位列"唐宋八大家"。嘉祐年间与兄苏轼同举进士。曾任尚书右丞、门下侍郎等职，后遭贬。有《栾城集》。

【背景说明】 龟山在今洪泽区老子山镇龟山村，距泗州古汴河口十公里。这里为淮河入洪泽湖处，有相传为大禹锁淮涡水神无支祁的支祁井，有龟山寺等。苏辙被贬高安（今江西宜春），途经淮阴龟山，拜访了自己与哥哥苏轼共同的朋友——龟山寺辨才法师，重览龟山形胜，写下了这首诗。

【注释】

① "龟山"句：龟山寺由宋金臂禅师创建，建于宋天禧二年（1018），是淮河岸边的著名寺庙，苏轼、苏辙、"苏门四学士"等很多文人墨客均曾在此逗留，且有吟咏。寺庙毁于元代战火，明重建。

② 械神物：指《太平广记》中记载的神兽"淮涡水神"。

③ 迩来：近来。

④ 放冬汴：因汴河系引黄河水助运，故河床淤垫较严重，经常于冬天水清时放水冲刷汴河淤沙。寒冷的流沙被冲刷入淮河，使淮河河床淤积，故诗中有"冷沙涨成田""褰裳六月渡，中流一带牵"之句。

⑤ 褰（qiān）裳：揭起衣裳。

⑥ 鲂（fáng）：鱼类，生活在淡水中。鳣（zhān）：鲟鳇鱼的古称。

45. 泗州东城晚望

秦 观

渺渺孤城白水环,舳舻^①人语夕霏^②间。
林梢一抹青如画,应是淮流转处山^③。

【作者简介】秦观(1049—1100),字少游、太虚,号淮海居士,高邮(今属江苏)人。北宋文学家,"苏门四学士"之一。少有才名,后被看作元祐党人,累遭贬谪。有《淮海集》《淮海居士长短句》。

【背景说明】宋代泗州城筑东、西二城,古汴河穿二城之间以入淮河,故东城四面环水。由于地势低洼,城外筑有防洪堤,高三十五尺,上植树以护堤。东城上建有先春亭,水光山色,南舟北楫,可尽入眼中。"淮流转处山",应是指盱眙第一山及以北诸山,淮河在这里转向北流。该诗为宋诗中的七绝名篇。

【注释】

① 舳舻(zhú lú):大船。
② 夕霏:傍晚的云霞。
③ "转处山"二句:树林梢头露出一片青色,像画上的一样,应该就是淮水转弯处的青山吧!

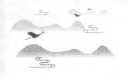

46. 第一山怀古

米 芾

京洛风尘千里还,船头出汴翠屏间①。
莫论衡霍②撞星斗,且是东南第一山。

【作者简介】米芾(fú)(1052—1108),初名黻,字元章,号襄阳漫士、海岳外史。世居太原,后迁襄阳,定居并终老润州(治今江苏镇江)。北宋著名书画家。徽宗时召为书画学博士,官至礼部员外郎,人称米南宫。能诗文,精鉴别。书法上为"宋四家"之一,绘画上创"米派山水"。他曾多次往来淮上,逗留于盱眙山水间。绍圣、元符年间,米芾知涟水军两年多,为官清正,兴利除弊,任满归,囊橐(tuó)萧然,清贫如洗。其"盱眙十景诗",旧时都有石刻。有《苕溪诗》《蜀素帖》等。

【背景说明】盱眙都梁山,位于隋炀帝所开通济渠入淮口对岸。都梁山上建有行宫,隋炀帝由京城洛阳南下江都,曾驻于都梁行宫。该诗开头所怀之"古",即指此。米芾由京城开封乘船顺汴河而下,一路平川,待到出汴河口,迎面就是如翠屏耸立的都梁山。因此米芾发出感慨:休要说衡霍山(即今安徽霍山)之高可以撞击星斗,都梁山可是东南的第一山呀!

【注释】

① "船头"句：出汴，出汴河口入淮河。直对汴河口的，是苍翠如屏的盱眙都梁山。

② 衡霍（héng huò）：霍山。霍山一名衡山，故称。

47. 玻璃泉浸月

米 芾

半山亭下老苔钱①，凿破玻璃引碧泉。
一片玉蟾②留不住，夜深飞入镜中天。

【背景说明】玻璃泉位于盱眙第一山普济院内山腰峭壁，从一个石龙嘴中涌出，注入池中。池上有六角亭，泉旁有拙补园。"玻璃泉浸月"为盱眙十景之一。该诗与前一首诗创作时间大致相同。

【注释】

① 苔钱：苔迹形圆如钱，故称。

② 玉蟾（chán）：传说月中有蟾蜍，故用以代称月。李白《初月》诗云："玉蟾离海上，白露湿花时。"

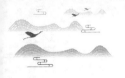

48. 鱼沟怀家

晁补之

生涯身事任东西,药笥①书囊偶自赍②。
柳嫩桑柔鸦欲乳,雪消冰动麦初齐。
沙头晚日樯竿直,淮上春风雁鹜③低。
归去未应芳物老,桃花如锦遍松溪。

【作者简介】晁(chǎo)补之(1053—1110),字无咎,号归来子,济州巨野(今属山东)人。北宋文学家,"苏门四学士"之一。元丰进士。工书画,能诗词,善属文。与张耒并称"晁张"。有《鸡肋集》《晁氏琴趣外篇》等。

【背景说明】鱼沟,即唐皇甫冉诗中的渔子沟,为泗水岸边的重要古城镇,是往来行旅的必经之途和羁留之所。渔沟古镇位于清江浦西北十五公里,今属淮安市淮阴区。

【注释】
① 药笥(sì):盛药物用的方形器皿。
② 赍(jī):怀着,抱着。
③ 雁鹜:雁与鹜。鹜,亦称野鸭。

49. 淮 阴

张 耒

芦梢林叶雨萧萧,独卧孤舟听楚谣①。
生计飘然一搔首,西风沙上趁归潮。

【作者简介】 张耒(lěi)(1054—1114),字文潜,号柯山,淮阴(今江苏淮安市淮阴区)人。北宋文学家,"苏门四学士"之一。熙宁进士,曾任太常少卿等职。诗歌平易流畅,对社会矛盾反映较多。也能作词、文、赋。有《张右史文集》等。

【背景说明】 淮阴是张耒的故乡,但是其亲人、产业均不在此。这首诗即反映了他经过故里,却"独卧孤舟"的复杂心情。

【注释】
① 楚谣:楚地淮阴一带的民谣。淮阴属古楚国,故云。

50. 楚城晓望

张 耒

鼓角凌虚雉堞牢,晚天如鉴绝秋毫。
山川摇落霜华重,风日清明雁字高。

【背景说明】 楚城即楚州城,是元明清时期的淮安旧城。这首诗写了张耒在晚秋时节,登上楚州城所看到的壮观景象。该诗写得明白如话,而展示的画面更是旷远宏阔,凄清如绘。

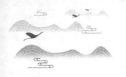

51. 过龟山

朴寅亮

岩岩①峻石叠成山,下著玭珠②一水环。
塔影倒垂淮浪底,钟声遥落碧云间。
门前客棹洪涛③急,竹里僧棋白日闲。
一奉胜游④堪惜景,故留诗句约重还。

【作者简介】朴寅亮(?—1096),字代天,高丽王朝中期大臣、诗人。宋元丰中,他作为高丽使臣使宋,与同行者李绂孙、卢柳、金化珍等途中唱和七十余首,自编为《西上杂咏》。

【背景说明】此诗所咏的龟山为下龟山,即大禹锁淮涡水神无支祁"于淮阴龟山之足"的龟山(上龟山在盱眙第一山之侧)。《千首宋人绝句》截此诗二、三两联为绝句。依光绪《盱眙县志稿》恢复律诗原貌。

【注释】

① 岩岩:高峻貌。

② 玭(pín)珠:蚌珠。《尚书·禹贡》云"淮夷玭珠暨鱼"。

③ 洪涛:浩大的水流。

④ 胜游:快意地游览。唐刘禹锡诗:"管弦席上留高韵,山水途中入胜游。"

52. 食淮白鱼

曾 几

十年不踏盱眙路,相见长淮属玉①飞。
安得玻璃泉上酒,藉糟②空有白鱼肥。

【作者简介】曾几(1084—1166),字吉甫、志甫,自号茶山居士,赣州(今属江西)人。南宋诗人。曾任江西、浙西提刑。有《茶山集》。

【背景说明】淮河所产白鱼,称为淮白鱼,向为宴席珍品,古代诗人多有吟咏。详见苏轼《发洪泽中途遇大风复还》注释。

【注释】
① 属玉:水鸟名,似鸭而大,长颈赤目,紫红色。
② 藉糟(zāo):坐卧在酒糟上,借代饮酒。晋刘伶《酒德颂》:"奋髯箕踞,枕曲藉糟。"

53. 题盱眙第一山

郑汝谐

忍耻包羞事北庭①,奚奴得意管逢迎②。
燕山③有石无人勒,却向都梁④记姓名。

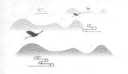

【作者简介】郑汝谐（xié）（1126—1205），字舜举，号东谷居士，青田（今属浙江）人。绍兴进士。有《东谷集》。

【背景说明】宋、金时期，绍兴和议成，以淮河中流为界，盱眙、泗州分属南宋和金国，同为边界上重要的交往通道。在绍兴和议、隆兴和议履行期间，南宋按照和议条款每年向金国进贡"岁币"，包括钱财、宝物，而进贡地点就在盱眙和泗州。进贡前南宋把贡品运抵盱眙宝积山"岁币"库储藏，而后按约定的时间过淮河到泗州向金人交纳。当时负责押送"岁币"的使臣，大都在完成任务后于盱眙都梁山（第一山）刻石题名。郑汝谐《题盱眙第一山》诗，就是在这一背景下写成并刻石的。

【注释】

① 北庭：金国。

② 奚（xī）奴：本指女奴，后通称男女奴仆为奚奴。逢迎：献媚、讨好。

③ 燕山：东汉窦宪征匈奴，登燕然山，命班固作《封燕然山铭》，刻石纪功而还。

④ 都梁：都梁山，盱眙第一山。

54. 望楚州新城

杨万里

已近山阳望渐宽，湖光百里见千村。
人家四面皆临水，柳树双垂便是门。
全盛向来元孔道①，杂耕今是一雄藩②。
金汤再葺真长策③，此外犹须子细论。

【作者简介】杨万里（1127—1206），字廷秀，号诚斋，吉水（今属江西）人。南宋著名诗人。绍兴进士。主张抗金。诗与尤袤、范成大、陆游齐名，称"中兴四大家"或"南宋四大家"。其诗以构思新巧，语言通俗明畅而自成一家，时称"诚斋体"。有《诚斋集》。

【背景说明】楚州新城，指南宋初年重修过的楚州城，金国使者路经楚州城，见雉堞坚新，称之为"银铸城"。楚州城即附郭山阳县城。宋光宗绍熙年间，杨万里任江东转运副使，其间曾到已为边防前沿的楚州、淮阴、盱眙等地。据盱眙第一山石刻，淳熙十六年（1189）十二月，作者曾到盱眙。

【注释】

①"全盛"句：北宋时期，楚州原是南北咽喉。句中"元"，《淮安府志》作"皆"，本书依《杨万里选集》取"元"。

②杂耕：韩世忠屯兵山阳，久驻屯田的士兵混杂在百姓之间。雄藩：边疆地方势力雄大的藩镇。

③金汤：以金为城、以汤为池的简称，形容城池坚固。葺（qì）：泛指维修房屋之类。

55. 初食淮白鱼

杨万里

淮白须将淮水煮，江南水煮正相违。
霜吹柳叶落都尽，鱼吃雪花方解肥。
醉卧糟丘名不恶，下来酒豉①味全非。
饕人且莫供羊酪②，更买银刀二尺围③。

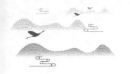

【背景说明】俗话说,淮水煮淮鱼。杨万里初食淮白鱼,是在霜降以后、已下雪的初冬,淮白鱼为避寒已潜水,正值肥美,此时买几条"二尺围"的"银刀条子"(白鱼俗称)佐酒,真可以醉卧糟丘了。本诗是杨万里食白鱼后有感而发之作。

【注释】

① 酒豉(chǐ):以豆类制成的药酒,用作调味佐料。

② 饔(yōng)人:官名,掌割烹煎和之事,见《周礼·天官·内饔》。羊酪:用糯米、肥羊肉等与麦面同酿,十日熟,极甘滑。

③ 银刀二尺围:腰围二尺的淮白鱼。

56. 过磨盘口得风挂帆

杨万里

两岸黄旗小队兵,新晴归路马蹄轻。
全番①长笛横腰鼓,一曲春风出塞声。
鹊噪鸦啼俱喜色,船轻风顺更兼程。
却思两日淮河浪,心悸魂惊尚未平。

【背景说明】《宋史·河渠志六》载,宋太宗雍熙中,为避开淮河山阳湾之险,淮南转运使刘蟠、乔维岳"开河自楚州至淮阴,凡六十里,舟行便之"。沙河运河入淮处称为磨盘口,所谓过磨盘口,就是此处。时宋、金以淮河为界,淮河中流以北即属金。

杨万里这首诗即其乘船出磨盘口的所见所感:淮河两岸是两国的小股军队的黄色军旗,巡逻军是马队。全体值班人员用长笛、腰鼓演奏《出塞曲》。因为风顺船轻，兼程而进，鹊噪鸦啼都觉得悦耳动听。回想起两日来淮河里的桃花汛浪涛，仍觉得非常惊心动魄！

【注释】

① 全番：全体值班的人员。

57. 至洪泽

杨万里

今宵合过山阳驿①，泊船问来是洪泽。
都梁到此只一程②，却费一宵兼两日。
正缘夜来到犊头③，打头风起浪不休。
舟人相贺已入港，不怕淮河更风浪。
老夫摇手且低声，惊心犹恐淮神听。
急呼津吏④催开闸，津吏叉手不敢答。
早潮已落水入淮，晚潮未来闸不开。
细问晚潮何时来？更待玉虫缀金钗⑤。

【背景说明】洪泽镇在淮阴故城南三十公里，为淮河边上的著名城镇。宋仁宗皇祐、至和年间，据发运使马仲甫的建议，由发运使许元开凿淮阴磨盘口至洪泽镇的洪泽新河，以避开淮河风高浪阔之险，方便漕运之人。洪泽新河入淮口还设有石闸，用以蓄控运河水位。其后，又根据发运使罗拯的建议，开凿洪泽镇至龟山镇的长近三十公里的龟山运河，龟山运河下端也设有石闸。

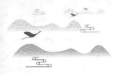

【注释】

① 合:应当。山阳:今淮安。驿:传递政事文书、接待往来官员的场所。

② 都梁:盱眙。一程:一天的路程。

③ 犊头:一作渎头,在龟山镇与洪泽镇之间。

④ 津吏:管理津渡的闸官。

⑤ "更待"句:玉虫,指灯花。金钗,拨灯钗。此句意为等到晚上点灯的时候。

58. 盱眙旅舍

路德章

道旁茅屋两三家,见客擂麻旋点茶①。
渐进中原语音好,不知淮水是天涯。

【作者简介】路德章,生卒年不详,南宋人,生平事迹不详。宋宁宗嘉定十三年(1220)前后在世。

【背景说明】宋、金绍兴和议成,以淮河中流为界。详见郑汝谐《题盱眙第一山》背景说明。

【注释】

①"见客"句:擂麻,旧时隆重而又经济地接待客人的方式之一。先将茶叶放进牙钵,用擂槌(木杵)捣碎,再将熟花生米、芝麻、九层塔(也叫金不换)等陆续投入牙钵擂成糊状,投适量盐,将煮沸的开水冲入即成,故又谓之擂茶。点茶也是宋代的一种沏茶方法。先将饼茶碾碎,置碗中待用,再以釜烧水,微沸初漾时即冲点碗中的茶。"见客擂麻旋点茶",大致是擂茶

与点茶的结合,指热情地招待客人。

59. 六州歌头·长淮望断

张孝祥

长淮望断,关塞莽然平①。征尘暗,霜风劲,悄边声。黯销凝②。追想当年事,殆天数,非人力,洙泗上③,弦歌地,亦膻腥。隔水毡乡④,落日牛羊下,区脱纵横⑤。看名王宵猎,骑火一川明。笳鼓悲鸣。遣人惊。

念腰间箭,匣中剑,空埃蠹⑥,竟何成。时易失,心徒壮,岁将零。渺神京⑦。干羽⑧方怀远,静烽燧,且休兵。冠盖使,纷驰骛,若为情⑨。闻道中原遗老,常南望,翠葆霓旌⑩。使行人到此,忠愤气填膺。有泪如倾。

【作者简介】张孝祥(1132—1170),字安国,号于湖居士,乌江(今安徽和县东北)人。南宋词人。绍兴进士。为人刚正不阿,力主北伐,曾因触犯秦桧下狱。其词慷慨悲壮,多抒发爱国思想,风格近苏轼。有《于湖词》。

【背景说明】隆兴年间,张浚领导的北伐军在符离集溃败,主和派得势,将淮河一线的边防尽撤,向金国乞和。当时张孝祥任建康留守,既痛边备空虚,又恨南宋王朝媚敌求和的可耻。故在一次宴会上,写下了这首著名的词作。

【注释】

① 长淮:淮河,宋绍兴和议后,成为宋、金界河,在边防前线。关塞莽然平:淮河上边防松弛,草木茂盛。

② 黯销凝:感伤出神之状。

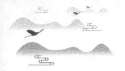

③洙泗上:孔子聚徒讲学之所,礼乐之邦。

④隔水毡乡:隔条淮河就是毡乡。毡乡指金国人居住的毡盖式帐篷分布区。

⑤区脱纵横:敌方的土堡很多。

⑥蠹(dù):蛀蚀器物的虫子。

⑦渺神京:收复京城汴京的希望渺茫。

⑧干羽:古代舞者所执的舞具。文舞执羽,武舞执干,指文德教化。

⑨"冠盖使"三句:求和的使者往来奔走,令人情何以堪。

⑩翠葆霓旌:皇帝出行的仪仗。

60. 盱眙北望

戴复古

北望茫茫渺渺间,鸟飞不尽又飞还。
难禁满目中原泪,莫上都梁第一山。

【作者简介】戴复古(1167—?),字式之,号石屏,黄岩(今属浙江)人。南宋"江湖派"著名诗人。部分作品抒发爱国思想,反映人民疾苦。其词风格豪放,接近苏辛。有《石屏诗集》《石屏词》。

【背景说明】戴复古曾经沿运河到达楚州、盱眙等地。此诗在盱眙第一山旧有石刻。

61. 淮村兵后

戴复古

小桃无主自开花,烟草茫茫带晚鸦。
几处败垣①围故井,向来一一是人家。

【背景说明】该诗明白如话,生动地反映了淮上的村庄在宋金战争后的凄凉景象。

【注释】
① 败垣(yuán):残破的墙壁。

62. 淮安州

王 恽

平野围淮甸,双城①入楚州。
喉襟关重地,鼓角动边楼。
闻雁思乡信,歌鱼抚剑猴②。
此行安所遇,江海任浮鸥。

【作者简介】王恽(1227—1304),字仲谋,号秋涧,卫州汲县(今河南卫辉)人。元文学家。官至翰林学士、知制诰。其书法遒婉。有《秋涧先生大全集》。

【背景说明】淮安在隋唐宋时期为楚州治所,南宋端平元年(1234)改淮安军为淮安州。元至元十三年(1276),元军攻占淮安州。该诗应作于端平元年到至元十三年间。

【注释】

① 双城:淮安的新城和旧城。新城的前身为韩世忠守楚州时所筑的紧临淮河的城堡,时淮扬运河滨淮处航道横穿淮安新城与旧城之间,故本诗云"入楚州"。

② 剑缑(gōu):缠在刀剑柄上的丝绳。此处系用冯谖客孟尝君弹铗之典。

63. 小清口

文天祥

乍见惊胡妇①,相嗟遇楚兵②。
北来鸿雁密,南去骆驼轻③。
芳草中原路,斜阳故国情。
明朝五十里,错做武陵④行。

【作者简介】文天祥(1236—1283),字宋瑞,号文山,吉州庐陵(今江西吉安)人。南宋大臣、文学家。宋宝祐四年(1256)状元,官至右丞相兼枢密使。元至元十五年(1278)在广东五坡岭兵败被俘、拒降;至元十六年(1279)被押送至元大都(今北京),迭经威胁利诱,始终不屈;至元二十年(1283)被害。所作诗歌,题名《指南录》。遗著有《文山先生全集》。

【背景说明】小清口为古泗水入淮口之一,在淮阴故城西约三公里。小清口在南宋年间即为聚落、重镇。元天历元年(1328)至清乾隆二十五年(1760),数为清河县城,后湮废。遗址在今淮阴区马头镇旧县村。元至元年间,文天祥被押赴大都途中经此,由小清口去往西北的桃源县。

【注释】
① 胡妇:中国古代对北方民族妇女的泛称。
② 楚兵:居于旧楚地小清口、投降元朝的士兵。
③ "南去"句:元人骑着骆驼南下。
④ 武陵:桃源县,用陶渊明《桃花源记》典。

64. 淮安州

陈　孚

孤帆下江北,千里西风轻。
泊舟公路浦①,始见南昌亭②。
青天下白露,乱叶凄其声。
汀洲结海色,冉冉孤月生。
残鸦感兴废,断肠悲飘零。
安得携美酒,台上呼刘伶③。
百年一箕踞④,六合皆螟蛉⑤。

【作者简介】陈孚(fú)(1240—1303),字刚中,临海(今属浙江)人。元代文学家。至元中,为上蔡书院山长,后调任翰林国史院编修官。有《观光稿》《玉堂稿》《交州稿》等。

【背景说明】淮安州即隋唐宋时期的楚州。南宋后期改为淮

安军,旋改淮安军为淮安州,元代置淮安路。

【注释】

① 公路浦:淮、泗水交汇处的淮河岸边。因东汉时袁术(字公路)驻过寿春时,曾路过这里,故名。后公路浦亦泛指清江浦,故清江浦亦称"袁浦"。

② 南昌亭:在清江浦西南约三公里,韩信从亭长寄食处。

③ "台上"句:此句指刘伶台,在淮安城东北。

④ 箕踞(jī jù):席地而坐,随意伸开两腿,像个簸箕,是一种不拘礼节的坐法。

⑤ 六合:东、西、南、北四方加天、地。螟蛉:也称螟蛉子,一种绿色小虫,喻指义子、抱养的孩子。

65. 清河道中

赵孟頫

扬舲①清河流,开篷素秋晓。
斓斑被崖花,委蛇②顺流藻。
天清去雁高,野阔行人小。
故园归有期,客愁净如扫。

【作者简介】赵孟頫(fǔ)(1254—1322),字子昂,号松雪道人、水精宫道人,湖州(今属浙江)人。元代书画家、文学家。宋宗室,入元后,官至翰林学士承旨,封魏国公。工书法,世称"赵体"。擅画山水、木石、花竹、人马,十分精致,开创元代新画风。有《松雪斋集》。

【背景说明】古泗水亦称清河,为淮河最大支流,其中淮安至徐州的一段,也是元代大运河的组成部分。赵孟頫乘船所行经的就是这一段河道,而且主要是清河县(今江苏淮安)境内的河道。时清河县治所在大清口。元至大年间,赵孟頫奉诏自吴兴(今浙江湖州)乘舟北上,前往大都,途经淮安路清河县,写下这首诗。

【注释】
① 扬舲(líng):扬帆启航。舲,有窗户的船。
② 委蛇(wēi yí):绵延屈曲的样子。

66. 八里庄渡淮入黄

周 权

河流汩汩如泾水①,浊浪崩腾疾驰骤。
一石中胶数斗泥②,舟客居民皆饮此。
黄河不复行故道,下注清淮通海涘③。
十人度索上一洪,寸寸强弓④挽难起。
屹然趺坐⑤如僧禅,日与篙师同愠喜⑥。
青山一发认邳州⑦,萧条暮上鱼豚市。
酒边一笑我何为,独冒惊涛行万里。
争如⑧林下混渔樵,俯仰啸歌行复止。
回头寄语北山云,征尘待向风泉洗。

【作者简介】周权,生卒年不详,字衡之,号此山,松阳(今浙江西南)人。元末诗人。通经史,善诗文。有《此山集》十卷。

【背景说明】八里庄,位于古磨盘口西侧,为运河要塞。

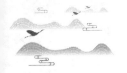

《金史·哀宗纪》记载，金正大八年（1231），金兵占据八里庄城，设镇淮府于此。元代中后期，沙河运河尚在通航，此诗可为一佐证。

【注释】

① 泾水：渭水的第一大支流，发源于六盘山东麓，全长455公里，流域面积约45 400平方公里。泾水清，渭水浊，交汇处界线清晰，成语"泾渭分明"即源于此。

② "一石"句：被黄河夺占的泗水，平时水尚清净，每到洪汛骤至，浊浪奔涌，每水一斗，泥沙数升。宋《河防通议》："河水一石，而其泥六斗"。诗中讲"一石中胶数斗泥"，意思相同。

③ 涘（sì）：水边。

④ 寸寸强弓：纤夫拉纤，身体弯下用力，如同绷紧的强弓，寸寸前移。

⑤ 跌坐：佛教徒盘腿端坐，左脚放在右腿上，右脚放在左腿上。

⑥ 愠喜：怒与喜。

⑦ 青山一发：青山远望，其轮廓就如头发丝一样。苏轼《澄迈驿通潮阁》诗有"青山一发是中原"句。邳州，指位于古泗水边的下邳古城。

⑧ 争如：怎如。

67. 过淮河口

释大䜣

水次千家市,蛮商聚百艘①。
扬徐元接壤②,河泗此交流③。
乘传陪天使,浮杯④任海沤⑤。
夜凉瞻斗柄,想见上林⑥秋。

【作者简介】释大䜣(xīn)(1284—1344),字笑隐,俗姓陈,寓居杭州。元代僧人。九岁为僧,十七岁至庐山谒名僧了万,留掌内记。后为大龙翔集庆寺住持。在元代汉地佛教中地位极高。有《蒲室集》十五卷。《元诗选·初集·壬集》选其诗五十六首。

【背景说明】此诗系释大䜣奉诏赴大都,途经淮河口停泊过夜时所作。诗中的淮河口是指淮、泗水交汇处的清河口,时清河口有大、小清口之别,元泰定中大清口镇为黄河水所淹没,县治移小清口。释大䜣诗中所写的系小清口。小清口为千家之市,运河码头停泊聚集着上百艘蛮商之船(南来商船为主),凸显其咽喉地位。因泗水已为黄河所夺,故有"河泗此交流"句。释大䜣是奉诏命,乘驿传,陪同天子之使者到此,并在船上过夜的。所以,最后以"夜凉瞻斗柄,想见上林秋"作结,其感戴大元帝王宠遇之情尽含尾联之中。

【注释】
① "蛮商"句:南来的商船数量众多。

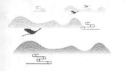

② "扬徐"句：淮安南接扬州，北邻徐州，故云。
③ "河泗"句：河即黄河，泗即泗水，黄河夺泗、夺淮之初，与泗水同由泗口入淮河，故云。
④ 浮杯：佛家有浮杯而渡的故事，此指渡河。
⑤ 海沤：海中水泡。
⑥ 上林：汉皇家园林上林苑。

68. 过渔浦

王　冕

十八里河①船不行，江头日日问潮生②。
未同待诏沉金马③，却异看花在锦城④。
万里春风归思好，四更寒雨客灯明。
故人湖海襟怀古，能话旧时鸥鹭盟。

【作者简介】王冕（1287—1359），字元章，号煮石山农、饭牛翁、梅花屋主等，诸暨（今浙江绍兴）人。元代著名书画家、诗人。善画梅，对后世影响较大；治印篆法绝妙。有《竹斋集》三卷，续集两卷。存世有《南枝春早图》《墨梅图》等。

【背景说明】渔浦在十八里河口（小清口城）附近，位于淮河北岸，时为渡淮南下北上的要津。此诗是在元末农民大起义爆发前夕，作者游历北方后，由淮安渡淮南下，回归故里途中所作。

【注释】
① 十八里河：古泗水由小清口入淮的支河，即广济新渠的

一段,因为唐代齐浣所开航道长十八里,因此得名。

②"江头"句:《宋史·乔维岳传》记载,为避淮河山阳湾之险,淮南转运使乔维岳开沙河运河,至磨盘口入淮,河口置二斗门,"设悬门蓄水,候潮平乃泄之"。二斗门有严格的启闭制度,不到潮平之时,往来船只均不得通行。由此可知,元朝后期,这种"潮平闸开"的制度还在实行。这证明元朝末年,黄河导致的淮河下游的淤垫还不太严重,淮河涨潮达于清口以上十八里河,可保证运河开闸通航。

③金马:汉代宫门名,为臣僚待诏处。

④锦城:锦官城,成都的别称。杜甫《春夜喜雨》:"晓看红湿处,花重锦官城。"

69. 夜过白马湖

萨都剌

春水满湖芦苇青,鲤鱼吹浪水风腥。
舟行未见初更月,一点渔灯落远汀。

【作者简介】萨都剌(là)(约1307—1359后),字天锡,号直斋。先世为西域回鹘人,生于雁门(今山西代县)。元文学家。泰定进士,官至南台御史,诗词兼善,皆号名家。有《雁门集》《萨天锡诗集》。

【背景说明】白马湖在淮安城西南十公里,汉代称马濑,因其形状如马而得名。今分属淮安区、洪泽区、金湖县、宝应县,现有水面一百一十四平方公里。汉唐宋元时期,白马湖为淮扬运河航道的一部分,明清时期为淮扬运河水源地之一,并通航。

70. 九日渡淮喜得东南顺风

萨都剌

青旗红字映河滨,九日人家物色新。
渡口客船争贳①酒,斫鱼裂纸②赛河神③。

【背景说明】农历九月九日亦称重九,即重阳节。萨都剌曾多次来往淮上,写下不少咏淮的诗词。此诗写的就是重阳节人们在渡口祭祀河神、搞迎神赛会的习俗。

【注释】
① 贳(shì):租借,赊欠。
② 斫(zhuó)鱼裂纸:杀鲤鱼,裁冥币。
③ 赛河神:为娱河神而举行迎神赛会。

71. 念奴娇·过淮阴

萨都剌

短衣瘦马,望楚天空阔,碧云林杪①。野水孤城斜日里,犹忆那回曾到。古木鸦啼,纸灰②风起,飞入淮阴庙。椎牛酾酒③,英雄千古谁吊?
何处漂母④荒坟,清明落日,肠断王孙草。鸟尽弓藏⑤成底事,百事不如归好。半夜钟声,五更鸡唱,南北行人老。道旁杨柳，青青春又来了。

【背景说明】该词是作者清明节过淮阴故城韩信庙时，看到民间祭祀韩信的场景而作。原词共二首，现选一首。

【注释】

① 杪（miǎo）：树的末梢。

② 纸灰：清明祭祀时所焚纸钱的灰烬。

③ 椎牛酾（shī）酒：杀牛、斟酒以祭祀韩信。

④ 漂母：曾经向韩信施舍饭食、以漂洗为生的年长妇女。她曾说："吾哀王孙而进食，岂望报乎？"淮阴有漂母墓，传为韩信令十万大军兜土筑成。

⑤ 鸟尽弓藏：详见刘禹锡《韩信庙》注释。

72、73. 淮阴杂兴

陈 基

其一

千里相逢淮海滨，一枝谁寄岭梅春。
老来易感山阳笛①，年少休轻胯下人。
失侣雁如秦逐客②，畏寒花似楚遗民③。
每过百战疮痍④地，立马西风为损神。

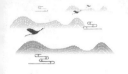

其二

落木萧萧雁度河,西风袅袅水增波。
甘罗营⑤里秋声急,韩信城⑥头月色多。
淮市有鱼聊可食,楚山无桂不须歌。
古今无限关心事,付与当年春梦婆⑦。

【作者简介】陈基(1314—1370),临海(今属浙江)人,字敬初。元末诗人。曾任经筵检讨。元末大乱,张士诚将其召入幕中,为学士院学士,飞书走檄多出其手。朱元璋平吴后,召他入朝参与修《元史》,书成赐金而还,后卒。有《夷白斋稿》。

【背景说明】该诗创作于元末战乱的年代,作者在一个秋天经过淮阴,见到战乱后的满目疮痍,有感而发。甘罗城、韩信城等古城堡,均为淮上名城,相距仅数公里。

【注释】

① "老来"句:年老易起怀念亡友的情绪。魏晋间向秀与嵇康、吕安友善。二人被司马昭杀害,向秀经其山阳旧居,闻笛声怀念亡友,作《思旧赋》。

② 秦逐客:秦始皇下令驱逐列国入秦的游说之士,李斯上书劝谏,乃止。

③ 楚遗民:楚亡后之民。此指改朝换代后不仕新朝的人。

④ 疮痍:比喻遭受战争灾害破坏后民生凋敝。

⑤ 甘罗营:甘罗,战国时人,十二岁事秦,以功封上卿。甘罗营指甘罗在淮阴筑城屯兵的地方,又称甘罗城。甘罗城在今淮阴区马头镇北五百米。一说甘罗城即秦淮阴故城。

⑥ 韩信城:在甘罗城东,西北对泗口。《太平寰宇记》记载,韩信贬封淮阴侯,筑此城。

⑦ 春梦婆:苏轼贬官经昌化,遇一老妇,谓曰:"内翰昔日

富贵,一场春梦。"后人因呼此妇为春梦婆。

74. 寄黄观澜经历^① 时率八卫汉军屯盱眙

成廷珪

秋满东南第一山,古来贤达几登攀。
两城楼阁西风里^②,八卫旌旗北斗间。
羽扇纶巾君未老,麻衣草座我空闲^③。
闭门拟撰平淮颂,河上来看奏凯还^④。

【作者简介】成廷珪(guī),生卒年不详,字原常,一字元章,又字礼执,扬州(今属江苏)人。元代诗人。好读书,植竹庭院间,称其住所曰"居竹轩"。晚年遭元末乱,避地吴中,卒年七十余。有《居竹轩集》。

【背景说明】《元史》记载,至元二十二年(1285),元朝以汉军15 000余人"于淮安路云山白水塘立屯田"。时洪泽设有南北三屯,设三个屯田万户府。至元三十一年(1294),三屯合并,称"洪泽屯田万户府",共屯兵15 994人,屯垦耕地353万亩(约2 300平方公里)。屯垦范围遍及今洪泽湖东、北、南及部分湖区。由此诗可知,元末农民大起义已经爆发,元军调集八卫汉军(包括洪泽屯田的汉军)防守盱眙、泗州一带。时作者友人黄观澜正驻屯盱眙城。成廷珪还有一首写于元至正十五年(1355)的《闰正月二十日闻泗州盱眙同日失守》诗。由此可知,《寄黄观澜经历时率八卫汉军屯盱眙》作于至正十一年(1351)起义军起义之后,十五年(1355)闰正月二十日泗州、

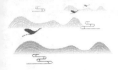

盱眙二城被起义军攻陷之前。

【注释】

① 经历：元代由枢密院掌管天下兵甲，下设知院、同知、副枢、佥院、同佥、院判、参议、经历、都事等不同职务与职级之官。经历为从五品，属于参谋官。

② 两城：盱眙、泗州二城。西风：秋风，主刑杀。

③ "羽扇"二句：作为摇鹅毛扇的大谋士，你还没有老；而我已经老了，穿麻衣坐蒲草座，徒有空闲时间。

④ "闭门"二句："平淮颂""奏凯还"，皆祝愿语。

75. 过清江浦

袁 华

八里庄头淮水长，清江浦边杨柳黄。
楚女窄靴小锦袖，醉歌竹枝行玉觞①。

【作者简介】 袁华（1316—?），字子英。昆山（今属江苏）人。元末明初诗人，有《耕学斋诗集》等。

【背景说明】 八里庄位于沙河运河入淮口的西侧，为运河要塞。详见周权《八里庄渡淮入黄》背景说明。从"清江浦边杨柳黄"可知，早在元明之际，不仅沙河运河已经被称为清江浦，而且清江浦和八里庄已是很兴旺的市镇了。

【注释】

①"楚女"二句：诗人抓住"窄靴小锦袖"的"楚女"（细腰歌女）佐酒、劝酒的典型场景，烘托出清江浦、八里庄作为黄、淮、运河交汇处的重要码头的繁华。

76. 发淮安

杨 基

舟行日已晡①,帆影动樯乌。
河伯抛钱祭,风神酹酒呼②。
红怜瓜似蜜,白爱芡如珠。
且就篙师醉,何烦问远途。

【作者简介】杨基(1326—1378后),字孟载,号眉庵,原籍嘉州(今四川乐山)。元末明初文学家。曾入张士诚幕,为丞相府记室,后辞去。明初累官至山西按察使。工诗书画,与高启、张羽、徐贲齐名,称"吴中四杰"。有《眉庵集》十二卷。

【背景说明】这首诗主要写了舟船通过淮安黄、淮、运交汇处的天险时,当地船民祭祀河神、风神的生动场景:抛钱祭河伯,酹酒祷风神。船头的祭桌上,还有甜蜜的红瓤西瓜、白如珍珠的鸡头米等。该诗大致作于洪武年间作者赴任河南荥阳知县途中。

【注释】

① 晡(bū):申时,即下午三点到五点。

② "河伯"二句:抛钱、酹(lèi)酒均是行船时祭河神、风神的祭礼。酹酒,把酒浇在地上或水中。此二句描绘了人们祭神的场景。

77. 淮安新城候船

杨 基

城郭逶迤曲绕河,尘沙满眼北风多。
行人泪落山阳笛①,逐客魂销郢水②歌。
江总③归陈嗟老矣,淮阴④在楚奈贫何?
明朝又鼓征西棹,帆影翩翩逐逝波。

【背景说明】淮安新城在淮安旧城北,南宋初年筑。新城紧滨淮河,城外即是山阳湾的陡湾、邗沟入淮处古末口所在地,为往来行船盘坝之所。

【注释】

① 山阳笛:此处用以表示悼念、怀念故友之情。详见陈基《淮阴杂兴》注释。

② 郢(yǐng)水:泛指楚国的江河。此处系用屈原在汨罗江遇渔父之典。

③ 江总:字总持,历仕南朝梁、陈及隋三朝,陈时官至尚书令。在官不理政事,日与后主等人游宴后庭,写作多艳诗,号为狎客。

④ 淮阴:淮阴侯韩信。

78. 清　口

张　羽

豁达两河口①，前与黄河通。
高岸忽斗折，清淮②汇其中。
甘罗城在南，韩信城在东。
一为秦人英，一为汉家雄。
人生有不死，所贵在立功。
方其未遇时，鹿鹿③常人同。
时命苟未会，丈夫有固穷。
舍舟登高访，岁暮百草空。
陂陀④陇亩间，一二羸老翁。
遗迹不可问，但见荒榛丛。
行行重回首，目断双飞鸿。

【作者简介】张羽（1333—1385），字来仪，号盈川，后改字附凤，浔阳（今江西九江）人。随父宦江浙，卜居吴兴（今浙江湖州）。元末明初诗人。元末举人，曾为安定书院山长，明初官至太常寺丞。后贬岭南，中途召还，自沉于江。文章精洁有法，尤长于诗，与高启、杨基、徐贲并称为"吴中四杰"。又能画。有《静居集》。

【背景说明】清口即泗水入淮处，在淮阴三汊镇以下，分为两支入淮，其中大清口在淮阴故城北，小清口在淮阴故城西北。黄河夺泗、夺淮后，清口成为黄河、泗河、淮河的交汇处。

【注释】

① 两河口：泗水末流之大清口与小清口。
② 清淮：清河（泗水，因其水清，故亦称清河）、淮河。
③ 鹿鹿：平庸。
④ 陂陀：倾斜不平貌。

79. 淮安览古

姚广孝

襟吴带楚客多游，壮丽东南第一州①。
屏列江山随地转，练铺淮水际天浮。
城头鼓动惊乌鹊，坝口②帆开起白沤。
胯下英雄今不见，淡烟斜日使人愁。

【作者简介】 姚广孝（1335—1418），十四岁出家为僧，名道衍，字斯道。长洲（今江苏苏州）人。明代政治家、学者、文学家。明洪武中跟随燕王到北平，为其心腹谋士。惠帝削藩，他劝燕王起兵，并为其筹划军事。明成祖即位，复其姓，赐名广孝，授太子少师。参与编修《永乐大典》《明太祖实录》。工诗文，有《姚少师集》等。

【背景说明】 淮安位于邗沟入淮处，为水陆交通咽喉、漕运中枢，先秦时期先后属吴国、楚国。本诗描写了诗人在淮安一带所见之景：江山如屏，淮水如练，夜晚城上的更鼓惊飞乌鹊，早晨过坝的船帆掀起白色的浪花。面对这壮丽的景色，诗人不禁感慨再也见不到胯下大英雄韩信了，唯有淡烟斜日撩起哀愁。此诗为咏淮名作。

【注释】

①"壮丽"句：白居易《赠楚州郭使君》诗云"淮水东南第一州，山围雉堞月当楼"，姚广孝此句即由白居易该句而来。

②坝口：在淮安新城北，往来船舶至此，须车盘过坝。有仁、义、礼、智、信五坝。

80. 发淮阴驿

权　近

城郭连雄镇，舟车会要冲。
地平家满岸，江阔①浪掀空。
转舰机轮②壮，开河水驿重③。
买羊酤美酒，共醉橹声中。

【作者简介】权近（1352—1409），字可远，号阳村，朝鲜人。高丽王朝末期、朝鲜王朝初期的大臣、哲学家。出身于贵族，李朝建立后，他主张改革政治，成为李朝统治阶级理论上的代言人，拜大提学，封吉昌君。著有《入学图说》《五经浅见录》等。

【背景说明】淮安向为运河出海口岸。在唐朝为官的新罗人崔致远由楚州归国，作《楚州张尚书水郭相迎因以诗谢》云："楚天萧瑟碧云秋，鸹隼（yú sǔn）高飞访叶舟。万里乘槎从此去，预愁魂断谢公楼。"淮阴驿原在淮安老城西望云门外里运河西岸，明洪武三年（1370），淮安知府姚斌取水陆便利，迁淮阴驿于新城东北下关。宣德六年（1431），又迁回老城西淮阴驿旧

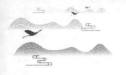

址。该诗系在下关镇的淮阴驿所作。由"地平家满岸"可知当时下关人烟稠密。《发淮阴驿》共二首,现选一首。

【注释】

① 江阔:这里的"江",指淮阴驿北侧的黄、淮共用河道。

② 机轮:车盘过坝时使用的绞车。

③ "开河"句:开挖堤坝下的盘坝引河,与正河成为双重河道。

81. 清 口 驿

胡 俨

夜渡清口驿,寥寥犬吠幽。
人家散墟落①,舟楫倚汀洲。
薄雾浮空起,长河②带月流。
悲歌何处发?不觉动离愁。

【作者简介】胡俨(yǎn)(1361—1443),字若思,号颐庵,南昌(今属江西)人。明代文史学家。洪武末以举人授华亭教谕。永乐初擢翰林院检讨,官至国子监祭酒。纂修《明太祖实录》《永乐大典》,皆为总裁官。有《颐庵集》。

【背景说明】清口驿为清河口的古驿站,唐宋时期即设此驿,其间为避水患多次迁徙,或在大清口或在小清口。此时的清口驿在大清口,即南宋将领李庭芝所筑清口城边。

【注释】

① 墟（xū）落：墟墓，村落。

② 长河：黄河，时徐淮间的黄河为大运河的一部分，故亦可以理解为大运河。

82. 清江镇

唐文凤

镇市清江上，居民栋宇连。
淮盐堆客肆①，广货②集商船。
草色春迷地，波光暖浸天。
凌晨征棹发，万灶起炊烟。

【作者简介】唐文凤，生卒年不详，字子仪，号梦鹤，歙县（今属安徽）人。以文学擅名。永乐中，荐授兴国县知县，后改任赵王府纪善。有《梧冈集》八卷。

【背景说明】该诗吟咏了明永乐中清江浦兴起的盛况：运河两岸，多为用来贸易的经营性房屋，高大的民居栋宇相连，鳞次栉比。淮盐堆满了客商的店铺，载满广货的商船聚集于此。其繁盛像迷人的春草铺地，像浸暖的波光接天。在凌晨启航时，但见万灶炊烟袅袅而起。由此诗可知，在明中叶实行"中盐法"之前，也就是河下镇兴起之前，清江浦曾为淮北盐集散的重要枢纽。

【注释】

① 肆（sì）：商店。

② 广货：旧时称广东出产的百货。

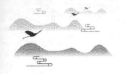

83. 舟过清河题竹送李信圭太守

杨士奇

荒落清河县,深劳抚字①心。
一枝潇散意,聊用涤烦襟。
清河贤太守,节操比琅玕②。
看取冰霜意,从容越岁寒。

【作者简介】杨士奇(1366—1444),名寓,以字行,号东里,泰和(今江西吉安)人。明朝初年重臣、学者。建文帝时受召修撰《明太祖实录》,授翰林院编修。他历经四朝,与杨荣、杨溥等同心辅政,并称"三杨"。谥文贞。有《东里全集》传世。

【背景说明】明清河县知县李信圭为杨士奇同乡。他为官廉明奉公,勤政爱民,操守高洁。清河县地当冲要,徭役繁多,李信圭多次抗命宽免民徭;规避送往迎来,勉力处理政务;因县域民田多遭水患,甚至田畴被洪水冲毁,屡次求免赋税。在任数十年,不求升迁。后任处州知府,旋卒于任。《明史》有《李信圭传》。本诗赞颂了李信圭高洁的品格和情操。

【注释】

① 抚字:对百姓的安抚体恤。

② 琅玕(láng gān):中国神话传说中的仙树,其实似珠。也指似珠玉的美石。

84. 淮安舟中

曾棨

远戍①鸡声晓,遥堤柳色浓。
断云京口②树,残月广陵③钟。
箫鼓官船发,图书御宝封④。
朝臣多扈从⑤,冠佩⑥日相逢。

【作者简介】曾棨(qǐ)(1372—1432),字子启,号西墅,永丰(今属江西)人。明永乐二年(1404)状元。其为文如泉涌,馆阁中诸大制作,多出其手。曾出任《永乐大典》编纂,历官少詹事。工书法,草书雄放,有晋人风度。有《西墅集》。

【背景说明】此诗为明成祖由南京返回北京,作者作为随从近臣,过淮安时在官船上所作。从诗中可知,永乐皇帝是经由镇江、扬州到淮安的。

【注释】

① 远戍(shù):远方戍守之处。
② 京口:镇江。
③ 广陵:扬州。
④ "图书"句:御宝,皇帝的印章。此句指盖有皇帝印章的图书。
⑤ 扈(hù)从:随从。
⑥ 冠佩:借指官使士绅。

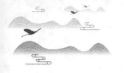

85. 夜入淮安

钱 溥

滔滔河汴逐淮流，雄踞东南第一州。
扬子江分吴地断，峄阳山挟楚云浮①。
入城舟楫潮通浦②，近水人家月满楼③。
欲觅故交寻旧迹，王程有限④不堪留。

【作者简介】钱溥（pǔ）(1408—1488)，字原溥，华亭（今上海松江）人。明正统四年（1439）进士，官至礼部尚书。有《使交录》《秘阁书目》。

【背景说明】该诗深受白居易《赠楚州郭使君》、姚广孝《淮安览古》影响，第三联写出淮安独特的历史地理环境，足可佐史。

【注释】

①"峄阳山"句：峄（yì）阳山亦称葛峄山、岠山，在古泗水旁的古下邳。下邳为楚王韩信之都。此联的意思是，淮安地处吴、楚之间，地势险要。

②"入城"句：时淮安新城、旧城之间为漕运航道，而里运河部分用江潮保证通航，连接清江浦，故曰"潮通浦"。

③"近水"句：极言淮安作为河、漕、盐、榷之枢纽，居民之整体富有。

④王程有限：接受帝王指令，限时到达指定地点的旅程。

86. 夜泊淮安西湖嘴

丘 濬

十里朱旗两岸舟^①，夜深歌舞几曾休。
扬州千载繁华景，移在西湖嘴上头。

【作者简介】丘濬（1421—1495），字仲深，号琼台，琼山（今海南海口）人。明景泰进士，历官礼部尚书、户部尚书、武英殿大学士等。熟悉历代掌故，著作甚多，涉及面甚广。有《琼台诗文会稿》等数百卷。

【背景说明】西湖嘴，即管家湖嘴，在淮安河下镇，西接里运河堤，因为里运河堤西就是西湖（管家湖），故称"西湖嘴"。这里是明代中叶推行"中盐法"以后，淮北盐商的聚居地。淮北盐在河北镇掣验后，经过乌沙河运至西湖嘴，再转运至各指定的口岸销售。后也指直通湖嘴的河下镇最繁华的一条街道。湖嘴大街上，吴歌楚舞夜深不绝，好像把扬州的千载繁华景色移到西湖嘴上来了。

【注释】
① "十里"句：淮北盐的囤积地在河北镇，掣验改捆后装上盐船，经由乌沙河运至河下西湖嘴入运河，辗转至各指定口岸行销。乌沙河长约十里，连接河北镇与西湖嘴，专行插有朱旗的载运与回空的盐船，从而呈现朱旗飘飘的壮观景象。

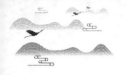

87. 过韩信城

杨 茂

韩信荒城雉堞隳①,当时功业已成非。
假王本为安齐计,蹶足翻成赤族机②。
草昧③尚知尊汉主,太平焉肯助陈豨④。
至今淮水潺湲⑤处,犹带哀声送落晖。

【作者简介】杨茂,生卒年不详,字本隆,沅州卫(今湖南芷江)人。明诗人。曾任漕运参将,明天顺八年(1464)升任漕运总兵官,镇守淮安。博通书史,善大字,工诗。有《掇锦集》。

【背景说明】韩信城原为淮上名城,元末毁于战火。详见陈基《淮阴杂兴》注释。

【注释】

① 雉堞(zhì dié):城垛。隳(huī):毁坏。

② "假王"二句:韩信夺得齐地,派人见刘邦,请求封自己为假齐王。刘邦大骂道:"我被项羽围困,日夜望你来援救,你却想自立为王。"谋士张良知道这时不该得罪韩信,暗中踢刘邦的脚。刘邦觉悟,改口大骂道:"大丈夫立功做真王就是了,做假的干什么。"立即派张良封韩信为齐王。后来韩信整个家族被诛杀。

③ 草昧:混乱的时代。

④ 陈豨(xī):刘邦部属阳夏侯,公元前196年反汉,刘邦率兵征讨,韩信称病不从。据说韩信与陈豨相约里应外合,不料

被门客向吕后告密,未能成功。

⑤ 潺湲(chán yuán):水流貌。

88. 病中思乡

顾 达

家住新城①古刹旁,小桥流水浴斜阳。
月明鹤影翻松径,风暖莺声闹草堂。
一箸脆蔬蒲菜②嫩,满盘鲜脍鲤鱼香。
病多欲去增惭愧,未有涓埃③报圣皇。

【作者简介】顾达(1439—1523),字居道,号贯初子,晚号养浩居士,山阳(今江苏淮安)人。明诗文家。成化十四年(1478)进士,历官宜阳知县、兵部员外郎、陕西行太仆寺少卿。性孝友,外和内刚。工诗文,文渊深宏博,诗豪放明健、声律铿锵。著有正德《淮安府志》、《眺丰亭记》和《题锦屏山二十咏》等。

【背景说明】该诗是作者在外地做官期间,于一次病卧中思乡所作,尾联表达了辞官回乡的愿望。后来作者如愿辞官归乡,享受到了家乡的美食,并主修了正德《淮安府志》。该志是目前所存最早的一部《淮安府志》。

【注释】

① 新城:淮安新城,在淮安旧城北五百米。南宋筑,后屡经修治。

② 蒲菜:淮安特产,即枚乘《七发》中所说的"笋蒲"。

相传宋代巾帼英雄梁红玉被金人围困,坚守淮安城时,发现战马吃蒲草,便以之充饥。后来,淮安人创造了一套烩制蒲菜的技术。蒲菜是淮扬菜中的一绝。

③涓埃:滴水与轻尘,比喻微小的贡献。杜甫《野望》:"未有涓埃答圣朝。"

89. 次清江浦邵文敬吴文盛二主事邀饮寄寄亭中夜放舟至清口晓渡淮至清河乃别

程敏政

杏花红烂竹梢青,水次新开寄寄亭。
共挽行装春送酒,还催挝鼓夜扬铃①。
风悲旧楚遥闻树,天入长淮下见星。
记取客边分去住,驿楼残角②梦初醒。

【作者简介】程敏政(1445—1499),字克勤,后号篁墩,休宁(今属安徽)人。明文学家。成化进士。唐伯虎座师,官至礼部右侍郎。以学问广博、著述繁多著称,有《明文衡》《篁墩文集》等。

【背景说明】清江浦即今淮安市清江浦区的老城区。明永乐十三年(1415),漕运总兵官、平江伯陈瑄将北宋沙河运河故道疏凿为清江浦运河,在清江浦运河上建清江等四闸,又于清江闸附近建淮安常盈仓,设户部分司管理;建全国规模最大的清江漕船厂,设工部分司管理,又设漕运巡府于清江浦,便于就近指挥。清江浦遂成为黄、淮、运河交汇处的重镇,成为全国漕船制造中心、漕粮转输中心、黄淮运河道治理中心，迅速崛起，成为大运河沿线新兴的剧邑闹市。寄寄亭在清江浦户部分司署内。明毛泰《户部分司题名碑记》记载，成化十五年（1479），户部员外郎邵文敬任职淮仓，"暇于分司西隙地结小亭，以'寄寄'名之"。此诗系程敏政进京路过清江浦时，受到户部分司、工部分司二主事热情款待与远程相送时所作。

【注释】

①"还催"句：挝（zhuā）鼓、扬铃，即击鼓、摇铃。比喻大肆张扬。此句用以形容二位主事对作者的热情。

②驿楼：驿站的楼房。残角：远处隐约的号角声。

90. 寄寄亭

李东阳

寄寄亭中寄此身，此身喜作寄中人。
离心落雁同千里，倦眼开花又一春。
楚地山川南北会，汉槎风月①往来频。
他年石上看名姓，都是东曹奉使臣②。

【作者简介】李东阳（1447—1516），字宾之，号西涯，茶陵（今属湖南）人。明文学家。天顺进士，官至吏部尚书、华盖殿大学士。为"茶陵派"的首要作家，开倡导复古之先河。有《怀麓堂集》《怀麓堂续稿》等。

【背景说明】邵文敬主持修建寄寄亭。亭子落成后，李东阳根据亭名"人生如寄"之意为邵文敬题此诗。详见前诗背景说明。

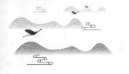

【注释】

① 汉槎风月：极言其为古老的要津。槎（chá），木筏，代指舟船。

② "他年"二句：历任户部分司在题名石碑上镌刻姓名。曹，古代分科办事的官署。户部在东，故云东曹。

91. 吴王墓吊古

石　渠

中原割据走英雄①，王业终成五代功②。
忠武当年书显号，精灵此地奠行宫。
石麟埋没淮山远，宝剑销沉楚水空。
惟有昔时鏖战处③，夜深清口马嘶风。

【作者简介】石渠，生卒年不详，字翰清，别号天全道人，清江浦（今属江苏）人。明文学家。成化进士。历任刑部主事、员外郎、山东按察司佥事。成化年间，山东大饥，他奉命籴江南谷米，途经扬子江，风高浪急，船只几乎倾覆，他临危不惧。后迁刑部按察使，认真审查重囚案件，每天都有被平反者。

【背景说明】吴王墓即五代十国时的吴王杨行密之墓，墓在今淮阴区吴城镇。此诗为作者凭吊吴王之作。

【注释】

①"中原"句：唐末农民起义失败后，中原封建割据势力横行一时，时杨行密割据淮南江东一带。杨行密部下有刘威、陶雅、徐温等三十六人，称"三十六英雄"。

② 五代功：唐亡后，后梁、后唐、后晋、后汉、后周五个政权先后建立，合称"五代"。杨行密是五代十国时的吴国之王。

③ 鏖（áo）战处：公元897年，朱全忠（即朱温）大举进攻淮南，杨行密与部将朱瑾率兵与朱兵相拒于淮阴清口。杨行密利用朱军的骄傲轻敌，阻遏淮水，水淹朱军，大败朱全忠。

92. 题韩信庙

骆用卿

逐鹿中原汉力微，登坛频蹙①楚军威。
足当蹑后犹分土，心已猜时尚解衣。
毕竟封侯符蒯彻，几曾握手到陈豨。
英魂漫洒荒山泪，秋草长陵②久落晖。

【作者简介】骆用卿，生卒年不详，字原忠，余姚（今属浙江）人。明堪舆家。精通堪舆之术，曾为明永陵选址。早年游学不第，设馆授徒。正德进士，官至兵部员外郎。

【背景说明】此诗先写韩信登坛拜将后，横扫中原、灭楚兴汉的不世之功。接着，以汉高祖解衣推食、蹑足封齐的虚伪，蒯彻劝韩信三分天下不被采纳以及与陈豨谋反的莫须有的罪名，彰显韩信的千古冤情。尾联诗人以韩信赢得古往今来多少同情之泪，与埋葬汉高祖的长陵的秋草落晖相比较，感慨历史的遗韵何等悠长！

历代咏淮阴侯韩信的诗词非常多，此诗被当时文坛领袖李梦阳推为"淮阴庙绝唱"。

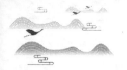

【注释】
① 蹙（cù）：困顿。
② 长陵：汉高祖刘邦的陵墓。

93. 淮阴曲

蔡 昂

淮浦高楼高入天，楼前贾客常纷然。
歌钟饮博①十户九，吴歈②不羡江南船。
迩来寂寞居人少，韩侯城③下生春草。
力尽难供长官求，大室将焚无宿鸟。
老人向我分明语，地有官仓谁适主？
积粟翻为腐鼠谋，当途又见横豺虎。
虎哉虎哉尔勿狂，地官④分义⑤明秋霜。
镇压会须虎戢翼⑥，尔民从此安耕桑。

【作者简介】蔡昂，生卒年不详，字衡仲，号鹤江先生，淮安府山阳县（今江苏淮安）人。明文学家。正德进士。历官翰林院编修、礼部侍郎。修《明世宗实录》《大明会典》等，有《颐贞堂稿》。

【背景说明】淮阴，这里指位于淮河山阳湾内的漕运重镇清江浦，这里有全国最大的清江漕船厂和淮安常盈仓。常盈仓由户部主事管理，然而积久弊生，管仓的役卒牙吏横行不法，实胜"官仓鼠"，其结果是商贾却步，甚至影响到城市的繁荣。此诗即是对这些贪官污吏的鞭挞。其实，蔡昂写这首诗时所看到的漕运式微、商旅却步，还应当与刘六、刘七起义，一度阻断运河航运有一定的关系。

【注释】

① 歌钟：编钟，在诗中亦指乐歌声，暗指妓院。饮博：这里指开酒店和赌博场的居户。

② 吴歈（yú）：吴地的歌乐。

③ 韩侯城：韩信城，在清江浦西南，清江漕船厂的西端，近南运口。

④ 地官：户部官员，此指驻节清江浦的户部管仓主事。

⑤ 分义：遵守名分，为所宜为。

⑥ 戢（jí）翼：收敛翅膀。

94. 过霸王城

汪应轸

拔山力尽霸图休①，匹马乌江耻渡舟②。
斗碎不知谋士愤③，剑歌空对美人愁④。
楚遗三户亡人国⑤，鲁守孤城泣主头⑥。
战骨已枯余故垒，野烟寒雨荻花秋。

【作者简介】汪应轸（zhěn），生卒年不详，字子宿，号青湖，山阴（今浙江绍兴）人。明正德进士，授户科给事中，与同馆舒芬等七人疏谏武宗南巡，遭廷杖濒死，出为泗州知州，募江南女工，教以蚕缫织作，由是民足衣食。嘉靖初，召为原职，官终江西提学佥事。有《青湖集》。

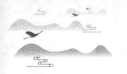

【背景说明】 霸王城，一称项王城，在盱眙甘泉山脚下。项梁率江东八千子弟兵占有江淮后，找到在民间牧羊的楚怀王的孙子熊心，仍立其为楚怀王，以盱眙城为都城。《盱眙县志稿》载，霸王城为楚霸王项羽当年驻扎之城，相近还有小儿城（楚怀王义帝所居之城）、汉王城（汉王刘邦所居住之城）。诗中所用典故，多出自《史记·项羽本纪》。

【注释】

① "拔山"句：《史记·项羽本纪》记载，项王被围垓下，有美人名虞，常幸从；骏马名骓，常骑之。于是项王乃悲歌慷慨，自为诗曰："力拔山兮气盖世，时不利兮骓不逝。骓不逝兮可奈何，虞兮虞兮奈若何。"

② "匹马"句：《史记·项羽本纪》记载，"于是项王乃欲东渡乌江。乌江亭长舣船待，谓项王曰：'江东虽小，地方千里，众数十万人，亦足王也。愿大王急渡。今独臣有船，汉军至，无以渡。'项王笑曰：'天之亡我，我何渡为？且籍与江东子弟八千人渡江而西，今无一人还，纵江东父兄怜而王我，我何面目见之？纵彼不言，籍独不愧于心乎？'"遂拔剑自刎。

③ "斗碎"句：《史记·项羽本纪》记载，项王与沛公相会于鸿门，沛公已去至军中，张良入谢，奉白璧一双，谢项王，项王受之；玉斗一双，以谢范增，范增愤而击碎之，曰："竖子也，不足与谋！"

④ "剑歌"句：《史记正义》记载，项王歌数阕，虞美人和之，歌曰："汉兵已略地，四方楚歌声。大王意气尽，贱妾何聊生。"歌毕，拔剑自刎。

⑤ "楚遗"句：秦末童谣："楚虽三户，亡秦必楚。"

⑥ "鲁守"句：《史记·项羽本纪》记载，楚地皆降汉，独鲁不下，为其守礼义，为主死节。乃持项王头示鲁。

95. 一鉴亭

舒 芬

风送长淮系短航,新亭如待落壶觞。
江山青眼①原相识,天下苍生未敢忘。
翠竹引凉来几席,绿荷分色上衣裳。
倡酬况是逢知已,炎海②他时梦正长。

【作者简介】舒芬(1484—1527),字国裳,号梓溪,进贤(今属江西)人。明代经学家。正德状元,"江西四君子"之一。一生著述甚多,有《易笺问》《书论》《周礼定本》《东观录》等。

【背景说明】一鉴亭,在清江浦工部分司署内。此次雅集上,舒芬首唱,胡琏、顿锐、杨谏、贾愚、刘乾、柯维熊、张楠、吴彰德、方豪、王应鹏、汪必东、李录等十余人次韵以和。谨择舒芬所作诗以存史纪胜也。

【注释】

① 青眼:《晋书·阮籍传》记载,"籍又能为青白眼,见礼俗之士,以白眼对之。及嵇喜来吊(时阮籍母亲去世),籍作白眼,喜不怿而退。喜弟康闻之,乃赍酒挟琴造焉,籍大悦,乃见青眼"。青眼,指对人喜爱或器重的意思。

② 炎海:南海炎热的地区,这里比喻酷热。

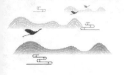

96. 平河桥

吴承恩

短篷倦傍河桥泊,独对青旗①枕臂眠②。
日落牛蓑归牧笛,潮来鱼米集商船。
绕篱野菜平临水,隔岸村炊互起烟。
会向此中谋二顷③,闲揸藜杖④听鸣蝉。

【作者简介】吴承恩(约1500—约1582),字汝忠,号射阳山人,山阳(今江苏淮安)人。明小说家。博学,工诗文。嘉靖贡生,曾任长兴县丞。以其所著神话小说《西游记》闻名世界。又撰有《禹鼎志》,已散佚。有《射阳先生存稿》传世。

【背景说明】平河桥即今淮安市淮安区平桥镇,位于里运河东堤,为唐宋以来的运河古镇,南距宝应县城、北距淮安老城各二十公里,历史上曾设有驿站,为里运河上的重要码头。吴承恩这首诗就是描写水乡滨河古镇平河桥的风情。

【注释】

① 青旗:青色的旗帜,此指酒旗。
② 枕臂眠:以手臂作枕而眠。
③ 谋二顷:苏轼《新居》诗云,"俯仰可卒岁,何必谋二顷"。
④ 揸(zhī):同"支",支撑。藜杖(lí zhàng):用藜的老茎做的手杖。

97. 瑞 龙 歌

吴承恩

忆昨淮扬水为厉,冒郭①襄陵②汹无际。
皆云龙怒驾狂涛,人力无由杀其势。
忽然溪壑息波阑,细草平沙得龙蜕③。
峥嵘头角异寻常,犹带祥烟与灵气。
神奇自古惊流传,蛰地飞天④总成瑞。
高家堰⑤报水土平,世运神机关进退。
司空⑥驰奏入明光,百辟⑦趋朝笑相慰。
独不见,当年神禹治九州,奏绩元圭⑧动天地。
今兹吉兆协神龙,千古元符⑨远相继。
停看寰宇遍耕桑,历万千年⑩保天位。

【背景说明】天启《淮安府志》记载,明万历七年(1579)三月十八日申时,大雷雨,山阳县境里运河边黄浦旧决口南岸,平地穴深丈余,方二十八丈,内遗龙骨甚多。一时往来商民竞相聚观,取走龙骨。居民郭松屋后遗一物,如马首,坚实如石。扬州府同知韩相验视,舐之黏舌。有郭三得其胫骨、齿、角等,悉舁送郡藏。时任总河、都御史潘季驯,巡抚、工部侍郎江一麟,共同将此事上奏朝廷。在此之前,里运河黄浦决口处所冲大塘,为蛟龙所据,每逢阴雨则闻声如鸡啼。是月十二日决口塞,遂五日后蜕去。这就是吴承恩《瑞龙歌》的创作背景。所谓蜕后的"龙骨",当系恐龙化石也。

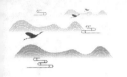

【注释】

① 冒郭：大水冒上城郭。

② 襄陵：大水漫上丘陵。《尚书·尧典》："汤汤洪水方割，荡荡怀山襄陵，浩浩滔天。"

③ 龙蜕：龙蜕下的骨、齿、角之类。

④ 蛰地飞天：蛰伏于地下，飞翔于天上。

⑤ 高家堰：洪泽湖大堤，拦截淮水的巨型堰坝，位于里运河上游。明万历间，总河潘季驯厉行"蓄清刷黄济运"之策，将汉代修筑的捍淮堰等延伸连接并加高，故亦称高加堰。

⑥ 司空：官名。东汉司空为三公之一，主管水土及建筑工程。

⑦ 百辟：《诗经·大雅》记载，"百辟卿士，媚于天子"。后泛称公卿大官。

⑧ 元圭：美好的玉圭。古代帝王、诸侯举行隆重仪式时所用的玉制礼器，上尖下方。形制大小因爵位及用途不同而异。

⑨ 元符：大的祥瑞。封建统治者自称受命于天，天上会出现相应的祥瑞之兆。

⑩ 历万千年：另有版本作千年万年。

98. 题复通济闸

潘季驯

遥遥玉带碧天浮，一水深分两岸秋。
万艘东南开故道，百年淮泗割清流。
经营岂俟[1]人为力，穿凿应疑鬼运筹[2]。
好绘河图报天子[3]，老臣今已效谋猷[4]。

【作者简介】潘季驯(1521—1595),字时良,号印川,乌程(今浙江湖州)人。明水利家。嘉靖进士,官至刑部尚书、工部尚书,曾任总理河道,前后达二十七年。他筑堤防溢,以堤束水,以水攻沙,治黄很有成效。著有《宸断大工录》《两河管见》《河防一览》等。

【背景说明】明嘉靖三十年(1551),为规避黄河倒灌,将清江浦运河口改于马头镇东南建三里沟,运口内建通济闸。由于三里沟运口太低,不久复改回天妃口。万历六年(1578),总河潘季驯又将闸移建于甘罗城东南,仍称通济闸。所谓《题复通济闸》,即指此。本诗第二联中"割清流",指黄河夺淮,将淮河、泗水的清流割断。

【注释】

① 俟(sì):等候。

② 鬼:水神。昔人以为,每条河都有水神。筹(chóu):古代计算的筹码,引申为谋划。

③ "好绘"句:昔时,督理建设工程的大臣,都要把工程图绘制好,连同奏章一起上报朝廷。

④ 谋猷(yóu):计划,谋划。

99. 渡小淮口大风和子与

王世贞

千里清淮匹练同,飞沙忽掩夕阳红。
云君鼓吹①冥蒙②外,河伯旌旗③杳霭中。
扶病自惊枚叔④壮,放歌谁夺楚王⑤雄。

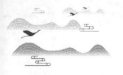

维梢⑥坐对宜城酒⑦,回首人间万虑空。

【作者简介】王世贞(1526—1590),字元美,号凤洲,又号弇州山人,太仓(今属江苏)人。明文学家、史学家,"后七子"领袖,主文坛二十余年。嘉靖进士,官至刑部尚书,卒赠太子少保。有《弇山堂别集》《弇州山人四部稿》等。

【背景说明】小淮口即小清口。这首诗是作者和"后七子"之一徐中行的同题诗。徐中行(1517—1578),字子舆,一作子与,又称天目山人,湖州长兴(今属浙江)人。明代文学家。嘉靖进士,官至江西左布政使。

【注释】
① 云君鼓吹:云君即云神,屈原《九歌》有《云中君》篇。鼓吹,指祭祷云神的乐器。
② 冥蒙:幽暗,不明;模糊不清。
③ 河伯旌旗:祭祷河神的旗幡。
④ 枚叔:枚乘,字叔。
⑤ 楚王:指韩信,由齐王徙封为楚王。
⑥ 维梢:船停泊。
⑦ 宜城酒:宜城产的酒。

100. 白马湖

郑正中

白马湖中霜月铺,渔舟泄泄①倚葭芦②。
网来巨蟹脂如玉,愿向君王乞此湖。

【作者简介】郑正中（1540—1610），字子位，号竹轩，小字佛右。明宝应县（今属江苏）人。屡试不第，托岐黄之术以自娱。工诗善画。因参与修缮明祖陵有功，赐官员冠带，征入画院，并授以官，他坚辞弗应。

【背景说明】白马湖在淮安城西南十公里，元代为运河航道的一部分。详见萨都剌《夜过白马湖》背景说明。

【注释】

① 泄泄：闲散自得，和乐的样子。《诗经·魏风·十亩之间》："十亩之外兮，桑者泄泄兮。"朱熹《诗集传》："泄泄，犹闲闲也。"

② 葭芦：芦苇。

101. 河堤工成

王　典

东注江淮万里遥，年年交涨乱南条①。
莫言排决烦人力，且喜平成②壮圣朝。
白马沉波吴练远③，苍龙蜕骨楚氛消④。
万家烟火层城暮，爱听乡人《击壤谣》⑤。

【作者简介】王典，生卒年不详，字尧载，号龙淮，山阳（今江苏淮安）人。明万历四年（1576）举人，官乐清县。少时与归有光、瞿景淳齐名，诗文高古，一时推为巨手。遗集散佚，仅存诗数十篇。

【背景说明】黄河夺泗、夺淮后，徐州以下泗水河床和清口以下淮河河床成为黄泗和黄淮共用河床，并迅速淤淀，朝廷遂不

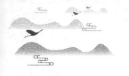

断加筑堤防。此诗就是加筑黄河堤工成后所作。

【注释】

①"南条"句：黄河夺泗、夺淮后，清口以上的黄淮河道，以淮河在南而称"南条"，黄河在北而称"北条"。

②平成：《史记·五帝本纪》记载，"父义，母慈，兄友，弟恭，子孝，内平外成"。即和平之意。昔时，马头镇北有平成台。

③"白马"句：典出《汉书·沟洫志》，汉武帝时，黄河大决于瓠子口。上继封禅、巡祭山川，命群臣从官，填塞瓠子。自临决河，沉白马玉璧以礼水神。此借指浚河工程告竣，祭河的礼节完成，一条河通向远方，如吴地出产的白练。

④"苍龙蜕骨"句：水患根源被除，楚地灾难消失。苍龙，古代传说中兴风作浪的动物，能操纵旱涝灾害。蜕骨，死去的意思。吴玉搢《山阳志遗》记载，万历七年（1579）三月十八日申时大雷雨，黄浦旧决口南岸平地穴深丈余，方广二十八丈，内遗骨甚多。居民郭松屋后遗一物，如马首，坚实如石。扬州府同知韩相验视，舐之黏舌。有郭三者，得其胫骨并齿角等，悉异送郡。总河、都御史潘季驯，巡抚、侍郎江一麟上奏此事。此前黄浦被决，为蛟龙所据，遇阴雨即闻声如鸡啼。是月十二日决口塞，遂以五日后蜕去。太仓王世贞为作《蜕龙亭记》。王龙淮先生（王典）诗所云"白马沉波吴练远，苍龙蜕骨楚氛消"者，正谓此也。吴射阳（吴承恩）先生集亦有《瑞龙歌》。

⑤《击壤谣》：古《击壤歌》。

102. 北极庵同友人眺桃花垠故处

冯一蛟

极目桃花坞，空余名字留。
光阴诚过客，人代亦浮沤①。
繁衍笙歌地，萧条芦荻洲。
惟余沙上鸟，泛泛②不知愁。

【作者简介】冯一蛟，生卒年不详，字仲雨，号淳叟，山阳（今江苏淮安）人。明万历中诸生。著有《闲园十二书》。

【背景说明】北极庵在古淮安老城北门外，桃花垠在北极庵之东。今周恩来纪念馆即桃花垠故地。桃花垠亦称桃花坞，旧时为屯船坞，为漕运舟船集结之所。

【注释】
① "人代"句：人事更替，以此易彼，以后续前，像水上泡沫一样。《尚书·皋陶谟》："无旷庶官，天工，人其代之。"
② 泛泛：漂流貌。

103. 远心园怀古

张泰烛

东北隅通万斛舟①，居人鳞集纸房头②。
筑城改运成荒圃，辟地为园得倚楼③。
伍相祠④联水月寺，射阳湖⑤接菊花沟⑥。
无边陈迹俱难问，唯有听鹂载酒游。

【作者简介】张泰烛，生卒年不详，一作莲烛，字尔调。山阳（今江苏淮安）人。明万历三十七年（1609）举人。著有《远心园诗》。

【背景说明】该诗具体描述了淮安夹城（亦称联城）未筑之时，新城与旧城之间作为漕运航道的历史。时航道两侧有聚落纸房头、伍相祠、水月寺、倚楼等。诗后原注："当联城未筑时，地名纸房头，为运船屯集处，远心园中有倚楼，张仪部所构。"

【注释】

① 万斛舟：可载万斛的运粮船。斛（hú）：容量单位，一斛本为十斗，后来改为五斗。

② 纸房头：淮安夹城古地名。

③ 倚楼：在淮安夹城。

④ 伍相祠：伍子胥祠，在夹城。因邗沟为吴王夫差令伍子胥开凿，故立祠纪念。

⑤ 射阳湖：地跨淮安、宝应、建湖、阜宁四县区的古湖泊。

⑥ 菊花沟：在淮安城东门外，即大涧河，明漕抚王宗沐环

城筑长堤,以捍黄流,而三城内涝水不可泄,于是浚此河,起运河东岸兴文闸,至流均沟达射阳湖、庙湾口入海。大涧河的前身为吴邗沟的入淮航道。

104. 清 江 浦

方尚祖

高台纵目思悠悠,排注当年胜迹留。
树绕淮阴堤外路①,风连清口驿②前舟。
晴烟暖簇人家集,刍挽③均输上国筹。
最是襟喉④南北处,关梁⑤日夜驶洪流。

【作者简介】方尚祖,生卒年不详,字宗道,莆田(今属福建)人。明举人,万历四十五年(1617)任封川知县,编《封川县志》。天启二年(1622)任东河船政同知,纂《淮安府志》。崇祯元年(1628)升任应天知府。

【背景说明】明初清江浦因淮安常盈仓、清江漕船厂设立于此,并居黄、淮、运河交汇处,且为南船北马、舍舟登陆之地,故成为运河重镇。详见程敏政《次清江浦邵文敬吴文盛二主事邀饮寄寄亭中夜放舟至清口晓渡淮至清河乃别》背景说明。

【注释】

① 堤外路:清江浦北侧,即黄淮堤防。

② 清口驿:在清河县旧县。后因有绕道拨马之苦,迁移清江浦黄河北岸王家营。

③ 刍(chú)挽:飞刍挽粟,运送粮草。

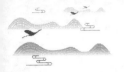

④ 襟喉：指清江浦，该处为南船北马、辕楫交替之地。

⑤ 关梁：关口和桥梁。泛指水陆交通必经之处、关键之地。

105. 甘罗城

于奕正

是否甘罗宅，淮流万古经。

说行因赵地，拜赐自秦庭①。

断碣磨新翠，余钱②带旧青。

维舟上荒皋③，岸草昼冥冥。

【作者简介】于奕正（1594—1636），字司直，宛平（今属北京）人。明崇祯初中秀才。喜交友，好游名山，在江南游览到南京时病死在旅舍，年仅四十。他与刘侗合作著《帝京景物略》，有《天下金石志》《朴草》等。

【背景说明】甘罗城在旧淮阴县治北，今马头镇北一公里处，相传为秦神童、上卿甘罗的封邑。其东为著名的马头三闸，西为淮河故道，为往来游人凭吊之所。《天下郡国利病书》认为此地是甘罗葬处。近年考古探查表明，该城为春秋时古城。

【注释】

① "说行"二句：甘罗立功于赵地，拜上卿是在秦都咸阳。

② 余钱：甘罗钱。当地人凿地得古钱，名甘罗钱。又山阳金牛冈亦曾挖出此钱。淮阴高家堰之关帝像乃此钱所铸。朱彝尊《跋甘罗城小钱文》云："文止一字，不可辨，下穿小孔。"《清河县志》谓此钱形如风钟，上有小孔，下有篆字。与朱彝尊所见略合。

③ 阜（fù）：土山。

106. 金牛墩怀古

夏日瑚

蔓草连荒野，天高雁阵分。
村翁谈往迹，英主宿雄军①。
箭簇沙场冷，牛羊夕照曛。
最怜埋骨处，祭酒②只孤坟。

【作者简介】夏日瑚（1602—1637），字肤公，号塗山，山阳（今江苏淮安）人。明崇祯进士。授编修。后以疾归，造园于萧湖之滨，流连诗酒，旋卒。有《礼记提纲》等。

【背景说明】金牛墩在淮安府城西，紧贴里运河西岸，为明嘉靖间淮安抗倭状元沈坤埋葬处。沈坤为南京国子监祭酒，因母丧居淮安河下家中，适逢倭患，沈坤组织乡兵抗倭，屡建勋绩。后受诬而死，人多冤之。其陵墓于抗日战争时期被日伪军所毁。

【注释】

①"英主"句：周世宗于显德五年（958）亲征南唐，宿兵于此。

②祭酒：指沈坤。

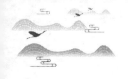

107. 秋日登状元楼

安　氏

圣主抡才遇早奇，乡居时负蓼莪悲①。
御倭郭外成坚壁②，受谤朝中作系累③。
墓④冷空埋长剑恨，楼高尚忆苦吟时。
秋风吹彻长淮水，父老怀恩泪暗垂。

【作者简介】安氏，生卒年不详，山阳（今江苏淮安）人，晚明太学生张芝阶妻。

【背景说明】状元楼即淮安新城南门城楼，为明嘉靖状元沈坤读书处，后遂称为"状元楼"。沈坤曾组织"状元兵"抗倭，屡建勋绩。因受诬而瘐死。

【注释】

① 蓼莪（lù é）悲：父母之丧。蓼莪，《诗经·小雅》篇名，为孝子思亲之作。

②"御倭"句：明嘉靖间，倭寇侵犯淮安。朝廷派巡抚组织抗倭，但官兵腐败无能，抵抗不住。沈坤因此变卖家产，招募乡勇一千多人，亲自操练。倭寇再犯淮安，沈坤亲自率部迎敌，获胜。

③"受谤"句：沈坤抗倭有功，升任北京国子监祭酒。不久，给事中胡应嘉嫉贤妒能，捏造罪名陷害他，御史林润也弹劾他，嘉靖皇帝轻信谗言，将他下狱。沈坤病死狱中。

④墓：沈坤墓，在里运河西岸金牛墩，抗日战争时期被日伪军所毁。

108. 隰西草堂

万寿祺

老病移淮市,担簦①称逸民。
乾坤悲晚岁,山水忆前身。
芳草舟车路,桃花秦汉人②。
冥冥射弋③者,雁羽在沉沦。

【作者简介】万寿祺(1603—1652),字年少,又字介若,入清衣僧服,改名慧寿,又名明志道人,徐州(今属江苏)人。明末清初文学家、书画家。崇祯三年(1630)举人。曾参加抗清活动,兵败后隐居清江浦,命名其寓居处为"隰西草堂"。与阎尔梅并称"徐州二遗民"。为人风流倜傥,通武术,工书画,善诗文。有《隰西草堂集》。书画代表作有《秋江别思图》《松石图》《沙门慧寿印谱》等。

【背景说明】万寿祺抗清失败后,避地清江浦,筑"隰西草堂"以居,并终老于此(后移葬故里)。这首诗就是在隰西草堂所作,诗中充满亡国之恨。原诗共八首,现选一首。

【注释】

① 担簦(dēng):背着伞,谓奔走跋涉。簦,古代有柄的笠。

② "桃花"句:用陶渊明《桃花源记》典。

③ 射弋(yì):用带绳子的箭射鸟。

109. 文通塔

李挺秀

谁支瓦砾上于天?传说仙人^①自昔年。
多少废兴增太息,傍城依旧护朝烟。

【作者简介】李挺秀,生卒年不详,字颖升,山阳(今江苏淮安)人。明诸生,望社诗人。有《惕介山槩存稿》。

【背景说明】文通塔在淮安大运河东岸勺湖公园内,始建于唐代,复建于明代,为砖塔,七级八面,每层各面皆设佛龛,内雕坐佛,是著名的风水塔,也是古城胜迹之一。诗人所见到的文通塔,塔顶瓦砾支离,似已失修有年。

【注释】

① 仙人:文通塔所在地为唐龙兴寺旧址,僧伽大师曾在寺中挂单。

110. 仲春丘季贞^①招集送潘江如之沭阳方尔止之彭城

靳应升

最爱江南客,西轩得暂逢。
雨声春欲尽,花气午初浓。
高隐陶元亮,清狂阮嗣宗^②。

来朝纷别绪,不厌酒杯重。

【作者简介】靳应升（1605—1663），字璧星，号茶坡。清顺治中岁贡生。与同时期的张养重、阎修龄并称"望社三诗人"。著有《渡河集》《二子诗初刻》等，对清初社会生活有所反映。《山阳县志》有传。

【背景说明】淮安作为运河之都，是文人聚居之地，送往迎来、唱酬赠答繁多。选这首诗，旨在管中窥豹也。

【注释】

① 丘季贞：名象随，号西轩，山阳（今江苏淮安）人。丘象升弟，与象升号"淮南二丘"。清顺治十一年（1654）拔贡生，康熙十八年（1679）召试博学鸿词科，授翰林院检讨，官至洗马。著有《西轩诗集》六卷、《西山纪年集》五十卷、《淮安诗城》八卷等。

② "高隐"二句：意思是说潘、方二人像陶渊明（字元亮）一样高隐，像阮籍（字嗣宗）一样清狂。

111. 清江闸

吴伟业

岸束穿流怒，帆迟几日程。
石高三板浸①，鼓急万夫争。
善事监河吏②，愁逢横海兵③。
我非名利客，岁晚肃宵征④。

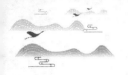

【作者简介】吴伟业(1609—1672),字骏公,号梅村,太仓(今属江苏)人。清初诗人。明崇祯进士,官至左庶子。南明福王时,拜少詹事。入清后官至国子监祭酒。工诗词曲书画,有《梅村家藏稿》等。他与钱谦益、龚鼎孳并称"江左三大家"。

【背景说明】清江闸在今淮安市清江浦区里运河大闸口,始建于明永乐十三年(1415),为京杭运河沿线现存唯一完好的古闸。

【注释】

① 三板浸:水浸三块闸板,说明闸上下落差很大。

② 监河吏:负责启闭闸与安排过闸顺序的闸官。

③ "愁逢"句:遇到专横跋扈的驾驶遮洋海船的漕军,最令人发愁。时有部分漕粮经由海运。

④ 肃宵征:恭敬地等待夜行。《国风·召南·小星》:"肃肃宵征,夙夜在公。"

112. 过淮阴有感

吴伟业

落木淮南雁影高,孤城残日乱蓬蒿。
天边故旧愁闻笛,市上儿童笑带刀①。
世事真成反招隐②,吾徒何处续《离骚》③。
昔人一饭犹思报,廿载恩深感二毛④。

【背景说明】本诗写作者经过淮安城与清江浦地带的所见所感。尾联用漂母饭韩信之典,以及作者二十年得清廷圣恩的现实,抒发自己鬓发花白的迟暮之感。吴伟业于顺治十年(1653)出山任职,距离逝世只有二十年。从"廿载恩深"推测,此诗作于其逝世前最后一次到淮上之时。

【注释】

①"市上"句:隐含古楚淮阴尚武之风依旧甚盛之意。

②招隐:用淮南小山《招隐士》之典。淮安湖心寺旧有招隐亭。

③《离骚》:屈原代表作,此处用于抒发自己忧国情怀。

④二毛:黑、白掺杂的花白头发。

113. 浦上晚步

归 庄

如带清江淮水通,帆樯无数待天风。
语言听去知南北,消息传来有异同。
千里黄埃迷眼底,一轮明月入怀中。
荒原无处供娱赏,漫向天边数落鸿。

【作者简介】归庄(1613—1673),字尔礼,又字玄恭,号恒轩,昆山(今属江苏)人。明末清初文学家,归有光曾孙。与顾炎武友善,有"归奇顾怪"之称。参加抗清斗争,事败亡命。曾由顾炎武出面,设塾馆于万寿祺熙西草堂以教其子。善草书、画竹,文章胎息深厚,诗多奇气。有《归玄恭文续钞》《恒轩诗集》。

【背景说明】此诗为作者在清江浦万寿祺家授馆期间所作。时大清政权已经基本稳定。

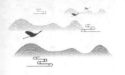

114. 平江伯祠

丁大来

元勋崇庙祀，历世叹公长①。
功业存疏凿②，香烟重典章③。
水流新日月，人拜旧冠裳。
明德依然是，丹青半夕阳。

【作者简介】丁大来，生卒年不详，字载夫，号龙骧，山阳（今江苏淮安）人。明崇祯癸酉（1633）岁贡。清时官长泰令，改望江县教谕、安庆推官。有《龙骧遗诗》行世。

【背景说明】平江伯祠在清江浦，为祭祀明漕运总兵平江伯陈瑄而敕建。此后，清乾隆皇帝南巡时，令加祀明河臣潘季驯，该祠遂改称"陈潘二公祠"。21世纪初，因淮阴卷烟厂扩建需要，整体移建于清江大闸口。

【注释】
① 公长：陈瑄为明代漕运制度的开创者。
② 疏凿：陈瑄主持开凿了清江浦河等大运河工程。
③ 典章：陈瑄主持制定了明代的一系列漕运制度。

115. 湖心寺杂诗

释传遐

前年高堰①决，水没床头书。
散轶如飘梗，斜阳若捕鱼。
深藏惭此日，泛览笑当初。
竖子通宵诵，老夫怀所余。

【作者简介】释传遐（xiá），生卒年不详，字柴村，明末清初人，淮安湖心寺住持。淮上著名诗僧。

【背景说明】淮安湖心寺是淮上最著名的古寺，始建于唐代，因位于管家湖中的洲岛之上而得名。明嘉靖以前，管家湖为清江浦河水源地；万历以后乃至清初，逐渐现滩成为田畴。然明清之际水利失修，高家堰频频决口，里运河西每每成为泽国，湖心寺因之常遭水患。该诗即是对高家堰决口导致其床头书籍被大水冲散情况的回忆。《湖心寺杂诗》有多首，现选一首。

【注释】

① 高堰：高家堰，洪泽湖大堤。在湖心寺以西十余公里处。

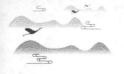

116. 清江浦

顾炎武

此地接邳徐，平江故迹余①。
开天成祖代，转漕北京初②。
闸下三春尽，湖存数尺潴③。
舳舻通国命④，仓廪恃军储⑤。
陵谷天行变，山川物态疏⑥。
黄流侵内地，清口失新渠⑦。
米麦江淮贵，金钱帑藏虚。
苍生稀土著，赤地少耰锄⑧。
庙食思封券⑨，河防重玺书。
路旁看父老，指点问舟车。

【作者简介】 顾炎武（1613—1682），初名绛，字忠清，自署蒋山佣，明亡后改名炎武，字宁人，号亭林。昆山（今属江苏）人。明末清初杰出的思想家、经学家、史地学家和音韵学家，与王夫之、黄宗羲、唐甄并称为明末清初"四大启蒙思想家"。明遗民。崇祯国子监生，加入复社。清兵入关后，参加抗清活动。入清不仕，一生辗转，行万里路，读万卷书，创立了一种新的治学方法，成为清初继往开来的一代宗师。诗多伤时感事之作。有《天下郡国利病书》《日知录》《肇域志》《音学五书》《金石文字记》《亭林诗集》等。

【背景说明】 清江浦即今淮安市清江浦区的老城区，是漕船制造中心、漕粮转输中心、黄淮运河道治理中心。详见程敏政《次清江浦邵文敬吴文盛二主事邀饮寄寄亭中夜放舟至清口晓渡淮至清河乃别》背景说明。这是一首五言排律。

【注释】

① "此地"二句：邳徐，即大运河在淮北地区的重镇邳州、徐州。平江，指明漕运总兵官陈瑄，他被封为平江伯。故迹，指其在清江浦的祠庙及其创建的闸坝、船厂、仓库等。

② "开天"二句：明成祖朱棣通过"靖难之役"，取代建文帝做了皇帝，并决定实行"两都制"，以北京为主，命陈瑄为漕运总兵官，督运漕粮，供应北京。遂开清江浦连淮，并在大运河上修了清江、福兴、新庄等很多闸坝，使漕运通畅无阻。

③ "闸下"二句：清江浦之节制闸，每年春天粮船北上，夏初闭闸，以防黄河水倒灌里河。秋汛后于九月开闸，放行回空漕船。闸内所潴之水，皆由高邮、宝应诸湖南来。潴（zhū），水积聚。

④ "舳舻"句：漕运是国家的命脉。

⑤ 恃（shì）：依赖。军储：陈瑄于清江浦置常盈仓，以备转兑，时漕粮由军丁承运，部分亦供军食。

⑥ "陵谷"二句：随着天地的运转，时间的推移，这里发生了巨大变化。

⑦ "黄流"二句：由于黄河的倒灌，清口附近新开的漕渠淤塞了。

⑧ "米麦"四句：由于黄河为害频繁，米麦价格昂贵，朝廷为了治河花费甚多，使得国库空虚。频繁的灾害导致人口的大量流徙，造成江淮之间很少有土著居民。帑（tǎng），指藏钱财货币的府库，后引申为国有、公有。耰（yōu），古代的一种农具，用来弄碎土块，平整田地。

⑨ "庙食"句：庙食，旧谓人死后立庙受人奉祀。明仁宗即

位后,览陈瑄上疏陈七事,帝曰"瑄言皆当",令所司速行。遂降敕奖谕,寻封券,世袭平江伯。

117. 王家营

顾炎武

荒坰①据淮津,弥望遍秋草。
行人日夜驰,此是长安道。
鸡鸣客车出,四野星光照。
征马乏青刍,山川色枯槁。
燕中旧日都,风景犹自好。
衣残苕上缯②,米烂东吴稻③。
公卿不难致,所患无金宝。
还顾旅舍中,空囊故相恼。
回头问行人,路十如何老④。

【背景说明】王家营在清江浦黄河北岸,为通京大道之所经,黄淮北岸之起点,以北即为满目苍凉的黄泛区。此诗生动地描写了作者在深秋时节的一个凌晨从王家营出发北上所见"山川色枯槁"的情景。进而追述明末"公卿不难致,所患无金宝",吏治腐败而导致的亡国之痛。末句的意思是,回首往事,试问行人,当年曾向明皇帝痛陈十弊,奏请严惩贪官的路振飞(后来到淮上任漕运总督),是如何老死的呢?

【注释】

① 坰(jiōng):远郊。

② 苕（tiáo）上：今浙江省境内的苕溪，出浙江天目山之南者为东苕，出天目山之北者为西苕。缯（zēng）：丝织品的总称。苕溪一带是传统的丝绸之乡。

③ 东吴：古东吴的核心区太湖流域是传统的鱼米之乡，权贵之丝绸服饰、京城之贡米多由这一地区供给。

④ "路十"句：路十指明时曾在淮安任漕运总督的路振飞，他的政治主张无法实施，理想抱负无法施展，黯然老去。路与顾友善。

118. 登龙光阁

张养重

危楼面面玉玲珑，俯瞰层城气概雄。
万堞参差①迷近远，两河喷荡失西东②。
谁家砧响凉风外，有客帆飞落叶中。
我记阁成犹弱冠，前贤高宴坐晴空。

【作者简介】张养重（1617—1684），字斗瞻，号虞山，又号虞山逸民，晚号椰冠道人，山阳（今江苏淮安）人。清初淮上诗坛魁首，时称"张山阳"。崇祯间诸生。入清不仕，与里人靳应升、阎修龄创望社，以诗唱和。晚益贫，客游南北，抵燕云，涉琼海而归。潘德舆赞曰："吾乡诗人入古人堂奥者，前推宛丘，后则虞山。"将其与北宋大诗人张耒并论。有《古调堂集》。

【背景说明】龙光阁在淮安旧城南门外护城岗上。明崇祯时建，以壮文峰，为风水建筑；同时也是观光佳处，往来文人墨客有很多题壁诗词。其门西向，与西北文通塔相应。毁于抗日战火中，21世纪初重建。

【注释】

① 万堞参差：淮安三城雉堞坚密壮观。

② 两河喷荡：黄河、淮河交汇于淮安清口，喷薄激荡。失西东：极言其游移无定。

119. 悯 水

张养重

高堰如城水如贼，年年防水水莫测。
丙辰五月雨十日，波撼长堤守不得。
洪水倒注①势可骇，桑麻到处成沧海。
蛟龙得意占民居，饱餐人肉甘于醢②。
尸骸③遍野谁人收？数口牵绳逐乱流。
自料偕亡无计脱，骨肉尚冀同一邱。
间有巢林与升屋，或存或坠俱枵腹④。
不食三日亦饿死，性命悬丝更惨酷。
昔闻此水高于城，城廓人民昼夜惊。
古人烟祀沉苍璧⑤，郡门投楔⑥洪流平。
谁云此事绝新奇，厌胜之术⑦古有之。
圣贤捍御大灾患，堤防疏导能先期。
呜呼！城廓人民尔莫舞，而今四境无干土。
皇天夺尔衣食资，饥寒侧目皆豺虎。

【背景说明】 明隆庆以后，黄河全流夺淮，淮安地区河患日重。河臣潘季驯厉行"束水攻沙，蓄清刷黄"之策，大筑高家堰并修筑石工堤，遂使里下河地区有洪涝之患。此诗有注云，万历丙辰年（1616）五月二十七日湖决，淮扬两郡溺死者无算。

【注释】

① 洪水倒注：黄河洪水倒灌洪泽湖。

② 醢（hǎi）：本义是指肉酱，也指古代一种酷刑，将人剁成肉酱。《吕氏春秋·慎行论》《史记·殷本纪》均有记载。

③ 骸（hái）：骸骨。

④ 枵（xiāo）腹：饿着肚子。

⑤ 烟祀：对天神的祭祀。沉苍璧，将苍璧沉入河水中。即"苍璧礼天"之仪。

⑥ 郡门投楔：在府城门外河中投下楔子。

⑦ 厌胜之术：古代的一种巫术。"厌胜"即"厌而胜之"，系用法术诅咒或祈祷以达到压制人、物或魔、怪的目的。

120. 王默生靳茶坡张虞山过访一蒲庵

阎修龄

畦吠沙田港，怀人雨一楼。
云阴愁夜月，滩①响敌高秋。
入寺花前酒，到门湖上舟。
新荷香正好，夕影共淹留。

【作者简介】阎修龄（1617—1687），字再彭，号饮牛叟，又号容庵，晚号丹荔老人，山阳（今江苏淮安）人，阎若璩父。明末贡生。明亡，遁迹白马湖滨，结一蒲庵隐居，结望社，一时风雅之士翕集。著有《秋心》《秋舫》《冬涉》《影阁》诸集及《眷西堂诗文》《红鹤亭词》。

【背景说明】山阳吴进《忆一蒲庵》诗序有云,庵在平桥河西,去郡城四十里。殿宇草阁十数间,为阎再彭先生筑。栽花种竹,一鹤一僧。良辰,先生拿舟约同望社诸子觞咏其间,与张虞山、靳茶坡两先生过留尤殷。此前辈事,追慕以赋。可见,一蒲庵是望社重要的活动场所之一。阎修龄又有《闻一蒲庵水涨》诗曰:"薜荔为墙暮雨侵,西风一夜白波深。草堂从此嗟摇落,兰若何堪再陆沉!羸犊已驱原上牧,渔舠应共水滨吟。相怜独有中庭月,光涌禅门照佛心。"

【注释】

① 滩:白马湖滩,为一蒲庵所在地。

121. 富陵湖

汤调鼎

汉武秦皇久化灰,那知湖市见蓬莱。
三山恍惚生鳌背,百雉分明绕鹿胎①。
水墨云中林壑翠,霏微烟里画图开。
地灵咫尺神仙岛,金掌②何须接露台。

【作者简介】汤调鼎,生卒年不详,字右君。明崇祯举人,清顺治进士,授澧州知州。幼负奇气,文采斐然。积书数千卷,夜读达曙,晚年目昏,不稍倦。著有《兹亭诗文集》等。

【背景说明】富陵湖在古淮河东岸,是汉代富陵县地,今为洪泽湖的一部分。其大体位置在今洪泽湖大堤以西，吴城镇以南，南抵盱眙。明朝万历年间，为"束水攻沙，蓄清刷黄"，大筑高家堰，并建石工堤，拦蓄淮河清水，冲刷清口以下河床泥沙，以保证漕运航道的通畅，湖面遂不断扩大，成为横跨古淮河、纵横数百里的洪泽湖。旧志载，清初，湖面上曾多次出现海市蜃楼，此诗即描写了在古富陵湖范围的水面上出现的这一幻景。

【注释】

①"百雉"句：城墙边围绕着牡丹花。百雉，原指三百丈长的城墙，在这里指一般城墙。鹿胎，牡丹花的一种。

②金掌：《三辅黄图》引《汉书》故事云，汉武帝时祭太乙，升通天台以俟神灵。上有承露盘，仙人掌擎玉杯，以承云表之露。

122. 惠济祠

汤调鼎

横河编石砥长鲸①，香火崇台列绣楹②。
南狩宫车③云日丽，内颁宸翰④斗牛平。
春漕庾廪通吴会，秋转余皇出汉京⑤。
一镇两河严锁钥⑥，至今灵霭接蓬瀛⑦。

【背景说明】惠济祠又称天妃庙，位于今淮阴区马头镇二闸村。明正德初，道士袁洞明建太山行祠。明武宗南巡时，驻跸祠下。嘉靖初，章圣皇太后水殿渡河，赐黄香白金，额曰"惠济"。清即其旧宇，崇祀天后，遂称"天妃庙"。又因庙有铁鼓，

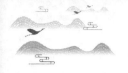

亦名"铁鼓祠"。雍正五年（1727），敕赐天后圣姥碧霞元君。惠济祠是大运河沿线著名的妈祖庙，这里地处黄河、淮河、运河交汇处，为清康熙、乾隆二帝每次南巡必经之地和重要的祭祀、驻跸之所。此诗就是描写这座祠庙的地位之要、香火之盛，实非寻常祠庙可比。

【注释】

① 横河编石：惠济祠建于洪泽湖大堤北端，黄河、淮河从西来，祠庙直阻其前，故云"横河"；其西、东、北三面皆是用糯米汁与铁锅黏合制成石工堤，为洪泽湖大堤石工北端的起点，故云"编石"。长鲸：《淮阴风土记》记载，惠济祠中又有鲸鱼肋骨一具，长可丈许，挂壁如铁胎弓。《河督麟庆碑记》记载，鱼长十八丈，高四丈余，昔常为害于南北两尖之间。

② "香火"句：此句写惠济祠的庄严崇丽。

③ 南狩（shòu）宫车：皇帝南巡的车马仪仗。

④ 内颁宸（chén）翰：内廷颁发皇帝在惠济祠写的诗文。

⑤ "秋转"句：皇帝选择秋天出巡。余皇，吴国造的船之名。

⑥ "一镇"句：一镇，指马头镇；两河，指黄河与淮河，两河在马头镇清口交汇。

⑦ 蓬瀛（péng yíng）：海上仙山。

123. 晚泊平河桥

方孝标

过雁疏林响落霞，茅檐次第接平沙。
淮流寒至波方束，野艇村遥日易斜。

经岁何缘三辍棹,深冬犹未一还家。
五更又挂孤帆去,卧听邮签①报水涯。

【作者简介】方孝标(1617—?),本名玄成,避康熙皇帝玄烨讳,以字行,桐城(今属安徽)人。清顺治六年(1649)进士,累官至内弘文院侍读学士,坐事流放宁古塔,后得释。后入滇,仕吴三桂,著《滇黔纪闻》。同邑戴名世著《南山集》,多采其言。

【背景说明】平河桥即今淮安市淮安区平桥镇,位于里运河东堤,为唐宋以来的运河古镇。详见吴承恩《平河桥》背景说明。

【注释】
① 邮签:驿馆、驿船等夜间报时的更筹。

124. 天妃闸歌

施闰章

黄河怒流动地轴,十舟九舟愁翻覆。
临矶作闸为通舟,水急还忧石相触。
挽舟溯浪似升天,千夫力尽舟不前。
巫师跳叫作神语,舟人胆落输金钱。
梨园唱尽迎神曲,犹杀牛羊啖水族①。
不尔作难在须臾,鲸鲵张口待人肉。
嗟尔!运漕于国为咽喉,
粟米力役家家愁,愿持尺牍②问阳侯③!
圣主劳兮瓠子塞④,河兮河兮当努力。

【作者简介】施闰章（1618—1683），字尚白，一字屺云，号愚山、蠖斋，晚号矩斋，宣城（今属安徽）人。清政治家，顺治进士，官至翰林院侍读。文章淳雅，尤工于诗，与宋琬齐名，称"南施北宋"。有《施愚山先生全集》。

【背景说明】天妃闸在今淮阴区马头镇南运口，亦称头闸、惠济闸，闸上就是淮河，入淮河稍北就是黄河、淮河交汇处。诗中描写过闸之艰险、祭祀河神之场面，绝似一幅生动的风情画。

【注释】

①"巫师"四句：生动再现了过闸时的风俗与舟人遭受敲诈的情况。啖（dàn），吃或给人吃。

②尺牒（dié）：官府文书。

③阳侯：古代传说中的波涛之神。

④瓠子塞：汉元光三年（前132），黄河决入瓠子河，淮、泗一带连年遭灾。元封二年（前109），汉武帝在泰山封禅后，发卒万人筑塞，下令堵塞决口，成功控制洪水。《瓠子歌》气势磅礴，对水患猖獗的描写入木三分。

125. 书清河县客舍

施闰章

疏烟寒照一荒村，小邑无城野色昏。
久废驿庭稀马迹，新营官舍总蓬门。
地连河岸渔家少，草满田园井税①存。
谁信江南此风景，舟车络绎不堪论。

【背景说明】此清河县，指旧县城，在今淮阴区马头镇境内,遗址距今地表数米深。

【注释】

① 井税:田税。

126. 登七星楼

胡从中

清秋宪府①登临地,峻阁凌云驾海鳌②。
金榜直通南极迥③,玉窗低瞰北辰高④。
背天鹗去横霄汉,遵渚鸿飞快羽毛。
只为闾阎图乐土,大夫那惜剪蓬蒿⑤。

【作者简介】胡从中(约1621—1701),字师虞,号天放,山阳(今江苏淮安)人。明崇祯十五年(1642)举人,书画家、诗人,望社成员。曾主编《淮安府志》,有《藉湖堂诗集》。

【背景说明】七星楼在淮安府城内淮扬(徐)道署后圃,时为一方胜迹、登高佳处。

【注释】

① 宪府:御史所居之署,汉谓之御史府,亦谓宪台。淮扬道乃纠察巡行之官,故云。

② "峻阁"句:高阁凌云,登临其上,如驾海鳌,遨游于大海中。海鳌,海中大龟。

③ "金榜"句:用金属装饰的大船直通遥远的南极。榜,船桨,代指船。

④ "玉窗"句:倚着用玉镶嵌的窗子俯视,见到高悬的北

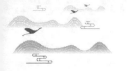

极星。

⑤"只为"二句：为了老百姓谋求乐土，做官的怎么会吝惜翦除有害庄稼的杂草呢？闾阎（lú yán），原为里门，后常用来代平民百姓。大夫，指为官的人。

127. 少年游·过淮城口占

毛奇龄

予去淮久矣，康熙十七年征车入京，从淮城下过，遂驻马流涕，占此词。

马蹄才发，阳平门外①，望里是淮安。
可怜此地，曾经流浪，一十五年前。
曲江高会②知何处，秋水晚生烟。
唯有垂杨，千条万缕，还挂酒楼边。

【作者简介】毛奇龄（1623—1713），字大可，号秋晴，一作初晴，称西河先生，萧山（今属浙江）人。明末诸生。曾因战火在淮安避居甚久。康熙十八年（1679）举博学鸿词科，授翰林院检讨，参与修《明史》，后引疾归里，专事著述。长于经学，亦好诗，工词，并擅骈文、散文。著有《西河合集》等。

【背景说明】此诗为毛奇龄于康熙十七年（1678）奉诏北上，重过淮安时作。词共二首，现选第一首。

【注释】

① 阳平门外：阳平郡城门外。南朝齐、梁时，曾于淮安一带侨置阳平郡。

② 曲江高会：在淮安期间，作者曾在河下曲江楼举行雅集。

《山阳志遗》记载，萧山毛检讨奇龄微时，避难来淮阴，改姓名为王彦，字士方，匿迹天宁寺。刘勃安先生闲过寺中，与语，奇之，因与订交。渐引所知相往还，遂遍与淮安诸名宿相友善。张吏部鞠存公有曲江园在东湖之滨，八月十五夜，遍集诸名士之寓淮者，张灯水亭，设伎作诸色，爨弄而蓺，星盘火树于洲渚间。酒再巡，清歌间作，丝竹幼眇，西河先生为赋《明河篇》。诗成，争相传写。适宣城施愚山过淮，吏部公同年友也，出此诗示之。惊曰：何物王士方？此非吾友江东小毛生，谁辨此者？急物色之，果然。后西河与吏部子岸斋公同登康熙己未博学鸿词科。

128. 桂殿秋·淮河夜泊

陈维崧

波淼淼，月胧胧。
神巫争赛禹王宫。
船头水笛吹晴碧，樯尾风灯飐夜红。

【作者简介】陈维崧（sōng）（1625—1682），字其年，号迦陵，宜兴（今属江苏）人。明末诸生，晚年举博学鸿词科，授翰林院检讨。工骈文及诗词，与朱彝尊合刊《朱陈村词》，有《湖海楼全集》。所填词多至一千六百余首，并以他为中心形成阳羡词派。骈文亦称名家。

【背景说明】淮安在月夜祭祀淮河神，实不多见。此词足可补史乘之缺略也。禹王宫在黄、淮、运河交汇处。

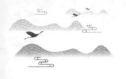

129. 秋日陆咸一^①招泛郭家池

丘象升

萧然廉阁俯池幽，招客偏宜坐素秋。
蔬圃霜残留戏蝶，芰塘风急起眠鸥。
鱼罾②斜傍疏篱挂，酒舫轻随落叶浮。
荡漾不知城日隐，梵林③暮鼓出中洲。

【作者简介】丘象升（1629—1689），字曙戒，山阳（今江苏淮安）人。清顺治十二年（1655）进士，历官翰林院编修、侍讲学士、琼州府通判。有《南斋诗集》。

【背景说明】郭家池，因在明代曾为郭氏所有，故名，即今勺湖公园，在淮安城运河东岸，其东临始创于隋代的龙兴寺。这里向来是文人雅集的佳处。

【注释】

① 陆咸一：名求可，与丘象升同榜进士，山阳（今江苏淮安）人，历官裕州知州、刑部员外郎、福建提学监试佥事等。

② 罾（zēng）：一种用木棍或竹竿做支架的方形渔网。

③ 梵林：即佛寺。

130. 山紫湖晚眺

杜首昌

归渡丝丝闹渡头,去舟不断又来舟。
闲情只合贪烟水,立尽斜阳得自由。

【作者简介】杜首昌(1632—1698后),字湘草,号东隐庵主,享年七十余。明末清初山阳(今江苏淮安)人。因"黄鹂养就娇情性,骂得桃花没处飞"之句,被称为"杜黄鹂"。善行草书,工诗词,卓绝一时。有《杜稿编年》《绾秀园诗选》等。

【背景说明】山紫湖一作山子湖,湖中有钵池山,故亦称钵池湖。山间有乾元道院、景会寺等宗教建筑,系道教七十二福地之一,为著名淮上胜境。清乾隆三十九年(1774)以前,由板闸乘船,可直达山紫湖,登钵池山。每逢春秋佳日,往来舟船不绝,游人如织。其历史文化详见李白《淮阴书怀寄王宗成》注释。

131. 南歌子·泛东湖游化城诸庵

杜首昌

秋水连天碧,霜风隔岸红。扁舟一叶几庵通,却与二三僧在画图中。

错落排初地,萧疏入化工。蒹葭①遥带蓼花②丛,有个不衫

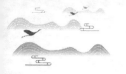

不履半衰翁。

【背景说明】东湖即淮安河下镇萧湖，化城庵在萧湖东岸。

【注释】

① 蒹葭（jiān jiā）：一种植物，指芦荻、芦苇。亦为《诗经》中篇名。

② 蓼（liǎo）花：一年生或多年生草本植物，节常膨大；托叶鞘状，抱茎；花小，白色或浅红色，穗状花序或头状花序。

132. 过东阳故城

戚 珒

旧迹[①]名犹在，城根尚蜿蜒。
路碑[②]残日月，屋瓦旧人烟。
祷雨留神树，耕田得古船[③]。
故侯有贤母，遗爱记秦年[④]。

【作者简介】戚珒（1633—1686），字后升，号莞尔，又号笑门，泗州（今安徽泗县）人，长居盱眙（今属江苏）。清代诗人。康熙年间授知县。有《笑门诗集》《泗州通志》。

【背景说明】东阳故城在今盱眙县境内，为秦东阳县城。秦末，东阳陈婴聚众起义，得二万人，后听从母亲的教诲，自己不称王，投入项梁门下，被封为上柱国。项梁死后，陈婴改投刘邦，后被封为堂邑侯，累世食禄。东阳故城靠近下通邗沟的衡阳河，以及古禹王河。

本诗在《泗虹合志》题作《过故城》,《盱眙县志稿》作《过东阳故城》。《泗虹合志》中本诗尾联作"秋风吟苦客,沈泪夕阳边"。

【注释】

① 旧迹:陈婴起义反秦的事迹。

② 路碑:当时陈婴祠的碑刻。

③ 古船:相传在古禹王河遗迹处曾挖出汉时的船,证明东阳故城繁盛时期是有运河通达的。

④ "故侯"二句:贤母,陈婴起义初,其母劝他不要自己称王,以留余地。遗爱,陈母教子的事迹常被人们传颂。

133、134. 淮安新城有感

王士祯

其一

泽国阴多暑气微,一城烟霭昼霏霏。
春风远岸江蓠长,暮雨空堤燕子飞。
四镇沙虫①成底事,五王②龙种竟无归。
行人泪堕官桥柳,披拂长条已十围。

其二

开府当年据上游③,建牙赐爵冠通侯④。
即看别院连云⑤起,更引长淮作带流。
荒径人稀鼪鼬啸⑥,野塘风急荻芦秋。
永嘉⑦南渡须臾事,忍向新亭问楚囚⑧。

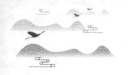

【作者简介】 王士禛（1634—1711），原名王士禛，字子真，一字贻上，号阮亭，又号渔洋山人，死后因避雍正讳，改称士正，乾隆时诏命改称士禛。新城（今山东桓台西）人。清初文学家。顺治进士，官至刑部尚书，颇有政声。谥文简。生前负有盛名，门生众多，影响很大，与朱彝尊号称"南朱北王"。论诗创"神韵说"。有《带经堂集》《渔洋诗话》等。

【背景说明】 淮安新城在旧城北，紧滨淮河。历来为兵防重地。明崇祯末，东平伯刘泽清曾建牙开府于此，巧取豪夺，使得民怨沸腾。

【注释】

① 四镇沙虫：明崇祯末，封总兵黄得功为靖南伯，驻仪征；命总兵刘泽清为东平伯，驻庐州；总兵高杰为兴平伯，驻瓜洲；总兵刘良佐为广昌伯，驻临淮，是谓"四镇"。清兵南下，各镇将领或降或死。《抱朴子》："周穆王南征，三军之士，一朝尽化，君子为猿为鹤，小人为虫为沙。"

② 五王：当清兵南下之际，明宗室中被拥立为王的先后有五人，即福王朱由崧、唐王朱聿键、永明王朱由榔、鲁王朱以海、益王朱由本。鲁王沉海死，其余先后被清兵俘杀。

③ "开府"句：开府，开建府署，自选官属。谓刘泽清在淮安新城建立府署。刘泽清拥立福王于南京，自据淮安。

④ "建牙"句：刘泽清被赐为高爵，为通侯之冠。牙，牙旗，古时将军建牙旗，竿上以象牙为饰，故称。通侯，古代爵名，秦置爵二十等，最尊为彻侯，即通侯。

⑤ 别院连云：正院以外的院宇叫别院。《南征纪略》谓刘泽清大兴土木，造宅淮安，极其壮丽，僭拟皇居，威福自擅，休牟淮上，无意北上抗清。

⑥ "荒径"句：眼前只见路径荒凉，行人稀少，黄鼠狼在叫。鼪鼬（shēng yòu），黄鼠狼。

⑦永嘉：晋怀帝年号。永嘉五年（311），石勒入侵，晋京城洛阳被攻陷，怀帝被俘，史称"永嘉之乱"。

⑧新亭问楚囚：《世说新语·言语》记载："过江诸人，每至美日，辄相邀新亭，藉卉饮宴。周侯中坐而叹：'风景不殊，正自有山河之异！'皆相视流泪。唯王丞相愀然变色曰：'当共勠力王室，克复神州，何至作楚囚相对！'"

135. 过淮阴城下

孙　华

过淮阴见数百人舁土①置城下，问之云：河堤欲溃，将以土塞城门。怒焉心悸，作诗告哀，为淮民危之也。

淮阴城下声汹汹，蚁聚千夫担土笼。
往来恰似营巢燕，累重宁殊蝜蝂虫②。
共说河堤行溃决，数阖便欲丸泥封。
吾闻此语重叹息，人谋如许何匆匆。
昔日河边集万舰，摊钱③白昼安流中。
自从淮黄势合并，奔腾激怒争为雄。
精卫衔石④心已尽，孟津⑤捧土谁能壅？
柳条不长隋堤秃，竹绹频剪淇园空。⑥
金钱縻耗不知数，咄嗟仰屋烦司农⑦。
寻丈旁穿蝼蚁穴，咫尺下瞰蛟龙宫。
高田极望浩烟水，十年不种黍与穬⑧。
居人栖息杂凫鸭，浮槎寄顿编茅蓬。
黄母为鼋恐不免，羽渊化熊将毋同⑨。

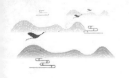

城内城外皆赤子，何忍村落填长罴⑩。
传闻官长能备豫，衣蓑⑪夙戒修艨艟。
当今谁似王尊⑫勇，屹然身捍金堤冲。
安得黄淮仍酾析⑬，驱归海若长朝宗。
䲰粟年年便飞挽，直沽⑭转盼云帆通。
篷窗拊枕方寤叹，发船打鼓声逄逄⑮。

【作者简介】孙华（1634—1723），字君实，太仓（今属江苏）人。清代诗人。康熙二十七年（1688）进士，历任礼部、吏部主事，后被诬去职。有《东江诗钞》。

【背景说明】孙华笔下的淮阴城，系淮安府城。明清时期，淮安一带黄河决溢频繁，府城曾多次以城为堤防，塞城门作为最后防线。山阳人王灿有《黄淮并急，三城塞土堵门有感》诗，亦可为证。诗曰："万里源长流万派，一方独汇此狂澜。浊黄清泗蛟龙怒，荡地兼天星斗寒。不惜斗金排黑浪，却教三户借泥丸。䲰䒳纵有绸缪计，无子空秤巧妇难。"

【注释】

① 舁（yú）土：抬土。

② 蝡蝂虫：一种传说中的生物，喜爱背东西的小虫。

③ 摊钱：过河的船户分摊过河时祭祀河神的费用。

④ 精卫衔石：传说炎帝之少女，名女娃，游于东海而溺死，化为精卫鸟，常衔西山之木石以填东海。

⑤ 孟津：孟津位于河南省西部偏北，居黄河中下游。

⑥ 柳条：河堤上用以防洪而栽植的杞柳等树木。竹绹（táo）：用竹编织的绳索，常用作防洪堵决器材。淇园：地名。古代以产竹著名，在今河南淇县附近。

⑦ 司农：官名。汉设，主管钱粮，为九卿之一，又称大司农。清代因户部主管钱粮、田粮，故俗称户部尚书为大司农。

⑧ 穬（kuàng）：稻麦等有芒的谷物。

⑨ 鼋（yuán）：属鳖科爬行动物。羽渊：池潭名。《左传》："昔尧殛鲧于羽山，其神化为黄熊，以入羽渊。"

⑩ 谼（hóng）：古通"洪"，大水。

⑪ 衣蘡（yīng）：败絮败衣，用于塞舟漏也。

⑫ 王尊：汉涿郡高阳（今河北高阳东）人，任安定太守，捕诛豪强，威震郡中。后为东郡太守，河水侵瓠子金堤，堤坏，众奔走，王尊立堤上不动，吏民还救，卒转危为安。

⑬ 酾析：疏导，分流。

⑭ 直沽：在天津附近。

⑮ 逢逢（féng féng）：形容鼓声。

136. 由清江浦至出口

王 撰

烟树微茫离楚城，漕渠一线怒流争。
人行江北花看少，天过淮南月厌明。
渡口孤篷①芳草色，舟前古庙浊河声。
山长水远三千里，无限乡思望国情。

【作者简介】王撰（shū）（1636—1699），字虹友，号汲园，太仓（今属江苏）人。清代诗人。"太仓十子"之一，一生抗节不仕，穷愁以没。有《芦中集》。

【背景说明】清江浦出口处即为黄、淮、运河交汇处，怒流澎湃，浊浪滚滚，令人生忧思而感寒栗。

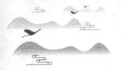

【注释】

① 孤篷：孤舟。

137. 九日集郡庠尊经阁

马　骏

今古东南地，论交海岳通。
耆英千里至，诗赋一时雄。
胜会登官阁，华筵变楚风①。
诸公沉醉后，丝管彻高空。

【作者简介】马骏，生卒年不详，字图求，号西樵，山阳（今江苏淮安）人。清代书画家。康熙八年（1669）举人，官嘉兴主簿，荐博学鸿词科，未试而卒。诗书琴印皆精妙，为望社重要成员。有《听山堂集》等。

【背景说明】明清之际，淮安城聚集了全国各地很多诗人，他们与本地诗人共同成立了一个带有反清复明色彩的文学社团——望社，隔三岔五地相聚吟咏，诗酒唱酬，其盛况一时无两，淮安遂有"诗城"之誉。诗人们的作品被编辑为《淮安诗城》一书。马骏的这首诗就是写望社成员重阳节在淮安府儒学内尊经阁的一次雅集盛况。

【注释】

① 楚风：楚地的风俗、风味。

138. 移居清河茅舍

董 讷

邑小无城郭,零星二百家。
可怜同燕雀,何处种桑麻。
借火聊分照,荒檐任自斜。
往来工所近,缓步踏平沙。

【作者简介】董讷(1639—1701),字默庵,号俟翁,又号兹重,平原(今属山东)人。清代诗人。康熙六年(1667)进士,官至漕运总督,所至有政声。有《柳村诗集》《督漕疏草》。

【背景说明】清河县城小清口地处漕运要冲。然而,在黄河、淮河洪水的连年夹击下,这个只剩下二百来户人家的县城,已成为不宜人居之地,很难发展。这首纪事写实的诗就是明证。

139. 白 马 湖

乔 莱

白马湖中菱叶稀,采菱风雨湿人衣。
红妆荡桨因何往,贪看鸳鸯比翼飞。

【作者简介】乔莱(1642—1694),字子静,号石林,宝应(今属江苏)人。清代诗文家。康熙六年(1667)进士,举博学鸿词科，任日讲起居注官，后迁侍讲，转侍读，不久罢归。有《应制集》《归田集》等。

【背景说明】 白马湖简介详见萨都剌《夜过白马湖》背景说明。该诗明白如话，很有竹枝词的韵味。

140. 白 马 湖

王式丹

泱漭浑无际，长堤望欲迷。
碧垂天影合，红衬夕阳低。
踏水轻舠①急，排空野马齐。
东风吹不断，只见柳条西。

【作者简介】 王式丹（1645—1718），字方若，号楼村，清宝应（今属江苏）人。康熙四十二年（1703）状元。官翰林院修撰，参与编修《明史》《大清一统志》，分校二十一史诸书。有《楼村诗集》等。

【背景说明】 白马湖简介详见萨都剌《夜过白马湖》背景说明。这首诗是写春汛高涨时的白马湖：湖水浩瀚无际，绿杨满堤与蓝天相映，红霞映衬着将要落山的夕阳，小渔船在水面快捷地远驶，如排空的野马齐头并进。在浩荡的东风里，只见满堤的柳条向西摆动。

【注释】
① 轻舠（dāo）：小船。

141. 泗 州

潘 耒

城郭平沉不露痕,休论万井与千村。
僧伽何事无慈愍①,只保波心一塔存。

【作者简介】 潘耒(1646—1708),字次耕,号稼堂,吴江(今属江苏)人。清学者、文学家。博通经史、历算、音学。清康熙十八年(1679),举博学鸿词科,授翰林院检讨,参与纂修《明史》。官至翰林院检讨。有《遂初堂诗集》。

【背景说明】 泗州城位于古汴河入淮处,为隋唐宋时期的漕运枢纽、运河名城。清康熙十九年(1680)黄河、淮河同时暴发洪水,将泗州城及其周边聚落一道淹没。城中只有安置僧伽大师舍利的灵瑞塔还矗立水中。此塔于乾隆四十二年(1777)倒塌。

【注释】

① 慈愍(cí mǐn):亦作慈悯。仁慈怜悯。

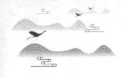

142. 清江浦

程 銮

幕府双旌迥①，人家二水②中。
结庐多苇箔，入市半渔翁。
柽柳裁新枿③，帆樯度晚风。
禹功劳至虑，畚筑④未休工。

【作者简介】程銮（luán），生卒年不详，字坡士，世居山阳（今江苏淮安）。主要活动于清康熙年间。廪贡生。历官工部主事、浙江粮储道、布政司参议，分守金衢严道。有《只拙斋诗钞》。

【背景说明】清江浦为黄、淮、运河交汇处的重镇，为全国漕船制造中心、漕粮转输中心、黄淮运河道治理中心。详见程敏政《次清江浦邵文敬吴文盛二主事邀饮寄寄亭中夜放舟至清口晓渡淮至清河乃别》背景说明。

【注释】

① 幕府：将帅在外的营帐，亦泛指军政大吏的府署，此指位于清江浦的河道总督署。双旌：唐代节度领刺史者出行时的仪仗，亦泛指高官的仪仗。河道总督系正二品高官，领有河兵二十四营汛与水师营、苇荡营等数万将士，又非一般高官可比。

② 二水：黄河、清江浦。

③ 柽（chēng）柳：落叶小乔木，亦称"观音柳"，多用来编织柳筐。昔时，河防上常用作工柳。枿（niè）：树木砍去后从

茎根上长出的新芽。

④ 畚（běn）筑：盛土和捣土的工具。

143. 淮上有感

孔尚任

皇华亭下使臣舟，冠盖欣逢羡壮游。
箫鼓欲沉淮市月，帆樯直蔽海门秋。
九重图画①筹难定，七邑耕桑②户未收。
为问琼筵诸水部，金尊倒尽可消愁③？

【作者简介】孔尚任（1648—1718），字聘之，又字季重，号东塘、岸塘，曲阜（今属山东）人。孔子六十四代孙。清初诗人、戏曲家。历官户部侍郎、员外郎等职。创作传奇剧《桃花扇》、《小忽雷传奇》（与顾彩合作）和杂剧《大忽雷》等。

【背景说明】淮安皇华亭在老城西门外运河边，是接待往来使臣与达官显贵的场所。淮安府作为剧邑冲要之地，鼓吹沸天，官舫云集，昼夜不息，接待任务繁多。然而，朝廷的治水规划却难以落实，里下河七邑依旧水灾频繁，连年失收。

【注释】

① 九重图画：朝廷的治理规划。

② 七邑耕桑：山阳、宝应、高邮、江都、兴化、泰州、盐城七州县。

③ "为问"二句：表达了诗人对治水部门与贪官污吏肆意挥霍国帑、醉生梦死的行径进行无情揭露与鞭挞。

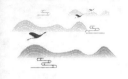

144. 渡黄河

孔尚任

踟蹰何计救桑麻,立马堤头唤渡槎。
八月荒蒲飞白鸟,孤城落日照黄沙。
南开清口①分淮少,东阻云梯②去海赊。
此处源流谁探取,秋风初动使臣嗟。

【背景说明】此诗写孔尚任在八月南下至黄、淮、运河交汇处,乘船过清口枢纽时的所见。第四句中的"孤城"指甘罗城,"照黄沙"说明甘罗城处黄沙已淤积得很深了(乾隆年间被埋没废弃)。诗人因此颇为感慨。第五、六句的意思是:清口以南虽开挖多条引河,但引淮河清水太少,难以"刷黄";而东面的淮河入海口云梯关,因淤积已去海遥远,黄淮之水入海因此受阻。

【注释】

① 清口:黄、淮、运河交汇处。

② 云梯:云梯关,旧时为淮河入海口,由于黄河夺淮,泥沙淤积,至清代已远离海岸。

145. 秋杪重至王家营

查慎行

十日征程滞故乡，大河西北又严装①。
千家转徙留三户，万柳荣枯在一霜。
断岸无桥频待渡，涸沙有辙尚犁荒。
惊心八月归舟路，夜下萑苻②百里黄。

【作者简介】 查慎行（1650—1727），字悔余，号他山，晚年居于初白庵，故又称查初白。海宁（今属浙江）人。清代诗人、文学家，"清初六家"之一，继朱彝尊之后被尊为东南诗坛领袖。康熙进士，官至翰林院编修。有《敬业堂诗集》《补注东坡编年诗》等。

【背景说明】 王家营在清江浦黄河北岸，为著名的清口驿所在地，是南船北马、辕楫交替之所和北道重镇。详见顾炎武《王家营》背景说明。

【注释】

① 征尘：旅途风尘，言劳碌辛苦之意。严装：整饬、使严整，或使装束整齐或整理行装。

② 萑苻（huán fú）：泽名，后指盗贼。萑苻遍野，形容盗匪横行，出没各处，天下不宁。

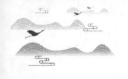

146. 淮安上船

查慎行

厌听铃声①爱入舟,只应洗耳②向清流。
瓣香夜霭淮神庙③,梦稳江南第一州④。

【背景说明】淮安作为历史上著名的水陆交通枢纽,舟车往来,辕楫交替,是南船北马、舍舟登陆之地。行旅北上,均自清江浦下船,由石码头北渡黄河,至王家营换乘车马;南下则至王家营弃车马,南渡黄河至石码头扬帆。查慎行系由北方南下,先乘车马、听铃声,受尽颠簸之苦,然后渡过黄河,来到清江浦,拜谒了淮神庙,乘上客船,烦劳的心才平静下来。此诗写了作者由北南返到清江浦上船的经过和感受。

【注释】

① 铃声:拉马车的马铃声。陆行乘马车颠簸太甚,痛肌散骨,故厌听之。

② 洗耳:高士许由听说尧要让君位给他,便跑到颍水边去洗耳朵,表示他不愿意听到这样的话。

③ "瓣香"句:昔时由王家营弃车马渡河,都要先祭祀河神。

④ 江南第一州:淮安,时淮安府属江南省。明姚广孝《淮安览古》诗:"襟吴带楚客多游,壮丽东南第一州。"

147. 晚经淮阴

爱新觉罗·玄烨

淮水笼烟夜色横,栖鸦不定树头鸣。
红灯十里帆樯满,风送前舟奏乐声。

【作者简介】爱新觉罗·玄烨(1654—1722),清朝第四位、入关后第二位皇帝,即康熙皇帝,在位六十一年(1668年亲政),是中国历史上在位时间最长的皇帝,开创"康乾盛世"。自康熙二十三年(1684)至康熙四十六年(1707),曾先后六次南巡,系河漕要政之淮安,乃其南巡之重点区域。

【背景说明】这是康熙二十三年(1684)康熙皇帝第一次南巡,秋冬季节舟行清淮时所作。暮鸦赶路,可知勤政;"红灯十里",可透繁华。

148. 览淮黄成

爱新觉罗·玄烨

殷勤久矣理淮黄,几度风尘授治方①。
九曲②素称天下险,四来实为兆民伤。
使清引浊③须勤慎,分势开流在不荒。
虽奏安澜宽旰食④,诚前善后奠金汤⑤。

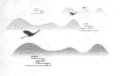

【背景说明】这是康熙皇帝第四次南巡,视察清口一带河道治理工程后,在清江浦所作的诗,河道总督张鹏翮勒石成碑。

【注释】

① 授治方:康熙皇帝精通水利,每次实地视察后,都亲授机宜,治理成效显著。

② 九曲:形容弯曲很多,此指黄河。

③ 使清引浊:"蓄清刷黄"的治理方略。

④ 旰(gàn)食:意思是因事务繁忙,不能按时吃饭。旰,日落的时候,晚上。

⑤ 金汤:金城汤池,比喻城池坚固。

149、150. 杨庄新开中河得顺风观民居漫咏二首

爱新觉罗·玄烨

其一

瞬息风帆百里余,往来数次过淮徐。
光阴犹似当年景,自觉频催点鬓疏。

其二

春雨初开弄柳丝,渔舟唱晚寸阴移。
庙堂时注淮黄事,今日安澜天下知。

【背景说明】此诗作于康熙四十四年(1705)第五次南巡时,时康熙皇帝五十二岁。原来运河自清河至宿迁一带,系利用黄河行漕。这一段长约九十公里,风涛险恶,常发生事故。康熙

二十六年（1687）河道总督靳辅自骆马湖凿渠历宿迁、桃源至清河仲家庄出，名曰中河。这样船只在黄河中经行不过数里，免去了风涛之险。康熙四十二年（1703）河道总督张鹏翮又把中运河口东移至杨庄，于漕运更为方便。这两首诗被勒石成碑，立于杨家庄三坝。

151. 赴淮舟行杂诗

曹　寅

云帆初破浪，画楫更传餐。
凫臛来方物①，车螯上食单②。
簿书惭素饱，风水幸平安。
欲上淮阴庙，逍遥凝睇寒。

【作者简介】曹寅（1658—1712），汉军正白旗人，字子清，号荔轩。曹雪芹祖父。清文学家。曾任通政使、江宁织造。颇受康熙皇帝宠遇，康熙巡幸江南，两次居其织造官邸。善词曲，曾主持刊刻《全唐诗》。有《楝亭诗钞》《续琵琶记》等。

【背景说明】由这首诗可知，曹寅为了避免扰动官府，是让淮安府的接待人员"传餐"，即把饭菜送到官船去用餐的。《赴淮舟行杂诗》共十二首，现选一首。

【注释】
① 凫臛（huò）：野鸭肉做成的肉羹。方物：地方的特产。
② 车螯（áo）：指车螯蟹。食单：食谱。

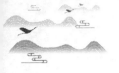

152. 淮阴侯钓台

徐昂发

木落荒原水气昏,英雄渔钓迹犹存。
蒯通不售三分策,漂母长留一饭恩。
人叹老臣知国士,天哀女子杀王孙。
藏弓烹狗由来事,只合终身淮上村。

【作者简介】徐昂发(1662—1732),字大临,号畏垒山人,昆山(今属江苏)人。清代诗人。康熙三十九年(1700)进士,改翰林院庶吉士。散馆,授编修。任福建乡试副考官,迁提督江西学政。徐昂发以文酒自豪,常倾四座,亦工骈体文,尤长于考证。有《畏垒山人诗集》四卷及《畏垒笔记》四卷。

【背景说明】淮阴侯钓台在今淮阴区马头镇,淮安新城外亦有韩信钓台。徐昂发所见当为淮安新城外运河堤上之钓台。《清诗别裁集》编者沈德潜评曰:"蒯通之策不售,而漂母之饭常怀,淮阴无反志明矣。咏钓台者甚多,此作独为完善。"本诗是关于韩信的怀古诗中的杰作。

153. 八里庄

查 升

断井冰胶汲水痕，炊烟三两不成村。
客嫌南语呼难应，门对西风火不温。
白月荒途深夜柝，黄沙野菜杂蔬盆。
耳边俄觉秋涛卷。卧听驽骀龁草根。

【作者简介】查升（1650—1707），字仲韦，号声山，海宁（今属浙江）人。清代诗人。康熙二十七年（1688）进士，官至少詹事。著有《澹远堂集》。

【背景说明】由此诗可知，到清康熙年间，八里庄虽然已衰败得"炊烟三两不成村"了，但仍未被黄河洪水冲塌。从末句"卧听驽骀（tái）龁（hé）草根"可知，在"九省通衢石码头"之前，八里庄曾为南船北马、辕楫交替之处。

154. 寄淮上曲江楼文会诸子

王汝骧

美人不可见，频梦亦奚为？
落日华阳道①，长风漂母祠②。
相思寻旧简，投报谒新诗③。
剩有临文意，竿头进昔时。

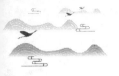

【作者简介】王汝骧,生卒年不详,字耘渠,金坛(今属江苏)人。清诗文家。由贡生官通江知县。有《墙东杂著》等。

【背景说明】曲江楼在淮安河下萧家湖依绿园内,为文人雅集之所。《山阳河下园亭记》记载,园中有曲江楼、云起阁诸胜。原称依绿园,为山阳张新标、张鸿烈父子修筑的别墅。张氏父子曾大会海内名宿于此。萧山毛奇龄《明河篇》即赋于此。后归程氏盐商,旋易名柳衣园。程爽林、程风衣聚大江南北耆宿之士文会其中,以金坛王罕皆、耘渠两先生,长洲沈归愚先生主坛席。遂有边寿民、程风衣等"曲江十子"之名,有《曲江楼稿》风行海内。

乾隆三十九年(1774)秋,黄河在清江浦老坝口大决,河下尽成泽国,曲江楼由此走向衰败。后由于程氏盐商的衰落而式微。这首诗反映的还是曲江文社存续时期的状况。

【注释】

① 华阳道:华阳,当指时任淮安府学教授、金坛人史震林。史震林有逸才,诗文字画俱飘飘带烟霞气,有《华阳散稿》等。"落日华阳道",亦代指河下曲江楼等文人雅集之地的衰落。

② 漂母祠:在萧湖西侧运河堤上,与曲江楼隔湖相望。代指曲江诸子古道热肠依旧。

③ "投报"句:旧时文人骚客干谒达官显贵,往往投以诗简。

155. 凤凰台上忆吹箫·将营苇间书屋作

边寿民

城畔荒原,宅边余地,周遭一望蒹葭。似芙蓉江上,浅渚平沙。此地尽堪茅屋,门开处、斜对渔家。垂杨里,几畦菊圃,半截篱笆。

嗟嗟!赵囊①空矣,徒年年虚愿,耽搁烟霞。笑半生鸠拙②,技止涂鸦。纵是诛茅插竹,也凭仗、数笔芦花。点染过,三春将尽,十丈溪沙。

【作者简介】边寿民(1684—1752),原名维祺,字颐公,号苇间居士、绰绰老人。山阳(今江苏淮安)人。清代画家。康熙诸生。善画花鸟、山水,尤以画芦雁驰名,有"边芦雁"之称。工诗词、书法。和郑板桥、金农等人齐名,"扬州八怪"之一。有《苇间老人题画集》等。

【背景说明】苇间书屋是边寿民晚年回到淮安老城旧居后,就宅子附近一片苇塘所建的私家园林。他曾在苇间书屋接待过郑板桥等友人。

【注释】

① 赵囊:赵壹囊空。后汉赵壹虽有才学,但为时人所排挤,于是作《刺世疾邪赋》,其中有"文籍虽满腹,不如一囊钱"之句。后用此典指贫士的钱囊。

② 鸠拙(jiū zhuō):《禽经》记载,"鸠拙而安"。张华注:"鸠,鸤鸠也。"自称性拙的谦辞。

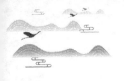

156. 泛萧家湖

金 农

回汀曲渚暖生烟,风柳风蒲绿涨天。
我是钓师人识否?白鸥前导在春船。

【作者简介】金农(1687—1763),字寿门,号冬心先生等,仁和(今浙江杭州)人。清书画家。乾隆初被荐博学鸿词科,入京未就而返。好游历,晚寓扬州,卖书画自给,为"扬州八怪"之一。有《冬心先生集》《冬心先生杂著》等。

【背景说明】萧家湖,亦称萧湖、东湖、珠湖,在淮安河下镇南侧,为一方胜迹。其鼎盛时,湖中有私家园林十余处。金农此次泛舟萧家湖,暖烟生渚,春意盎然,白鸥前导,钓竿在手,绝似仙客。

157、158. 午日淮阴城北观竞渡

厉 鹗

其一

此日家家唤艇行,一湾野水是新城。
无人更说防淮事,烟柳风蒲到处生。

其二

惊飞沙鸟两相呼,铙鼓缘流引客娱。
不分午风凉似水,为他儿女飐钗符。

【作者简介】厉鹗(1692—1752),字太鸿,又字雄飞,号樊榭等,钱塘(今浙江杭州)人。清代文学家、学者,浙西词派中坚人物。康熙五十九年(1720)举人,屡试进士不第。有《宋诗纪事》《樊榭山房集》等。

【背景说明】此诗写淮安人在端午节这一天,在淮安新城北的河上赛舟竞渡的场景。端午节又称浴兰节。屈原《九歌·云中君》:"浴兰汤兮沐芳,华采衣兮若英。"该诗共四首,现选二首。

159. 袁江八景诗·夹岸帆樯

汪 枚

泛宅依然住绿波,濒临大舢与高舸①。
人家北岸齐南岸,舟楫里河连外河②。
似锦片云随地起,如林丛木赚鸦过。
旋看水国争成肆,夜半还闻发棹歌③。

【作者简介】汪枚(1693—1752),字卜三,号梅峰,以所居近钵池山侧,又自号钵山,清代清河县(今淮安市淮阴区)人,世居山阳(今江苏淮安)。生而醇谨,虽天资平平,然而勤勉好学,读书昼夜不少懈,与边寿民、程嗣立相交甚厚。著《钵

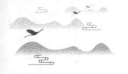

山存稿》十卷,家刻本。

【背景说明】袁江,即清江浦,为黄、淮、运河交汇处的重镇,为全国漕船制造中心、漕粮转输中心、黄淮运河道治理中心。岸夹里外河,每春秋粮艘去来,客舟停泊,南北帆樯,一望皆是。详见程敏政《次清江浦邵文敬吴文盛二主事邀饮寄寄亭中夜放舟至清口晓渡淮至清河乃别》背景说明。

【注释】

① 大舳:尾梢有舵楼的连帆船。高舸:大船。

② 里河:淮河山阳湾以里的清江浦,后亦泛指整个淮扬运河,清代设里河同知管理。外河:清口以下的黄河,改道后位于山阳湾以外,故称为"外河",清代设外河同知管理。清江浦经常因黄河倒灌淤塞,故在清江浦水渡口设有车盘入黄河的坝口——清江坝。每逢盘坝之时,即呈现"舟楫里河连外河"的盛况。

③ "夜半"句:旧志载清江浦"市不以夜息",又有文曰"清淮八十里,临流半酒家",均生动地反映了清江浦的繁华。

160. 板闸被水歌

伊龄阿

黄河东走扼清吭,处处长堤固平壤。
一宵风雨怒鸣号,汛滥高于堤十丈。
时当甲午秋八月,老坝口传水潺潺。
朝来雨急风转颠,汩汩银涛声震荡。
河伯①翱翔策马来,阳侯②骄舞盘涡上。
山子湖③周四十里,灌之顷刻满盆盎。
摧坚破厚如枯朽,剩壁颓垣犹倔强。

板闸万烟乱飞蓬,榷署高楼平如掌④。
天心降灾欲何之,况是多金储国帑。
挥手从人各奔避,余命死职非为枉。
结筏甘与波沉浮,孑然宛在水泱泱。
库藏四十余万缗⑤,坚持旬日得依仗。
环顾群黎最可怜,呼号仓猝莫知往。
寻爷觅子乱窜逐,手携白发背负襁⑥。
或起升屋熊鸱⑦蹲,或见缘木猿猱象。
抱柱岂真待符女⑧,济川哪得棹兰桨?
不及接淅虚烟炊,空有终宵勤绩纺。
吁嗟生理付鱼鳖,何处随狙⑨拾栗橡。
河下惊闻鼠窃多,山左又传潢池党⑩。
圣朝功令明且严,尔辈何敢触文网⑪!
业经流离甚颠沛,哪堪仓惶复扰攘。
水中草奏不及筹,初达民情未明朗。
清问频颁天语来,发赈宽租帝德广。
此时补苴赖相臣,飞骑巡行切痛痒。
老幼计口沽升斗,远集安定全熙攘。
月余始得龙口合⑫,喜看波平愁淤长。
明湖千顷成陆地,大厦积土深肮脏。
家人相见道余生,只庆生全莫怏怏。
荡然所有非一人,千门万户愁殊囊。
但幸民生无失业,小臣家倾何足想!

【作者简介】伊龄阿(?—1795),佟佳氏,字精一,清满洲镶黄旗人。曾任两淮盐政,官至侍郎。工诗书画,所画梅兰称一品,山水法吴镇,书宗孙过庭。

【背景说明】此诗写于乾隆三十九年(1774)八月十九日黄

河老坝口决口后,对板闸等地受灾情况描述甚详实。伊龄阿在《八月十九日河溢老坝》诗序中写道:"甲午秋八月十九日,老坝口黄水漫溢,板闸被淹,榷署水深丈余,猝不及防,家人妇子仓惶奔避。闾阎老弱,道路彷徨,情形甚为凄恻。念库贮所在,当以身殉,结筏以守,于风雨巨浪中草章入告。越旬日,水退,而署没于淤泥中八九尺矣。署后有山子湖,周围四十余里,水退悉成陆地。爰鸠工庀材,因高筑堵,数月始还旧规。"该诗既反映了老坝口决口所造成的严重灾难,也生动地记述了官府对民情汹汹、变生旦夕的忧虑以及相关的对策,大可补史之缺。

【注释】

① 河伯:河神。

② 阳侯:波涛之神。

③ 山子湖:环绕钵池山之湖。

④ "榷署"句:淮关监督署的高楼已经被淤平如手掌。

⑤ 缗(mín):穿铜钱用的绳子,引申为成串的铜钱。古代一千文为一缗。

⑥ 襁(qiǎng):襁褓。

⑦ 鸱(chī):鸱鹰。

⑧ 符女:修仙女。

⑨ 狙(jū):窥伺阻击。

⑩ 潢池党:武装起义的民众。

⑪ 文网:文化禁令。

⑫ 龙口合:堤坝决口处合龙堵闭。

161. 清河慈云寺

曹煃年

一曲清流漾落晖,湿云浓护讲经扉。
闲花堕地僧慵扫,惹得游人香满衣。

【作者简介】曹煃(kuǐ)年,生卒年不详,号霁岑,星子县(今属江西)人。清代诗人。曾任两淮盐司差事。

【背景说明】清江大闸口,儒教、道教、佛教、伊斯兰教、基督教建筑集中,是著名的"五教汇聚"区,慈云寺即其中之一。该寺在清江大闸南岸,为清初玉琳国师圆寂处,是清江六大寺之首。初为慈云庵,始建于明万历四十三年(1615)。清顺治十五年(1658),清世祖福临召武康名僧玉琳进京,赐号大觉禅师,后又晋封其为"大觉普济能仁国师"。康熙十四年(1675),玉琳国师只身云游,挂单于慈云寺,八月十日说偈跌坐而逝。雍正十三年(1735),钦赐"慈云禅寺"匾额。其后,该寺又屡蒙皇帝赐紫衣袈裟、藏经、伞盖经、玉如意等,遂名跻江淮,成为大丛林。乾隆皇帝曾两度于南巡时到寺内瞻礼,钦赐匾额"慧照常圆"。

162. 河兵谣

束南薰

我行至河滨,一望惊渊潾①。
河兵悉河务,缕缕为我陈。
黄河道常改,迁徙无定在。
今始南入淮,云梯关②注海。
浊强黄势骄,清弱淮流浼③。
力筑高家堰,障之使东汇。
藉淮以制黄,厥功④自百倍。
运道积沙淤,势难通尾闾⑤。
黄逆入清口,奔流洪泽湖。
湖淮复挟黄,涌灌高宝途⑥。
民抱为壑忧,何以通挽输。
治源先葺归仁堤⑦,杀流急宜浚海口。
坐使水由地中行,袵席⑧之安可长久?

【作者简介】束南薰,生卒年不详,字虞琴,丹阳(今属江苏)人。清代诗人,诸生。

【背景说明】清代黄河在黄、淮、运河交汇地区肆虐,经常决溢为害。清廷在清江浦设立江南河道总督,下辖三道二十四厅汛,拥有河标营官兵数万,分地把守,常年修防,然还是不能阻止黄、淮的水患。当然,其中也存在体制性的问题。卢涌《河兵谣》即反映了这种问题:"黄河之水天上来,洪湖东汇趋蓬莱。

运道上下此要塞，宣防调剂须奇才。我昨经河渚，河兵与我语：今年夏徂秋，湖河幸安堵。湖河安堵民欢悦，其奈河兵衣食绝，那似前年与去年，土方秸料皆金穴。河流保障重阳后，桃北睢南不可救。纵然运道无龃龉，赤子沉灾遭蹂躏。河不决，河兵愁，河既决，淮民忧。民忧兵愁谁复论，莫求治法求治人，到今犹颂潘与陈。"本诗一作徐恕作。

【注释】

① 渊潾（lín）：渊深广阔。

② 云梯关：淮河入海口。

③ 浼（měi）：沾染。

④ 厥（jué）功：其功。厥，其。

⑤ 尾闾（lǘ）：尾者，在百川之下故称尾；闾者，聚也，水聚集之处，故称闾也。

⑥ "黄逆"四句：黄河洪水由清口倒灌洪泽湖，冲决洪泽湖大堤，致黄淮洪水直灌高邮、宝应一带，造成灾患。

⑦ 归仁堤：明万历年间修筑的大型堤坝，自白洋河口至乌鸦岭以下，其作用是防止黄河决入洪泽湖，并用以"减黄助清"。

⑧ 衽（rèn）席：睡觉时用的席子。

163. 万柳池小集

撒文勋

云水清环处，飞觞引兴长。
柳塘莺语碎，花陌燕泥香。
地拟辋川①胜，人同曼倩②狂。
醉来归路寂，明月照沧浪③。

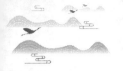

【作者简介】撒文勋,生卒年不详,字尧庵,山阳(今江苏淮安)人。生活于清康熙、乾隆间。

【背景说明】万柳池在淮安府城西南隅,紧傍运河堤,即今月湖,是历代之名胜,千余年来为文人雅集的佳处。

【注释】
① 辋(wǎng)川:唐代诗人王维的别业。
② 曼倩:汉代东方朔,字曼倩,为人诙谐疏狂,滑稽多智。
③ 沧浪:青苍色。《楚辞·渔父》:"沧浪之水清兮,可以濯吾缨;沧浪之水浊兮,可以濯吾足。"

164. 清 江 浦

爱新觉罗·弘历

清江流是导淮清,禹迹而今久变更。
桨戟建牙①期底绩,衡阎②比栉愿咸亨③。
漕艘北上斯千庾④,水驿南来第一程⑤。
路转川回宜望远,树头瞥见片帆轻。

【作者简介】爱新觉罗·弘历(1711—1799),即清高宗,清朝第六位皇帝,入关之后的第四位皇帝。年号"乾隆",二十五岁登基,在位六十年,禅位后又任太上皇。曾效仿其祖父康熙皇帝六次南巡,均到淮安,对黄、淮、运河治理尤为重视。乾隆皇帝在淮安作诗甚多,其存史价值不容忽视。

【背景说明】清江浦历史见程敏政《次清江浦邵文敬吴文盛

二主事邀饮寄寄亭中夜放舟至清口晓渡淮至清河乃别》背景说明。诗评家几乎都批评乾隆皇帝无好诗,然而,其诗叙事纪实,甚至用诗来做指示,于存史极有价值。这里所选四首(包括前文所选康熙皇帝四首),均意在存史也。《清江浦》共四首,现选一首。

【注释】

① 棨戟(qǐ jǐ):有缯衣或油漆的木戟。古代官吏所用的仪仗,出行时作为前导,后亦列于门庭。建牙:古时出征建立军旗,此指设于清江浦的河道总督署。

② 衡阎:衡间,指平民百姓居住的地方。

③ 咸亨:顺达,大家都满意。

④ 千庾:设于清江浦的漕粮中转仓淮安常盈仓。

⑤ "水驿"句:该句是说清江浦为南船北马、舟车交替之地,乘船南下由此登舟。

165. 阅老坝合龙

爱新觉罗·弘历

甲午秋涨盛,老坝黄河决①。
滔天势莫遏,万姓遭杌陧②。
赈救不遗力,督催速堵缺。
廿日奏功成,明神佑诚别。
兹来视堤工,出水高凸凸。
瓣香致敬宜,安澜吁以切。
老幼纷随舆,温饱多欢悦。
元气似已复,间阎亦填列。

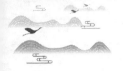

而我一回思，往事不忍说。

【背景说明】乾隆三十九年（1774）黄河决清江浦老坝，洪水冲决里运河堤防，淮安城以塞城门得免，里下河地区成为一片泽国。后在著名水利专家郭大昌主持下，将决口堵塞。乾隆四十五年（1780）仲春月中浣，乾隆皇帝第五次南巡，专程视察了清江浦老坝合龙之处，并作了此诗。诗碑在玉皇阁后老坝堆。

【注释】

① "甲午"二句：乾隆三十九年（1774）秋黄河盛涨，八月十九日大决于淮安老坝。

② 杌陧（wù niè）：动摇不安貌。

166. 谒惠济祠

爱新觉罗·弘历

瑞气扶舆凤阁峨，金堤千载镇洪河。
黄流清汇安澜庆，楚舫吴艘利涉歌。
百越①乡宁拓地远，六宗②功著济人多。
彩舟稳渡慈颜豫，神贶③欣叨默护呵。

【背景说明】乾隆十六年（1751），皇帝南巡，设行宫于惠济祠左，因命重修该祠。惠济祠虽在郊原，而有皇居之美。《淮阴风土记》载："祠据重冈之上，地势如脊，其左面及前方皆运河。昔日漕运盛时，南漕一百五十余万石，舳舻相继，经过此间，望祠三面，乃须三日。故舟抵津沽，恒举以语人，谓'南河有个奶奶庙,东山头到西山头,三天三夜。'"祠分正殿、篆香楼、三清阁三部分,后均被毁,仅残存乾隆皇帝御碑一座。惠济祠曾为古运河沿岸规格最高、规模最大、香火最旺的一座庙。本诗为乾隆二十二年(1757)春二月,乾隆皇帝第二次南巡时作。

【注释】

① 百越:古代中国南方沿海一带古越族人分布的地区。《汉书·地理志》记载,"自交趾至会稽七八千里,百越杂处,各有种姓"。

② 六宗:古代所尊祀的六神。有天、地、春、夏、秋、冬和水、火、雷、风、山、泽等说法。

③ 神贶(kuàng):神灵的恩赐。

167. 阅接筑高堰堤工成

爱新觉罗·弘历

砖工不如石工坚,改筑曾教庚子年①。
培厚加高一律固,卫民代赈②两谋全。
亦云救弊补偏耳,恒念有孚③勿问焉。
固堰可重堤不可④,当年圣训⑤实昭然。

【背景说明】乾隆四十九年(1784)二月丁丑,皇帝以七十四岁高龄第六次南巡,先后视察清口、陶庄引河,督促河臣李奉翰等抓紧治河,加固高堰大堤,指示将高家堰的三堡、六堡等原来用砖砌的堤一律改为石堤。这首诗就是乾隆皇帝看到高堰的砖

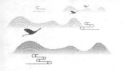

堤全部改为石堤之后所作。乾隆皇帝经常以诗歌的形式做指示、发号令，这首诗就是如此。

【注释】

① 庚子年：乾隆四十五年（1780）第五次南巡时。

② 卫民：高堰捍卫里下河民众生命财产安全。代赈：砖工改石工的工程，系采用以工代赈的方法。

③ 有孚：有所收获。

④ "固堰"句：加固高家堰可以，修筑高家堰重堤不行。此前曾经有大臣建议筑高家堰重堤，被皇帝否决。

⑤ 圣训：皇帝的诏令。

168、169. 留别荷芳书院

袁 枚

其一

尚书①官舍即平泉，手辟清江十亩烟。
池水绿添春雨后，门生②来在百花前。
吟诗白傅③贪风月，问字侯芭④感岁年。
三日勾留千度醉，争教赋别不潸然。

其二

骊歌⑤一曲柳千行，荷叶离离尚未芳。
四面莺声啼暮雨，半竿帆影过低墙。
篱笆门小花能护，歌舞台高水自凉。
看取君恩最深处，碑亭⑥无数卧斜阳。

【作者简介】袁枚（1716—1798），钱塘（今浙江杭州）人，字子才，号简斋，自号随园老人。清文学家。乾隆进士。历知溧水、江宁、沭阳。年四十即辞官，筑随园于江宁之小仓山。以诗文名于时，为"乾隆三大家"之一。有《小仓山房集》《随园诗话》等。

【背景说明】荷芳书院在今淮安市清晏园内。该书院于乾隆十五年（1750）由河道总督高斌所建，是江南河道总督署花园中的主要景点，属于大运河的重要遗产。该诗共四首，现选二首。该诗作于乾隆十九年（1754）。

【注释】

① 尚书：朝中六部的正职。因河道总督常加工部尚书衔，故尚书官舍代指河道总督署。

② 门生：袁枚自己，因河道总督尹继善是其座师。

③ 白傅：唐白居易官太子少傅，故云白傅。

④ 问字：汉扬雄识古文奇字，刘棻曾向扬雄学奇字。后来称受学或请教为问字。侯芭：汉巨鹿人，扬雄弟子。

⑤ 骊（lí）歌：告别的歌。

⑥ 碑亭：荷芳书院附近有很多御碑，大多是康熙、乾隆二帝勖勉河督的诗文。

170. 南漕①叹

袁 枚

握粟锄粟②十月征，大车小车轧轧鸣。
云连万舳两递运，李斯如鼠仓中行③。
仓氏庚氏④声嘈嘈，搜粟都尉⑤意气豪。

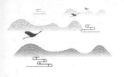

利之所在天亦忌，大官防县如防妖。
牵驴磨麦矐⑥其目，憎鸟窃脂系其足。
黄纸朝来刮升斗，朱符⑦夕下封官斛。
待暴日击重门柝，不管龚黄与鲁卓⑧。
水流汾浍⑨其道壅，万弊杂出仍无穷。
或需精凿强扬播，两三斛作十回舂⑩。
或借一哄分先后，富者收早贫磨砻。
或者官符讹多寡，涂鸦难辨斗检封。
庄人⑪别奏来重重，伍符尺籍生蟣蝱⑫。
共饮仓中一勺水，顷刻白粲⑬成青铜。
可怜乡氓半朴鲁，小人容易为沙虫。
明征法钱⑭人所见，暗教折帛⑮何所终。
物不揣本齐其末，事方在北求诸东。
我欲大声呼大吏，胡不早辨贤与忠。
古人信人不信法，将欲治彼先治躬。
捐除文网道以德，如水沃雪草偃风。
持其大体去已甚，官和民乐声雍雍。
吁嗟乎！君不见，人肝代米⑯古所记，
察察为明安得刘宏十女婿⑰。

【背景说明】明成化八年（1472），地方定额运粮到京师，每年四百万石。其中南粮三百二十四万四千四百石；北粮七十五万五千六百石。清代仍按原额施行，山东、河南二省之漕粮谓之"东漕"，江淮五省之漕粮谓之"南漕"。

【注释】

① 南漕：袁枚自注云，该地漕运与沭漕不同，故以"南"字别之。袁枚曾任沭阳知县。

② 锄粟：泛指税粟。《周礼·地官·旅师》记载，掌聚野之

锄粟、屋粟、闲粟。郑玄注,锄粟,民相助作,一井之中,所出九夫之税粟也。

③ 万甪(xián):密集的纤绳。两递运:通过两次递运,送达漕粮转运仓。李斯:秦朝丞相。

④ 仓氏庾氏:上古职官,即司仓氏、司庾氏,掌保管、出纳。

⑤ 搜粟都尉:汉武帝时设置的一种军职,专管征集军粮之事。

⑥ 矆(huò):使失明。

⑦ 朱符:帝王的符命。

⑧ 龚黄:汉循吏龚遂与黄霸的并称,亦泛指循吏。鲁卓:汉鲁恭、卓茂的并称,均为循吏,后因以指贤能官吏。

⑨ 汾浍:汾河与浍河。汾水,黄河支流。浍水,下流入汾河。

⑩ 斛:古量器。

⑪ 庄人:唐制,节度使、大使、副使属官都设有庄人,相当于副官的职务。

⑫ 伍符:古代军中各伍互相作保的符信。《史记》:"夫士卒尽家人子,起田中从军,安知尺籍伍符。"尺籍:汉制,将杀敌立功的成绩写在一尺长的竹板上,称为尺籍,也泛称军籍为尺籍。蠛蠓(miè měng):虫名,聚集起来像雨一样,喜乱飞塞路。

⑬ 白粲(càn):精选的白米。

⑭ 法钱:按官府规格铸造的钱,依法之钱也。

⑮ 折帛:将上供细绢改为纳钱,所纳之钱称为折帛钱。

⑯ 人肝代米:《南史·傅琰传》记载,丹徒县官沈㳙之,被下级构陷,送朝廷治罪。经复案,无罪释放,再为丹徒长官。吏人候之,谓曰:"我今重来,当以人肝代米,不然清名不立。"

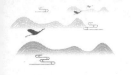

后指刻意求治,廉洁自持。

⑰刘宏十女婿:汉灵帝时操纵朝政、被封为常侍的张让、赵忠、夏恽、郭胜、孙璋、毕岚、栗嵩、段珪、高望、张恭、韩悝、宋典等十个宦官,号为"十常侍"。灵帝尊信张让,呼为"阿父"。

171. 中秋同人泛舟珠湖作

程晋芳

新霁逢佳节,疏舲①且共扬。
人皆待明月,我独恋斜阳。
水阔芦初白,天寒菊有芳。
依依几株柳,暮色似横塘②。

【作者简介】程晋芳(1718—1784),初名廷璜,字鱼门,号蕺园,祖籍徽州歙县(今属安徽),长居山阳县河下。清经学家、诗人。乾隆进士,由内阁中书改授吏部主事,迁员外郎,被举荐纂修《四库全书》。家中世代在淮扬以盐业为生,殷富,曾购书五万卷,召缀学之士于家共同探讨,又好施与。与商盘、袁枚相唱和,与吴敬梓交谊深厚。晚年与朱筠、戴震游。著述甚丰,有《蕺园诗集》十卷、《蕺园近诗》两卷、《勉行堂诗集》二十四卷等。《清史稿》有传。

【背景说明】珠湖即淮安河下萧湖,因在管家湖(西湖)之东,故亦称东湖。湖上私家园林众多,明清时期,这里是文人雅集佳处,是诗文书画中多次出现的胜境。作者程晋芳经常为雅集的召集人、拈题刻烛的坛主。

【注释】

① 疏舲：疏疏落落的舟船。

② 横塘：古堤名。三国吴大帝时于建业（今江苏南京）南淮水（秦淮河）南岸修筑。苏州亦有横塘。李白诗云："君家何处住，妾住在横塘。停船暂借问，或恐是同乡。"

172. 天 妃 闸

王 彬

清晨登闸望，闸流如箭激。
未至目已眩，少近舌频咋。
下流如镜平，上流如立壁。
以指遥度之，相去岂咫尺。
跳珠溅沫不暂停，五里以内闻其声。
以闸束水水愈怒，狂呼大吼相争衡。
我身在闸意已惊，一船早向闸口撑。
船腰牢系百条缆，辘轳四面皆纵横。
一声爆火船头鸣，千夫著力牵长绳。
欲上未上船直立，船前船后传呼急。
摇旗鸣鼓何冬冬①，宛共蛟龙争窟宅。
官趋吏走齐侄傺②，一船努力如升空。
后船衔尾复继进，安能预定吉与凶。
我船亦须从此入，目眩心摇神恍惚。
敢夸忠信涉风涛，此中不少生人骨。

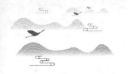

【作者简介】王彬,生卒年不详,字秩云,震泽(今属江苏)人。清乾隆诸生,官至平远知州。有《白云草》。

【背景说明】该诗所咏的天妃闸,亦称头闸,位于今马头镇泰山村头闸闸塘,与康熙时位置有差异。这首诗描写舟船过天妃闸极为生动,令人震撼,使人如身临其境。

【注释】

① 冬冬:同"咚咚",鼓声。
② 倥偬(kǒng zǒng):事情繁忙急促的样子。

173. 再过淮上晴岚留饮荻庄即事

赵　翼

潦后重来访荻庄,西风踏叶遍篱墙。
行厨酒屡斟重碧,留壁诗犹挂硬黄①。
家幸未沉河伯妇,人传已作水仙王②。
衰年何意频相见,把臂宁辞放老狂③。

【作者简介】赵翼(1727—1814),字耘松,号瓯北,晚号三半老人,阳湖(今江苏常州)人。清文学家、史学家。"乾隆三大家"之一。乾隆进士,官至贵西兵备道,未几以母老辞归。晚年主讲扬州安定书院。有《瓯北集》《廿二史札记》《瓯北诗话》。

【背景说明】荻庄为盐商程鉴的园林,在淮安河下萧家湖中,门对莲花街,其中有补烟亭、平安馆舍、带湖草堂、绿云红雨山居、绘声阁、华溪渔隐、松下清斋等。程鉴第三子程沆与赵翼同在翰林院为官,家住湖嘴大街,宅后有书室情话堂。程沆告归以后,常于情话堂或荻庄宴集南北名流吟诗作赋,拈题刻烛,一时称盛。赵翼题云:"是村仍近郭,有水可无山。"

【注释】

①"留壁"句:硬黄,纸名。以黄檗和蜡涂染,质坚韧而莹彻透明,便于法帖墨迹的响拓双钩。此句是说,我以前在硬黄纸上题的诗,还挂在墙壁上。

②"家幸"二句:乾隆三十九年(1774)八月十九日,黄河大决于清江浦老坝口,河下镇遭遇灭顶之灾。此联的大意是:你家虽遭到大水之严重灾难,幸好贵夫人安然无恙,却听说其已成为"水仙王"了。可能此时程沆的夫人已经过世了。

③"衰年"二句:人生无常,何不到了暮年频频会面,把臂饮酒发发老来狂呢?

174. 望泗州旧城

黄景仁

泗淮合处流汤汤,作此巨浸如天长。
长天垂幕滉欲动,区区城郭何能当。
城雉齾牙①出波尺,高谷深陵感畴昔。
十万楼台罔象②居,千年生聚蛟鼍宅。
号声未绝波压头,人身鱼首随波流。
当冲水伯择人啖,余者到海流方休。
可怜生气今未息,水上绿烟时荡浮。
有山滨湖州已徙,草草依山作廛③市。
我来正值春水生,下者依然在中沚④。

屋角帆开几尺风，墙头钓下三竿水⑤。
若遇海上王方平⑥，即此又是蓬莱清。
嗟嗟横目一何惨，令人慷慨思平成⑦。
我念徐扬一隅地，下流稍富鱼盐利。
防河堰⑧筑连云高，此间讵免回澜沸。
伊谁绘此生灵愁，独立苍茫一垂涕。

【作者简介】黄景仁（1749—1783），字汉镛，一字仲则，武进（今江苏常州）人。清代诗人，"毗陵七子"之一。乾隆诸生，浪游四方，工诗画，后授县丞，未补官而卒。有《两当轩集》《竹眠词》。

【背景说明】泗州城为隋唐宋时期的漕运枢纽、运河名城。清康熙十九年（1680）沦没。详见潘耒《泗州》背景说明。

【注释】

① 齹（cī）牙：牙齿参差不齐。

② 罔象：亦作罔像，古代传说中的水怪。亦表示不真切，模糊不清。

③ 廛（chán）：城市街道的房屋、商店。泗州城被淹后，州治暂徙至对岸盱眙山上。

④ 中沚：沚中，小洲里。

⑤ "墙头"句：大水泛滥，城墙上甚至可以钓鱼。

⑥ 王方平：东汉时人，得道成仙。

⑦ 平成：和平之意。详见王典《河堤工成》注释。

⑧ 防河堰：高家堰（洪泽湖大堤）。亦指洪泽湖西北侧为"减黄助清"而建的归仁堤。

175. 河 溢

凌廷堪

甲午八月十九日,铁牛①岸崩河水溢。
黄流浩汗訇②如雷,淮堰③尽作蛟龙室。
黑风吹水相斗争,涛声撼天天为惊。
可怜黔夭走无路,咄嗟人命鸿毛轻。
传说濒淮百余里,居民皆逐洪波徙。
号呼望救声入云,富强登舟贫弱死。
死者骨肉为尘泥,生者俱上长淮堤。
淮堤无米不得食,惟见日暮风凄凄。
垂头枵腹但枯坐,编苇栖身忍寒饿。
湿薪燕釜④冷不烟,妇子无声泪交堕。
作诗寄语淮之民,九重恫瘝同一身⑤。
指日恩纶下天府,河堤使者加拊循⑥。
补偏救弊圣王政,坐令蔀屋⑦生阳春。

【作者简介】凌廷堪(约1755—1809),字次仲。歙县(今属安徽)人。清经学家、音韵学家。工诗及骈散文,兼为长短句,究心于经史。乾隆进士,被选为宁国府学教授。后一度主讲敬亭、紫阳二书院,毕力著述十余年。有《校礼堂文集》。

【背景说明】这首诗系写乾隆三十九年(1774)黄河在清江浦老坝决口的骇人场面和凄惨景象。

【注释】

① 铁牛:镇水铁犀。时黄河老坝险工即有镇水铁犀,与洪

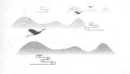

泽湖大堤铁犀一起，均铸于清康熙年间。

② 訇（hōng）：形容大声。

③ 淮壖：淮河沿线地区。

④ 爇釜（ruò fǔ）：焚烧炊具下的柴火。

⑤ "作诗"二句：恫瘝（tōng guān），病痛。此联指乾隆皇帝见到黄河清江浦老坝口大决之奏报、灾民的疾苦后，作诗哀悯。

⑥ 拊循（fǔ xún）：安抚、抚慰。

⑦ 蔀（bù）屋：没有光明的屋子。

176. 题柳衣园

汪廷珍

波图乡思总依依，碧水沿门柳映矶。
头白已沾三月絮，汁青曾染几人衣。
梁园①宾客空遗迹，张绪风流②早嗣徽③。
何日扁舟访幽野，绿荫深处咏遗晖。

【作者简介】汪廷珍（1757—1827），字玉粲，号瑟庵，山阳（今江苏淮安）人。清乾隆进士，授编修，历官翰林院掌院学士，协办大学士兼礼部尚书。有《实事求是斋集》。《清史稿》有传。

【背景说明】柳衣园在淮安河下萧湖中，先后为张新标、张鸿烈父子，程爽林、程凤衣兄弟所有，园中有曲江楼等胜迹，为淮上著名的文人雅集之所。乾隆三十九年（1774），黄河在老坝口决堤，下游地区一片汪洋，柳衣园亦由此衰败。详见王汝骧

《寄淮上曲江楼文会诸子》背景说明。

【注释】

① 梁园：西汉梁孝王刘武在王都商丘营造的园林，是以邹阳、严忌、枚乘、司马相如、公孙诡、羊胜等为代表的西汉梁园文学主阵地。

② 张绪风流：《南史·张绪传》记载，"绪吐纳风流，听者皆忘饥疲，见者肃然如在宗庙。虽终日与居，莫能测焉。刘悛之为益州，献蜀柳数株，枝条甚长，状若丝缕。时旧宫芳林苑始成，武帝以植于太昌灵和殿前，常赏玩咨嗟，曰：'此杨柳风流可爱，似张绪当年时。'"后遂以"张绪风流"为咏柳的典故。

③ 嗣（sì）徽：继承前人的美好德业。

177. 渡淮水见漂没民田数万顷感赋

钱 泳

淮渎滔滔控数州，东驰千里未能休。
屡看祷庙寻三井，谁复探源导上流。
秋潦涨时成窜鼠，阪田没处有浮鸥。
几回问渡斜阳晚，白草黄沙漫野愁。

【作者简介】钱泳（1759—1844），字立群，号梅溪，金匮（今江苏无锡）人。清代诗人。工诗词，精碑版，善书画印。有《履园丛话》《古虞石室记》《梅花溪诗草》等。

【背景说明】该诗系作者渡淮见淮河洪水决口，漂没数万顷民田有感而作。该诗第三句中"三井"，系清江浦以西的地名，时有头井、二井、三井，合称头二三井，地处高坂头附近，靠近

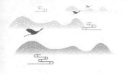

福兴闸,有祭祀河神的庙宇。该诗约作于道光六年(1826)。

178. 王家营渡河

张问陶

观河方信水无情,卷土囊沙太不平。
天为中原留患难,人劳终古费经营。
回澜倒涌金银气,急溜横冲甲马声。
谁放奔流归巨海,长堤空与毒龙争。

【作者简介】张问陶(1764—1814),字仲冶,号船山,四川遂宁人。因善画猿,亦自号"蜀山老猿"。清代诗人、诗论家、书画家。乾隆进士,曾任翰林院检讨、江南道御史、吏部郎中、山东莱州知府,后辞官寓居苏州虎丘山七里山塘。撰有《船山诗草》。与袁枚、赵翼合称清代"性灵派三大家",被誉为"清代蜀中诗人之冠"。

【背景说明】清代清江浦石码头与其北侧隔黄河相对的王家营,为南船北马、舍舟登陆的关键。行旅于王家营南下,必须渡过黄河至石码头乘船;由石码头北上,必须渡过黄河达王家营乘车马。此诗即描述渡河之艰险。

179. 漕船纤夫行

胡 敬

长河东注波滔滔,下游直上千粮艘。
湍深波急不受篙,趱行个个长绳操。
高岸跃上如习猱①,高钩首戴重六鳌②。
欲进不得声嗷嗷,十百俯仰同桔橰。
我不见首惟见尻③,首俯益下尻益高。
天寒雨湿风飀飀④,入夜尚尔闻呼号。
手皲足茧肤无毛,中途求息哀其曹。
受代不啻鹰脱绦,畴助尔力分尔劳。
辘轳船唇安置牢,旋转有若缫车缫。
船中官人兽锦袍,临风外被秦复陶⑤。
指顾叱咤何粗豪,三申五令鼓伐鼛⑥。
鞭笞横加难幸逃,岂不念尔徒自蒿。
天庾郑重法敢挠,性命似此真秋毫。
吁嗟粒粟皆脂膏,仓中鼠慎毋贪饕⑦。

【作者简介】胡敬(1769—1845),字以庄,号书农,仁和(今浙江杭州)人。清嘉庆进士,授编修,官至翰林院侍讲学士。有《崇雅堂文钞》。

【背景说明】纤夫为漕船拉纤是极为艰辛的劳动,淮安是漕粮盘验之所,也是"天下粮仓"之所在,更是有"水上蜀道"之称的清口枢纽所在地,是纤夫最为集中的地方。《漕船纤夫行》即作于淮安。

【注释】

① 猱（náo）：古书上的一种猴子。

②"高钓"句：六鳌，指神话中负载五仙山的六只大龟。相传渤海之东，有一深壑，中有五座山，乃仙圣所居之地。然五山皆浮于海，常随潮波上下往还。据《列子·汤问》，"帝恐流于西极，失群仙圣之居，乃命禺强使巨鳌十五，举首而戴之。迭为三番，六万岁一交焉。五山始峙而不动。而龙伯之国有大人，举足不盈数步而暨五山之所，一钓而连六鳌，合负而趣归其国，灼其骨以数焉。于是岱舆、员峤二山流于北极，沉于大海，仙圣之播迁者巨亿计"。这里极言纤夫负载之重。

③ 尻（kāo）：屁股。

④ 飕飕（sāo sāo）：形容风声。

⑤ 秦复陶：秦地人用毛羽制成的御风雪的外衣。

⑥ 鼓伐鼛（gāo）：敲大鼓。鼛，古代一种大鼓。

⑦ 贪饕（tān tāo）：贪得无厌。

180. 洪泽湖

郭鹏举

北条水势夺南条①，淮堰②坚时白浪骄。
为浦为渠沉大泽③，不风不雨覆征桡。
混茫元气空中转，澹滟浮光天际摇。
借问鱼龙安宅否，泗滨鸿羽日翛翛④。

【作者简介】郭鹏举，生卒年不详，字翔九，闽县（治今福建福州）人。清廪生，曾任虹县知县。

【背景说明】明朝万历年间，朝廷采纳潘季驯"束水攻沙，蓄清刷黄"的治河之道，大筑高家堰，湖面不断扩大，成为横跨古淮河、纵横数百里的洪泽湖。详见汤调鼎《富陵湖》背景说明。

【注释】

①"北条"句：北条，黄河；南条，淮河。指黄河水势大，夺占淮河河道。

②淮堰：高家堰，即洪泽湖大堤。

③"为浦"句：浦，指洪泽浦，即古洪泽镇。渠，指北宋开凿的沿淮复线运河洪泽新河（洪泽渠）与龟山运河，绝大部分已沉入浩瀚的洪泽湖中。

④翛翛（xiāo xiāo）：象声词，振翅疾飞声。

181、182. 淮阴竹枝词二首

郭　瑗

其一

百子堂①前湾复湾，天妃闸②下浪如山。
篙师鳞次踏霜立，小吏披裘放早关③。

其二

三汛防河桃伏秋④，清江占得小扬州。
长街也作繁歌吹，一斗黄金一浪头⑤。

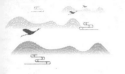

【作者简介】 郭瑗（yuàn）（1773—1823），字芋田，山阳（今江苏淮安）人。清嘉庆五年（1800）诸生。与同里潘德舆友善，多诗词唱酬。有《愚庸室遗草》。

【背景说明】 这组诗第一首写淮安榷关所在地板闸放早关的情景；第二首揭露了南河总督衙门贪腐豪奢及其造成的严重后果。竹枝词是一种诗体，原为巴、渝一带民歌。唐代刘禹锡把民歌变成诗体，对后世影响很大。经过文人吸收融汇，成为以吟咏风土为主要特色的诗体，对社会文化史和历史人文地理等学科的研究，具有重要的史料价值。

【注释】
① 百子堂：在板闸。
② 天妃闸：惠济闸，在马头镇南，为淮河与运河交汇处，闸下波涛汹涌，过闸最为艰险。详见王彬《天妃闸》背景说明。
③ 放早关：淮安榷关早晨开关放船。
④ 桃伏秋：春天的桃花汛、夏日的伏汛、秋天的秋汛。
⑤ "一斗"句：揭露河道总督署挥霍浪费官帑无数，大大提高治河成本。

183. 淮上舟行

齐彦槐

乳燕樯乌结阵飞，芦芽茭笋一时肥。
家乡正作黄梅雨，客子初更白葛衣①。
欹枕梦随流水远，过江山似故人稀。
篷窗日夕浑无事，卷起湘帘②看落晖。

【作者简介】 齐彦槐（1774—1841），字梦树，号梅麓，婺源（今属江西）人。清科学家、书法家、文学家。嘉庆进士，官至苏州知府。彦槐之诗，出入韩苏，尤长于骈体律赋。有《梅麓先生诗文集》《海运南漕丛议》《北极星纬度分表》《天球浅说》《中星仪说》等。

【背景说明】 该诗约作于嘉庆十五年（1810）梅雨季节，时"客子初更白葛衣"。齐彦槐在嘉庆十四年（1809）秋天中进士，刚刚释褐不久，故有此吟。

【注释】

① 白葛衣：用白葛布制成的夏衣。

② 湘帘：用湘妃竹做的帘子，很有诗意。

184、185. 河上杂诗

梁章钜

其一

我初习外吏①，一麾来水乡。
专城江汉间，长年事堤障。
量移到东土，乃复专修防。
河流本浩浩，淮海弥汤汤。
袁江②如釜底，高堰如岩墙③。
既需黄济运，又须淮敌黄。
或资擎托势，旋虞倒灌强。
理河兼理漕，所系非寻常。
捍患复因利，何由两无妨。

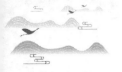

其二

河堤经费繁，袁浦冠盖萃。
往者风侈靡，挥金每如芥。
安危县利蔺④，悖⑤出寻亦败。
比来风气上，去奢复去泰。
岁支有常经，仕宦非往概。
庶无扑满虞⑥，且免漏卮匮。
我本淡泊人，喜值清明会。
古心先自鞭，冗费要共汰。
幸毋扬其波，官谤吁可畏。

【作者简介】梁章钜（jù）（1775—1849），字闳中，长乐（今属福建）人。清文学家。嘉庆进士，官至江苏巡抚。有《藤花吟馆诗钞》《归田琐记》等。

【背景说明】梁章钜在清江浦治河有年，《河上杂诗》均在清江浦写成。他对清江浦历史与地理了如指掌，对南河治理的弊端更洞悉纤毫，所以他能够写出"袁江如釜底，高堰如岩墙"的地理形势；"河堤经费繁，袁浦冠盖萃""比来风气上，去奢复去泰"等一针见血的诗句。《河上杂诗》共六首，现选二首。

【注释】

① 外吏：地方官吏。

② 袁江：清江浦。三国时袁术（字公路）路出斯浦，故称袁江，又称袁浦、公路浦。

③ 岩墙：高而危的墙。《孟子·尽心上》："是故知命者，不立乎岩墙之下。"

④ 利蔺（lìn）：利，利益；蔺，灯芯草。利蔺指代微小利益。

⑤ 悖（bèi）：违背道理。

⑥ 扑满虞：因钱得祸的忧虑。扑满，蓄钱之器，钱满则扑破取出。宋陆游《剑南诗稿·自贻》："钱能祸扑满，酒不负鸱夷。"

186. 王子乔丹井

李宗昉

丹成何处觅仙才，俯览人寰首重回。
尘世空争鸡鹜食，灵泉①惟傍凤凰台②。
犹传锦水成三色③，好共云浆酌一杯。
日暮桔槔声四起，机心多愧药炉灰④。

【作者简介】李宗昉（1779—1846），字芝龄，山阳（今江苏淮安）人。清嘉庆七年（1802）进士，授编修，政绩斐然，历官至左都御史、礼部尚书。有《闻妙香室集》。

【背景说明】王子乔丹井在淮安府城北、古淮河南岸之钵池山，相传王子乔在这里炼丹得道，并携鸡犬升天。详见李白《淮阴书怀寄王宗成》注释。此诗哲思深沉，独辟蹊径，非常见之作可比也。

【注释】

① 灵泉：钵池山丹井。

② 凤凰台：在钵池山。

③ 锦水成三色：旧传丹井未涸时日变三色。

④ "日暮"二句：桔槔（jié gāo），汲水工具，在水边架一杠杆，一端系提水工具，一端坠重物，可一起一落地汲水。机心，巧诈诡变之心。

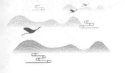

187. 淮上春日竹枝词

程虞卿

运河引溜引黄河,打纤粮艘日日过。
祷祝杨庄三尺水,天妃庙里爇香多。

【作者简介】程虞卿,生卒年不详,字禹山,天长(今属安徽)人。清嘉庆举人,长期寓居淮安府山阳县板闸,主文津书院讲席。与淮关监督李如枚等友善。有《水西闲馆诗集》及《淮雨剩编》《雪鸿集》各一卷。

【背景说明】该竹枝词描写了运载漕粮的漕船过清口枢纽,由马头镇里运河口进入张福引河,到达杨庄镇中运河口前,在天妃庙(惠济祠)烧香祈祷平安顺利穿越黄河的场景。船夫祝祷杨庄镇中运河能有三尺以上深的水,从而保证漕船不搁浅。时漕船吃水深度为三尺。

188. 河　堤

杨文荪

河流雄万马,河堤险一篑[①]。
筑堤岂无防,原为不虞备。
下流苟勿壅,胡由致崩溃。
治河无贾让[②],争以下策试。

清淮弱如线，浊河日奔恣。
淤沙积百丈，海口塞弗治。
河身高于堤，帆樯迥云际。
蚁穴倘一决，惊涛注平地。
治病不察脉，横裂适为累。
嗟哉神禹功，疏凿岂小智？

【作者简介】杨文荪（sūn）（1782—1853），字秀实，一字芸士，浙江海宁人。清著作家、藏书家，岁贡生。编有《清朝古文汇钞》等，著有《希郑斋诗》。

【背景说明】这里的"河堤"，特指黄河夺泗、夺淮后期黄、淮、运河交汇区域的黄河河堤，时黄河河床已高于平地，成为"悬河"，每逢汛期，溃决频繁，此堵彼决之事屡屡发生，令朝野为之束手。

【注释】
① 篑（kuì）：古时盛土的筐子。
② 贾让：汉代治水名家，曾上《治河三策》，被奉为治河经典之一。

189. 过曲江楼废址

黄以炳

一溪寒玉淡斜晖，客到西园盖不飞^①。
海内文章今日尽，眼前风物此楼非。
断垣淋雨无三尺，老树酣霜尚十围。
欲问昔时觞咏地，画廊曲槛尚依稀。

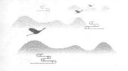

【作者简介】黄以炳（1783—1835），字少霞，号退坪，山阳（今江苏淮安）人。清嘉庆举人，官至泰兴县、金匮县训导。有《茗香亭诗词集》。

【背景说明】该诗的写作时间大致在乾嘉之际。从黄以炳这首诗中可以看出河下名园曲江楼已经零落不堪，客人到曲江楼之西园，早已看不到迎接的伞盖飞动了。海内文人著名的雅集之所，已仅剩断垣残壁、十围老树。昔日画廊曲槛的觞咏之所，还依稀可辨。稍早于黄以炳的山阳诗人张坊在《七夕曲江楼诗》中写道："密柳丛篁拥一楼，碧溪新涨入初秋。争言问渡当兹夕，谁复浮槎续旧游。云隐长河看漠漠，月来高阁故悠悠。赋惭庾谢空凭眺，乞巧无心问女牛。"

【注释】

①盖不飞：迎接游园达官显贵的伞盖不飞动了。北周庾信《三月三日华林园马射赋》中有"落花与芝盖同飞，杨柳共春旗一色"。此处典出于此。

190. 浣溪沙·万柳池纳凉

黄以炳

柔橹分开碧玉流，轻衫穿破晚烟稠。弯弯篱落到桥头。
万顷绿摇风里树，一天昏入雨中楼。心凉揽得几分秋。

【背景说明】万柳池，即今淮安老城月湖，在淮安老城西南隅，紧傍运河堤，为文人雅集的佳处。详见撒文勋《万柳池小集》背景说明。

191、192. 登郡城楼

潘德舆

其一

孤客登临迥,寒烟俯万家。
人无徐泗①悍,俗得广陵华②。
燕马迎芳草,吴船送暮鸦。
津梁只供给,本计在桑麻。

其二

千里迢遥望,楼衔夕照昏。
黄淮争此土③,盐漕控中原④。
驿走舆台急,城临棨戟尊。
残冬濒海县,方待拊循⑤恩。

【作者简介】潘德舆(1785—1839),字彦辅,号四农,山阳(今江苏淮安)人。清文学家,道光举人。有《养一斋诗话》《养一斋集》等。《清史稿》有传。

【背景说明】郡城,指淮安府老城。淮安府城滨淮、临黄、握运,为漕运总督驻节之地,实为南北津梁、盐漕要冲、群商四会之所。本诗是潘德舆在嘉庆十年(1805)所作。

【注释】

① 徐泗:以徐州为中心的古泗水中游地区。

② "俗得"句:广陵即扬州。此句意思是说,淮安俗尚奢华,有似扬州。

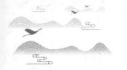

③"黄淮"句：黄河和淮河在此交汇并相争。
④"盐漕"句：中原地区的盐由淮安供给，漕运总督驻节淮安，漕政通达河南、山东等七省。
⑤拊循（fǔ xún）：安抚，抚慰。

193. 捉船行

陆费瑔

淮阴泽国多风沙，居民生计船为家。
百金起船不起屋，船成官帖纷搜挐。
但使全家得半食，寸纸斜封敢论直。①
今日受雇明日行，贫船被驱富船匿。
千艘缒接黄河曲，折撞败桨须修筑。②
天妃庙前津鼓喧，驿吏持鞭上船逐。
侵晨叩官分官钱③，十人赴功五人粥。④
乘船达官方醉眠，船头欢呼船尾哭。

【作者简介】陆费瑔（1787—1857），原名鸿恩，字玉泉，号春帆，桐乡（今属浙江）人。清嘉庆十三年（1808）副贡生，官至湖南巡抚。负经世略，所至有惠政，尤耽吟咏。有《真息斋诗钞》。

【背景说明】这首诗写了作者在淮安看到的达官显贵强捉民船为其服役的情景。达官的醉生梦死、驿吏的狐假虎威、乘机渔利，船民的凄苦情状，一一如在目前。

【注释】

①"寸纸"句：被贴上封条的船家哪里敢讨价还价受雇的

价格。

②"千艘"二句:縆(gēng),粗缆绳。此联极言清口黄河湾头集结的被封民船之多,其中不少被风涛撞击而损坏,需要修理。

③分官钱:分配官府强行雇用民船的经费。

④"十人"句:赴功,建立功业,此指邀功。粥,通鬻(yù),卖。此句揭露捉船驿吏转手抬价、从中渔利的弊端。

194. 安流民

萧令裕

大船仅如刀,小船泛如叶。
前船伏瘦男,后船欹灶妾。
豫东①千里来,憔悴空皮骨。
朝暮食维何,炊烟半消歇。
沿堤水上芦,味甘同薇蕨。
杂以秕糠屑,老幼餐稠叠②。
昨日严关过,有司防窃发。
此曹岂贼徒,罔用相震慑。
所嗟逃亡久,振抚方多缺。
煽一奸人中,变乃成仓猝。
润分养鱼枯,栅立闲豕突。
上状安流民,斯曹慎无忽。

【作者简介】萧令裕(约1789—?),字梅生,清河县(今江

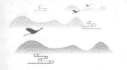

苏淮安）人。清嘉庆中廪贡生，一生主要在淮安榷关、两广总督府担任文案及幕僚。有《寄生馆诗文集》等。早在鸦片战争之前，他就开始研究英国社会状况，关注鸦片危害，撰有《记英吉利》《粤东市舶论》等著作。后来魏源提出的"以夷攻夷，以夷款夷，师夷之长技以制夷"著名主张，是对萧令裕思想的继承和发展。

【背景说明】此诗写了作者在淮安板闸所看到的流民凄惨景象，抒发了作者的忧虑，表达了应安抚百姓的见解。

【注释】
① 豫东：河南省东部。
② 稠（chóu）叠：稠密重叠，密密层层。

195. 袁　浦

姚承望

畚锸经营①苦，帆樯日夜过。
水争廛市绕②，官比士民多③。
南北舟车界，淮黄里外河④。
年年资巨帑，保障竟如何？⑤

【作者简介】姚承望，生平俟考。

【背景说明】袁浦即清江浦。详见程敏政《次清江浦邵文敬吴文盛二主事邀饮寄寄亭中夜放舟至清口晓渡淮至清河乃别》背景说明。

【注释】

① 畚锸（běn chā）经营：筑堤堵决等土石方工程。河道总督驻节于清江浦，负责扒河治水，保证运河通畅，黄、淮顺轨，故云。

② 水争廛市绕：清江浦为黄、淮、运河交汇处，且市内外有月河、玉带河、护城河、永济河等缠绕。

③ 官比士民多：清江浦官署林立，职官多如牛毛。

④ "南北"二句：清江浦为南船北马、舟车交替之地。有淮河、黄河、里河（里运河的简称）、外河（清口以下的黄、淮共用河道）交汇于此，实为咽喉要冲。详见汪枚《袁江八景诗·夹岸帆樯》注释。

⑤ "年年"二句：这些文武齐备的河防官兵，每年花费巨额国帑，保障究竟如何？

196. 阅老子山水师

完颜麟庆

旌旗森列水犀军①，掩映弧光②绝俗氛。
波底鱼龙齐听令，帐前虎豹渐成群。
青连老子山前草，红指僧伽塔③上云。
最喜吾民占利涉，布帆来往织斜曛。

【作者简介】完颜麟庆（1791—1846），字伯余，别字振祥，号见亭，金国皇室后裔，满洲镶黄旗人。清代官员、学者。嘉庆十四年（1809）进士。道光间官江南河道总督十年，蓄清刷黄，

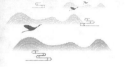

筑坝建闸，后以河决革职，旋再起，官四品京堂。麟庆生平涉历之事，各为记，记必有图，称《鸿雪因缘图记》，又有《黄运河口古今图说》《河工器具图说》《凝香室集》。

【背景说明】老子山在洪泽湖南岸，三面环水。老子山水师亦称洪泽湖水师，受辖于南河总督，有剿匪保安、护堤防决等职责。

【注释】

① 水犀军：披水犀甲的军队，借指勇猛的军队。

② 弧光：雕弓在阳光下的闪光。

③ 僧伽塔：泗州僧伽大师的舍利塔。详见韩愈《送僧澄观》背景说明。

197. 袁浦留帆

完颜麟庆

十载袁江①久宦游，惭无政术奠黄流。
北行实对斯民愧，南顾难纾圣主忧。
红树春深人卧辙②，绿波新涨我归舟。
画图诗卷频投赠，无限深情哪得酬！

【背景说明】道光二十三年（1843）三月十一日，作者去职离开清江浦，过清江大闸，出十里长街，人民列队欢送，书院师生设席相饯，馈《袁浦留帆》诗文一卷，二百五十幅图。当地官绅赠诗一百八十四首、画三十八帧为六册。麟庆为答谢而作此诗。

【注释】

① 十载袁江：袁江即清江浦，为南河总督署所在地。麟庆于道光十三年（1833）至二十三年（1843）任南河总督，故云。

② 卧辙：东汉侯霸为淮平太守，征入都，百姓号哭遮使车，卧于辙中，乞留侯霸一年。后常用为挽留去职官吏的典故。亦称"攀辕卧辙"。

198. 开坝行

曹楙坚

今年稻好尚未收，洪湖水长日夜流。
治河使者计无奈，五坝①不开堤要坏。
车逻②开尚可，昭关坝开淹杀我。
昨日文书来，六月三十申时开。
一尺二尺水头缩，千家万家父老哭。

【作者简介】曹楙（mào）坚（？—1853），一作茂坚，字树蕃，号艮甫，吴县（今江苏苏州）人。清代词人、诗人。道光十二年（1832）进士，改庶吉士，授刑部主事，历官湖北按察使。有《昙云阁诗集》《昙云阁词钞》《音匏集》。

【背景说明】道光四年（1824）冬，高堰十三堡决堤后，以次缮完。御黄坝堵闭两年。六年（1826）夏，洪泽湖水位大涨，朝廷担心堤工不保，遂启五坝放水。扬郡七州县当下游者，田庐尽没，较嘉庆十一年（1806）决荷花塘尤剧。作者当时客居海陵，看到人烟萧寥，万室波荡，加之盲风怪雨无节，触凄惨之

怀，于是用此诗写流离之状，因事而歌焉。

【注释】

① 五坝：里运河堤上高邮城以南的归海五坝（南关坝、新坝、五里坝、车逻坝、昭关坝），用以排泄淮河、洪泽湖盛涨洪水。每次开坝里下河地区尽成泽国。

② 车逻：车逻坝。

199. 己亥杂诗（八十三）

龚自珍

只筹一缆十夫多，细算千艘渡此河。
我亦曾縻太仓粟，夜闻邪许泪滂沱。

【作者简介】龚自珍（1792—1841），字瑟人，号定盦，仁和（今浙江杭州）人。清思想家、文学家。道光进士，官礼部主事。学务博览，倡"通经致用"，所作诗文，极力提倡"更法""改图"。《己亥杂诗》为其代表作，有《龚自珍全集》等。

【背景说明】本诗是龚自珍在清江浦的所见所闻所感。作者自注："五月十二日抵淮浦作。"该诗为《己亥杂诗》第八十三首。

200. 甲申十一月十三日纪灾

丁　晏

羽檄飞驰报决防,犹闻歌吹宴华堂①。
徙薪②世岂无先见,斩马人思请上方③。
国帑难支愁未已,民生入告说无伤。
襄勤④一去知今日,洒泪祠前奠瓣香。

【作者简介】丁晏(1794—1875),字俭卿,又字柘堂,号石亭居士,山阳(今江苏淮安)人。清经学家、诗人。道光元年(1821)举人,官至内阁中书。著有《尚书余论》二卷、《石亭纪事续编》二卷。编有《颐志斋丛书》《山阳诗征》等二十余种。又刊刻骆腾凤数学著作《艺游录》,遗稿凡十余万言,俱手自缮写。《清史稿》有传。

【背景说明】道光四年(1824)十一月冬汛,黄河爆发特大洪流,殃及洪泽湖。高家堰在洪涛与冰凌撞击下,在周桥决口,里下河遭受巨灾。决口历数年方堵塞,成为著名的周桥圈堤,俗称周桥大塘。

【注释】
①"犹闻歌吹"句:决口之时,管理高家堰修防的官员,还在宴饮歌乐的华堂之上。
②徙薪:曲突徙薪。把烟囱改建成弯的,把灶旁的柴草搬走,比喻事先采取措施,才能防止灾祸。典出《汉书·霍光传》:"臣闻客有过主人者,见其灶直突,傍有积薪。客谓主人,更为曲突,远徙其薪,不者且有火患。主人嘿然不应。俄而家果

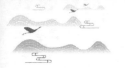

失火，邻里共救之，幸而得息。"高家堰周桥段一直是薄弱的险工段。

③ 斩马：斩杀白马祭祀水神。上方：指朝廷的决定或圣旨。

④ 襄勤：黎世序任职南河总督，十多年安然无事，卒于任，谥襄勤。朝廷下令在清江浦建黎公祠，岁时祭祀。

201. 淮阴竹枝词

卢贞吉

粮船货尽走风樯①，簇簇风樯过女墙②。
不到端阳船过尽③，沿堤放闸好栽秧。

【作者简介】卢贞吉，生卒年不详，字苞元，号竹楼，山阳（今江苏淮安）人。清道光元年（1821）诸生。

【背景说明】明清时期，漕运总督驻节淮安老城，城外设有盘粮厅，查验漕船有无弄虚作假，有无超过规定夹带贩运的货物。查验完毕方可挂帆而行，淮安三城的女墙（雉堞）上才能见到簇簇而过的风帆。不需要到端午节，漕船就可以过完。这时候，正是里运河东堤提闸放水，种稻栽秧的时节。好一幅运河水乡的文化图景！

【注释】

① 风樯：挂帆之船。

② 女墙：城墙上的垛堞。

③ "不到"句：当时规定，江南各省漕船，必须在四月底前过淮，故云。

202. 咏板闸竹枝词

卢贞吉

板闸人家水一湾,人家生计仗淮关。
婢赊①斗米奴骑马,笑指商船去又还。

【背景说明】《淮关统志》记载,板闸镇居人二千余户,倚关为生者,"几居其半"。透过"婢赊斗米奴骑马"诗句,可见当地因寄食过往商船而肥的盛况。

【注释】
① 赊:赊欠,先取走货物,暂时不付款。

203. 斗姥宫

鲁一同

灵宫俯丹壑,初景熹微阳。
所居界人天,接引多芬芳。
幡幢静不飞,几案浮幽光。
延客敞云轩,涧窦①锵明珰②。
始知东帝③雄,百态皆包藏。
弟子十余龄,纤步罗琼浆。
生天良已难,作使可怜伤。
山石日巍巍,山松自苍苍。

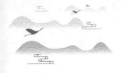

安得青鸾翼，送汝白云翔。

【作者简介】鲁一同（1805—1863），字通甫，号兰岑。安东（今江苏涟水）人，入籍山阳，中年迁居清河大兴庄（今属淮阴区）。清古文家、诗人、画家、方志学家。道光十五年（1835）举人。刊有《通甫诗存》四卷、《通甫诗存之余》二卷，存有抄本《通甫诗存外集》等。《清史稿》有传。

【背景说明】斗姥官在清江浦东门，明建，清乾隆三年（1738）修，乾隆四十五年（1780）敕建。该诗揭露了清江浦斗姥宫对幼龄道姑的奴役与摧残。

【注释】

① 窦（dòu）：孔，洞。宋欧阳修《书怀感事寄梅圣俞》有"花草窥涧窦"句。

② 明珰（míng dāng）：用珠玉串成的耳饰。

③ 东帝：亦作东岳大帝。道教供奉之神。

204. 拉粮船

鲁一同

拉粮船，声何哀，
三月渡扬子，四月渡长淮。
行人共说拉粮苦，谁传此声中都女①。
中都女儿年十五，能以幺弦②作人语。
呕呀伊嗄声不停，一声高空入青冥。
千声万声转相续，十万樯乌尾扑速。
中都女，汝传此声来何方？不南不北③音悠扬。

红白绣鞋尺半长,三年辞家别爷娘④。
独柳树边秋雨暗,倭瓜淀⑤里湖风凉。
嗟尔拉船人,酸嘶何时已。
君不见,今年粮艘行复止,
腊月黄河冻连底,船夫无裤丁无米。
官敲吏扑寂无声,十里清江夜如水。

【背景说明】 作者长期寓居清江浦,从末句"十里清江夜如水"可知,这是作者在清江浦所作。鲁一同曾受清河县令吴棠之聘,寓居慈云寺,撰修《清河县志》,并曾做过吴棠的幕僚,为吴棠起草军事文书等。

【注释】

① 中都女:中都之女,凤阳女孩。凤阳为明朝的中都。

② 幺弦:琵琶的第四弦,借指琵琶,这里许是唱凤阳花鼓的伴奏乐器。

③ 不南不北:淮河位于南北地理分界线上,故曰"不南不北"。凤阳与淮安均位于淮河沿线。

④ "红白"二句:从"绣鞋尺半长"可知,这个拉粮船的女孩没有裹脚;且十五岁时已离开父母三年了。

⑤ 倭瓜淀:倭瓜即番瓜、南瓜。倭瓜淀代指盛有南瓜粥的锅或碗。

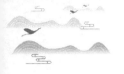

205. 九日雨中庆献淮榷使招同莲幕诸公雅集昙香精舍得"禅"字

释渊如

红叶一村雨，黄花九月天。
云龙践高会，诗酒集群仙。
恰拟香山社①，还参玉版禅②。
晚来吟兴永，花气落尊前。

【作者简介】 释渊如，生卒年不详，清道光十三年（1833）左右在淮，为篆香楼诗僧。

【背景说明】 这是淮关监督庆琛在重阳节这一天率领诸幕僚到篆香楼雅集时，东道主释渊如按照拈韵"禅"字所作的五言律诗。《续纂淮关统志》记载，庆琛于道光十二年（1832）十一月二十九日到任，道光十四年（1834）四月十五日由明伦接任。由此可知，庆琛在淮关监督任上，只过了一个重阳节，即道光十三年（1833）的重阳节。篆香楼旧址在今淮安市行政中心东侧，有"篆香楼路"。该诗共二首，现选一首。

【注释】

① 香山社：香火社。因香山居士（唐代大诗人白居易别号）曾参与，故名。

② 玉版禅：竹笋。北宋诗人苏东坡曾邀好友刘安世去拜访玉版和尚。到了廉泉寺，苏东坡招待刘安世吃笋。刘安世吃后觉得味道特别鲜美，就问这笋叫什么名字。苏东坡回答，这就是玉版和尚。

206. 淮北盐政歌

段逢元

昔年盐归淮北掣,掣盐①人家声势赫。
男不耕耘女不织,笑指盐引②有正额。
自从改票③拙谋生,生计既窘生命轻。
为农无田商少钱,咄嗟朝夕难支撑。
悔不从前事耕作,斥卤新垦④地方薄。
稍余菽粟⑤即为乐,繁华退尽归淡泊。

【作者简介】段逢元,生卒年不详,字春泉,山阳(今江苏淮安)人。清道光十四年(1834)诸生,廪贡生。

【背景说明】清道光十一年(1831),两江总督陶澍认为,纲盐之利,不在官,不在民,商人占其利,他们拥有世袭垄断特权,哄抬盐价,导致食盐滞销,而民苦于淡食。遂厉行改革,在淮北推行"票盐法":凡富民挟赀赴所司领票,不论何省之人,亦不限数之多寡,皆得由场灶计引授盐,仍按引地销行。并将淮北盐集散地由淮安河下迁移到清河县西坝,遂使淮北积压之盐引畅销,盐税年年超额完成。而聚居河下的纲盐众商因之大困。《淮安河下志》记载,改票后不及十年,"高台倾,曲池平,子孙流落,有不忍言者。旧日繁华,剩有寒菜一畦、垂杨几树而已"。这首诗中也可见推行"票盐法"巨变之一角。

【注释】

① 掣(chè)盐:明清时期对盐商贩盐的一种检查措施。

② 盐引：古代官府在商人缴纳盐价和税款后，发给商人用以支领和运销食盐的凭证。亦指盐包。

③ 改票：清道光十一年（1831），两江总督陶澍革弊端，删浮费，整理两淮盐务。废除商人购得官票即可贩盐的规定，同时也废除了纲盐商垄断世袭特权，盐运销大畅。

④ 斥卤新垦：河北镇圉积盐坨之地被开垦后，因土地卤化，农作物难以生长。

⑤ 菽粟（shū sù）：粮食。

207. 王家营

萧培元

危岸高千尺，人家岸下多。
楼头平赤堰，屋脊走黄河。
露冷菘盈圃，霜高豆满坡。
晓来车马骤，去去听骊歌。

【作者简介】萧培元（1816—1873），字钟之，号质斋。云南昆明人。清咸丰二年（1852）进士，授翰林院编修。萧培元任济南府知府期间，昌文济困，抵御捻军，治黄理水。后升任济东泰武临道、代理山东按察使。能诗，有《思过斋诗钞》。

【背景说明】王家营位于黄河北堤之下。到清朝晚期，清口以下的黄河河漕淤垫非常严重，已成为实实在在的"悬河"了。然而，黄河北岸以王家营为始发地的通京大道上，每当凌晨，依旧车马繁多，频频传来辞别之歌（骊歌）。

208. 登龙光阁

范以煦

峥嵘杰阁俯高城,每一登临无限情。
士有立身怀烈愍,人从极顶识文明。
金张①觞咏无虚日,李郭②留题见令名。
千仞振衣风谡谡③,松涛乍向绮窗行。

【作者简介】范以煦(1817—1860),字咏春,别号退民,山阳(今江苏淮安)人。近代淮安文史专家。有《淮壖小记》《淮流一勺》《楚州石柱题名考》等,其作品对后世研究文化名城淮安的历史、舆地、风物、掌故等,有很高的参考价值。

【背景说明】淮安龙光阁位于旧城东南侧,与文通塔皆是淮安城的风水建筑。详见张养重《登龙光阁》背景说明。原建筑毁于抗日战争中,今龙光阁系21世纪初在原址重建。

【注释】

① 金张:西汉时金日䃅、张安世二人的并称。二者子孙相继,七世荣显。后用为显宦世家的代称。

② 李郭:东汉大名士李膺与郭泰的并称。

③ 谡谡(sù sù):形容挺劲有力。亦为象声词,形容风声。

209. 题高良涧青龙庵壁

李鸿章

楼船直下五湖东，一片旌旗闪日红。
驻旅湖干屯细柳，策勋江上趁长风。
亲朋雅擅孙吴略，将士相期竹帛功。
偶憩尼庵衡世事，闲题诗句付纱笼。

【作者简介】李鸿章（1823—1901），字少荃，晚号仪叟，安徽合肥人。晚清名臣，清末洋务派和淮军首领。道光进士，由办团练镇压太平军、捻军起家，官至直隶总督兼北洋大臣。有《李文忠公全集》。

【背景说明】洪泽湖历来是兵家必争之地，每逢南北有战事，洪泽湖地区总不太平。清代，洪泽湖区即驻有水师。见完颜麟庆《阅老子山水师》背景说明。本诗作于同治初年。从诗中可以得知，李鸿章领导的淮军不仅取得上海之战等一系列胜利，并"策勋江上趁长风"——合围太平天国首都天京。从第三联得知，淮军对太平天国、捻军的军事斗争比较顺利。此诗是他在淮上的一次军事行动中，"偶憩尼庵"，志得意满地写下的。诗共二首，现选一首。

210. 龙爪槐

黄钧宰

古槐清荫满琳宫[1]，三百年来碧藓封。
争似苍松鳞爪活，破空飞去作双龙。

【作者简介】 黄钧宰（1826—1895），字宰平，原名振均，山阳（今江苏淮安）人。近代戏曲家、文学家。道光二十四年（1844）诸生。有《金壶七墨》《比玉楼传奇》《寰海新闻》等。

【背景说明】 清江浦东南里运河边有"下厂"地名，为明清时期山东、江宁二漕船厂毗邻之处，一度为东河船政同知署所在地。其近侧有地名曰"龙爪树"，以旧有古槐树得名。传言，古槐树之东南一枝，曳地如龙形，或曰树影照地如龙形，实为灵物，曾饮水于河督署内荷芳书院荷花池。树原生于一道观中，跨越明清。民国二十年（1931），一夕风雨大作，树为雷火所焚，奄奄一息。1935年，张煦侯等实地考察，龙爪槐仅剩上端一枝委于地。1937年底，淮阴师范学校为躲避日机空袭，从清江浦城里暂迁于此（今淮阴中学新校区南侧，曾有龙爪村），俗称"龙爪师范"。时龙爪师范教师秦选之、张煦侯为应征龙爪师范校歌，分别作《点绛唇·龙爪树师范校歌》一阕，可资佐证。其中，秦选之词中有"树人救国，吾校龙江寓"句，可知这里曾为清江督造船厂龙江分厂所在地。其地在栖芦寺西北侧，正南五百米旧时为"杜家老坟"，张煦侯将龙爪槐记载为桑树。

【注释】

① 琳宫：道观的美称。龙爪古槐树系生长于一道观内。

淮安运河诗词三百首

211. 水调歌头·秋夜过柳衣园旧址

黄钧宰

老树作人立，半晌恰无言。应是怕人，愁听不敢说从前。剩有一轮明月，照著一湾流水，终夜守空园。千古幻尘耳，相念莫凄然。

静思想，未来事，已过缘。都是无因，自造消息不由天。料得当时歌舞，已分将来零落，留博后人怜。搔首独归去，孤棹冷苍烟。

【背景说明】柳衣园在淮安河下萧湖中，为淮上著名的文人雅集之所。乾隆三十九年（1774）黄河决老坝口，柳衣园亦由此衰败。详见王汝骧《寄淮上曲江楼文会诸子》背景说明。

212. 淮上竹枝词

胡福臻

牵挽粮艘昼夜嚣，清黄交汇水云饶。
黄河徙去湖滩现，旧日湖心长麦苗。

【作者简介】胡福臻（zhēn），生卒年不详，字实甫，清山阳（今江苏淮安）人。有《荣滕书屋附稿》。

【背景说明】这首诗言简意赅地描述了清口枢纽区域在咸丰

五年（1855）年黄河北徙前后的重大变化。前两句描写黄河北徙前，漕船过马头三闸，昼夜喧嚣、水云丰饶、居民富足。后两句描写黄河北徙以后，洪泽湖蓄水位大降，大面积现滩、放垦，所以呈现"旧日湖心长麦苗"的景象。今淮阴区南陈集、高家堰镇，以及洪泽区西顺河镇，大多是黄河北徙后放垦而成。

213. 清江浦

王闿运

当年河漕并豪雄①，水路津途扰扰中。
黄蜡计成廉相死，惊鸿舞罢戟门空②。
于今池馆临寒水，千里江淮独转蓬③。
此地盛衰关国政，莫言倚伏有盈冲。

【作者简介】王闿（kǎi）运（1833—1916），字壬秋，号湘绮，湖南湘潭人。晚清经学家、文学家。咸丰举人，曾入曾国藩幕。工诗与骈文，与邓辅纶齐名，世称"王邓"。民国时为首任清史馆馆长。著作甚丰，有《湘绮楼诗文集》等。

【背景说明】清江浦为黄、淮、运河交汇处的重镇，为全国漕船制造中心、漕粮转输中心、黄淮运河道治理中心。详见程敏政《次清江浦邵文敬吴文盛二主事邀饮寄寄亭中夜放舟至清口晓渡淮至清河乃别》背景说明。

【注释】
①"当年"句：当年淮安、清江浦有漕运总督、河道总督双双驻节，可谓双雄并峙。

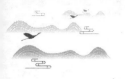

②"黄蜡"二句：黄蜡，指堆垒假山常用的黄蜡石。计成，明代著名的造园专家，其所著《园冶》，被誉为世界造园学中最早的名著。廉相，指唐德宗时宰相陆贽，为官清廉，不贪不贿，连唐德宗都认为他"清廉太过"。此二句委婉地说河、漕主官中的廉洁者都已死了，如今黄河早已北徙，不再有惊涛起舞，而"戟门"也因此而空——河督、漕督均被裁撤了。

③"于今"二句：今天来到河督旧署的池馆，但见一片寒水。我行进于千里江淮，已经无人接待。失落感跃然纸上。

214. 吟 清 江

范 冕

袁浦名邦记胜游，依稀风景似扬州。
洋桥①东接西流水，越闸②南通北草楼。
斗姥宫前都府巷③，奎星阁④下状元沟。
无边风景芦花荡，九省通衢石码头⑤。

【作者简介】范冕（1841—1923），淮阴（今属江苏）人，居清江浦，字丹林。清同治十二年（1873）拔贡，候选直隶州通判。精制艺、制谜，工诗文，《民国续纂清河县志》总纂，崇实书院山长。

【背景说明】这是一首著名的清江浦地名诗，其中好几个地名已少为人知，刊以存史。清江即清江浦，是今淮安市清江浦区的老城区，也是大运河沿线新兴的剧邑闹市。详见程敏政《次清江浦邵文敬吴文盛二主事邀饮寄寄亭中夜放舟至清口晓渡淮至清河乃别》背景说明。

【注释】

① 洋桥：松公桥，在吴公祠东。光绪二十四年（1898）漕运总督松椿建，以机轴启开，俗称洋桥。

② 越闸：光绪十七年（1891）由于清江闸正闸石缝窜水，堵闭后启用越闸。宣统元年（1909）修理完好，闭越闸启用正闸。

③ 斗姥宫：明建，在清江浦东门内。

④ 奎星阁：道光七年（1827）建，在清江浦北岸。

⑤ 石码头：清江浦为清政府漕运中心，往来南北各省的官员、商人、旅客从水路经此，舍舟登陆，改道北上。石码头被称为"九省通衢"之所。

215. 岁己亥十一月摄安东县偶成

吴昌硕

旧黄河①势抱安东，古木寒潭万影空。
卧榻冷悬高士雪，卷茅狂听大王风。
诗来淮上秋山里，人在天涯水气中②。
眼底石头真可拜③，傥容袍笏借南宫④。

【作者简介】吴昌硕（1844—1927），名俊，字仓石、昌硕，浙江安吉人。近代书画家、篆刻家。为"海上画派"代表人物，与同道在杭州创立西泠印社，为社长。亦工诗，有《缶庐诗》《缶庐印存》等。

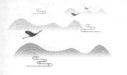

【背景说明】 米公亭在涟水县五岛湖公园内,系为纪念米芾而建,内有米芾所置奇石。米芾任涟水军知军两年多,有惠政。吴昌硕出任安东县令一个月,时值寒冬,故诗中景象肃杀而凄恻。时县署内亦有米芾所留奇石。

【注释】

① 旧黄河:黄河故道,在安东县城南。1855 年黄河北徙,故称旧黄河。

② "人在"句:安东县城地势低下,多潦洼之地,故云。

③ "眼底"句:米芾一生酷爱奇石,每遇奇石而拜之,号为"石兄"。

④ 笏(hù):古代君臣在朝廷上相见时手中所拿的狭长板子,用玉、象牙或竹片制成,上面可以记事。南宫:米芾,人称"米南宫"。

216. 山阳湾

卢福臻

一湾淮水经山阳,环流西北势最强。
来自清口太湍急,曲折奔腾不可当。
日夜东趋下末口,迅如脱兔坡前走。
往往南漕忧沉溺,到此踌躇都束手。
雍熙运使沙河开,六十余里险不来。
天储方喜庆安澜,稳渡舟师欢若雷。
无何淮徙运亦止,大局纷更从此始。
几寻故道几徘徊,神禹之功难回矣。

【作者简介】卢福臻（1850—?），字介清，山阳（今江苏淮安）人，世居车桥卢家滩。近代淮安文史专家。诸生。先世固多诗人，民国七年（1918）排印有《咏淮纪略》。

【背景说明】山阳湾在淮安城西北，为淮、泗水交汇处以下的著名河湾，长三十余公里，水流迅急，风波覆舟频繁，往来舟船视为危途。宋雍熙年间淮南转运使乔维岳开沙河运河，明永乐年间漕运总兵官、平江伯陈瑄开清江浦河，均为避开山阳湾风涛之险的复河工程。公元1194—1855年黄河夺泗、夺淮，山阳湾不仅险情进一步加剧，而且变化巨大，致使末口一带河道最终废弃，而淮河主流也被迫南下入江，成为长江的支流，运河漕运也停止了。故该诗尾句发出"神禹之功难回矣"的慨叹。研究淮安城市史，山阳湾非常关键。

217. 镇 淮 楼

卢福臻

南北枢机旧额题，铜壶刻漏已难稽。
疏窗四面周巡便，守卫金城俯瞰低。

【背景说明】镇淮楼，位于淮安老城中心，亦称鼓楼，该楼便于四面瞭望。明代原楼匾曰"谯楼"（报时之楼），后改曰"南北枢机"。清道光十八年（1838），漕运总督周天爵再修此楼，改楼匾南为"彩彻云衢"，北曰"镇淮楼"。镇淮楼为砖木结构城楼式单体建筑，下层为台基，中有城门洞，上层为二层山楼，全楼通高18.5米，东西长36米，南北宽26米，登楼可俯瞰全城。当代淮安诗人玛继宗《镇淮楼》诗曰："八方车马往来风，卓立通衢气势雄。若把楚城比明月，镇淮楼是广寒宫。"

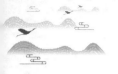

218. 忆丙子岁归淮

刘 鹗

江湖愁日下，风雨返山阳。
南河寻新址①，西坝访旧庄②。
忽见双珠出，聊探一骊尝③。
优昙④光易逝，橄榄味弥长。

【作者简介】刘鹗（1857—1909），字铁云，祖籍丹徒（今江苏镇江），寄籍山阳（今江苏淮安）。清末小说家。诸生。通数学、医术、甲骨、水利等学。所著《老残游记》是中国十大古典白话长篇小说之一。

【背景说明】淮安刘鹗故居，系刘鹗父亲刘成忠于同治五年（1866）所购置，在淮安城内勺湖东南的高公桥西街上，东临金刚社巷，西界地藏寺巷。光绪三年（1877），刘成忠退休后，来此屋定居。从刘鹗这首诗的题目可知，刘鹗曾于光绪元年（1875）回淮安的这所宅院居住过，当时刘鹗十八岁。

该诗为五律，折腰体，四联全部对仗。第二联的对仗极具革新意味。

【注释】

①"南河"句：南河总督署在清江浦。咸丰十一年（1861）南河总督裁撤，其部分职权归漕运总督，漕运总督移驻原南河总督署内，故云"寻新址"。

②"西坝"句：道光十一年（1831）推行"票盐法"后，

与清江浦隔河相对的清河县西坝,成为淮北盐新的集散中心。原先黄河北岸的荒凉小村,迅速成为富豪云集的剧邑闹市。

③"忽见"二句:取李白《赠崔司户文昆季》中的"双珠出海底,俱是连城珍"二句。一骊,一颗骊珠,比喻珍贵之物,亦为杨梅、龙眼的别名。

④优昙:优昙婆罗花。《法华文句》卷四上:"优昙花者,此言灵瑞,三千年一现。"

219. 慧之上人以《湖上留题录》见示并索题句赋此应之

韩国钧

唐代湖心寺,兴亡阅岁年。
桑田惊万劫,花雨散诸天。
淮海名流集,贞元①旧梦牵。
传灯②诗一卷,付与慧之禅。

【作者简介】韩国钧(1857—1942),字紫石,海安(今属江苏)人。清光绪举人,历官广东劝业道、奉天交涉使、吉林民政使等。民国十二年(1923)出任江苏省长。抗日战争时期为著名的民主士绅。

【背景说明】韩国钧任江苏省长期间,来淮安视察时经过湖心寺,湖心寺住持慧之和尚向他出示历代名贤咏湖心寺的诗词选集《湖上留题录》,并请他赠诗,故有此作。该诗共二首,现选一首。

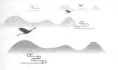

【注释】

① 贞元：唐德宗李适年号，即公元785—804年。湖心寺创建于唐德宗贞元年间。

② 传灯：佛家称佛的教旨可以破除迷暗，如灯火相传，绵延不绝，因称传法曰传灯。

220. 龟山望明陵①

张相文

华表消沉水一方，汉家陵阙又沧桑②。
鹃啼滇缅空残魄，狐啸秋梧罢晚香③。
吴会军储通汴洛，周余民气见徐常④。
淮堧旧是雄飞地，万里风云接凤阳⑤。

【作者简介】张相文（1866—1933），字蔚西，号沌谷，江苏泗阳人。近代著名地理学家。曾任天津北洋女子高等学校校长，在北京大学等校讲授地理学。1909年创办中国地学会。有《南园丛稿》。

【背景说明】明陵即明祖陵，在龟山西南方淮河对岸。这里为明太祖朱元璋高祖、曾祖、祖父母的衣冠冢和祖父母的实际安葬地，在明代帝陵中规制最大，建造历史最久，于洪武十九年（1386）动工修建，永乐十一年（1413）全部建成。清康熙十九年（1680），黄河决归仁堤，淹没泗州城和明祖陵。20世纪60年代一次大旱，地方政府筑围堤抽水，明祖陵始重新露出水面。为第四批全国重点文物保护单位。现属盱眙县，距盱眙县城北约五公里。

【注释】

① 龟山：在淮河右岸，即今洪泽区龟山。明陵：明祖陵。这里为隋唐宋时期汴河运河穿过之处。

②"华表"二句：明祖陵的华表早已消失沉沦于对岸的水中，像汉家陵阙那样，又经历沧桑之变。

③"鹃啼"二句：滇缅，云南与缅甸，英国殖民者占据缅甸后，又侵占我国云南部分领土，故诗人有"鹃啼""空残魄"之叹。狐啸秋梧，隐喻晚清狐鼠当道，朝政败坏，晚香全无。

④"吴会"二句：这里大运河遗址通达汴、洛二京，可运输吴、越军储推翻清政府。而周余黎民的抗争之气，还见存于徐达、常遇春等人身上。《诗经·大雅·云汉》："周余黎民，靡有孑遗。"

⑤"淮堧"二句：淮河边上的凤阳，是朱元璋的故里与起义处。此诗作于辛亥革命之前。

221. 慧之上人招同杨玉农李伯延周衡圃朱笠人秦少文王研荪邵子楞集湖心寺

冒广生

笋舆①东下赞公房，十里淮流绕岸长。
裙屐相将②皆老宿，湖山闲话已沧桑。
我惭招隐陈文烛③，客有能诗杜首昌④。
今夜河干望星象，定应光射倚舟堂⑤。

【作者简介】冒广生（1873—1959），字鹤亭，号疚斋，江

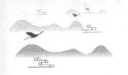

苏如皋人。近代学者、近代古文三大家之一。其先祖为元世祖忽必烈，是冒辟疆的后裔。晚年致力学术研究，针对清末词坛写出了一系列理论著述。有《小三吾亭诗文集》《疚斋词论》《冒鹤亭诗歌曲论著述》《四声钩沉》《蒙古源流年表》等。

【背景说明】湖心寺历史详见释传遐《湖心寺杂诗》背景说明。冒广生曾任淮关监督，其间纂辑有《淮关小志》《楚州丛书》，并喜欢组织或参加文人雅集。该诗即是应湖心寺住持慧之和尚之邀，参加在湖心寺举行的一次雅集中所作。

【注释】

① 笋舆：竹舆，这里泛指马车。

② 裙屐相将：裙，下裳；屐，木底鞋。泛指富家子弟的时髦装束。相将，相伴。

③ 陈文烛：字玉叔，号五岳山人，沔阳（今湖北仙桃）人，明嘉靖进士，淮安知府，与吴承恩交好，吴承恩时常到他家拜访，两人一起商订《花草新编》，并为之序。曾于湖心寺附近建招隐亭以招纳贤士。有《二酉园诗集》十二卷，文集十四卷，续集二十三卷。

④ 杜首昌：清初淮上著名诗人。详见杜首昌《山紫湖晚眺》作者简介。

⑤ 倚舟堂：湖心寺客堂，很多过往名士、高僧曾寓居其中，亦为文人雅集之所。

222. 大堤秋眺

毛乃庸

苍茫钓台侧,日落走风沙。
急水迴行棹,高城插断霞。
乞儿堤畔宿,津吏渡头哗。
形胜江淮地,承平息鼓笳。

【作者简介】毛乃庸(1875—1931),字伯时,后字元征,别号剑客,江苏淮安人。近代文学家、史学家。清光绪十一年(1885)入县学,曾任江北师范教务长、江南高等学校教授、江苏通志局分纂等。曾参与《淮安县志》编纂。辛亥革命后,返淮著书立说。有《十国杂事诗》《十六国杂事诗》《后梁书》《北辽书》《辽进士考》《季明封爵考》《檀香山岛国志》《勺湖志》等百余卷。

【背景说明】该诗作于光绪甲午年,即1894年秋天,作者只有十九岁,时中日战争已经开始,胜负尚未判。作者"秋眺"处在淮安河下里运河堤上、韩侯钓台之侧,时值秋高风急,飞沙落日,尤显苍凉。近处则急流快舟,高城断霞;眼前则"乞儿堤畔宿,津吏渡头哗"。可谓胸罗万象。该诗结尾看似平静,实平中蕴藏怒流,充满忧国忧民的家国情怀。

223. 蝶恋花·题汪澄伯《勺湖图》

秦遇赓

衰柳荒蒲舟一叶,万事蹉跎、又到秋时节。
红藕花残香暗灭,断桥约水云横堞。
为惜风流容易歇,写上齐纨①、不许风飘瞥。
从此风光添秀洁,千秋万岁明于雪。

【作者简介】秦遇赓(gēng)(1880—1959),字湘渔,号襄虞,别署南野,晚号悲翁,江苏淮安人。清光绪二十七年(1901)诸生,省立第六师范学校、淮安中学、南京第三女子中学教员。有《南野文存》《南野诗存》《靡施词》等书,编《先世遗著辑》《抱遗堂丛辑》。

【背景说明】汪澄伯(1887—1971),名纯清,汪廷珍后人。江苏淮安人。南京法政学院毕业。曾任职泰和县监狱、淮安县教育局、淮安县政协,曾陪同副县长王汝祥赴京,被周恩来总理接见。有《粟庵集》《勺湖诗集》《考古分类述存》等,亦能绘事。

【注释】
① 齐纨:齐地出产的白细绢。

224. 谒韩侯祠

周 实

淮南木落秋萧萧，此邦今古几人豪？
枚生故里殁蓬蒿，渭南词句空萧骚。
卓哉我侯真英雄，少年脱略王与公。
刘家解衣推食术亦工，尽驱三杰入彀①平关中。
吁嗟乎！钓竿一掷登将坛，身经百战假王难。
无端长乐钟室冤风寒，胸头热血直夺丹枫丹。
枫丹草碧长如此，庙貌岿然侯不死。
在世难教产禄王，保身羞与良平比。
落日荒沙鸣不平，千年呜咽长淮水。
淮水悲凉日奔走，亭长恩仇翻覆手。
鸿门竟忍分杯羹，鼎镬何辞烹功狗！
伍相摧残文种诛，震主功高祸亦陡。
祸福纷纷凭喜怒，无上君权推汉祖，
他年追思猛士嗟何补。
遂令富春山下披裘人，清风亮节高千古。

【作者简介】周实（1885—1911），字实丹，一字剑灵，号无尽，自号山阳酒徒，今江苏淮安人。近代诗人。南社成员、同盟会会员。就读于两江师范学堂。后组织建立南社分社淮南社，以诗文宣传革命。辛亥革命爆发后，返乡领导山阳光复，为山阳县令姚荣泽诱杀，壮烈牺牲。有《无尽庵遗集》等。

【背景说明】该诗所咏淮阴侯事迹，均见《史记·淮阴侯列

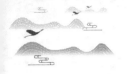

传》。在历代咏韩信诗词中,此诗激荡萦回,最见性情,非英烈志士难为此吟。

【注释】

① 彀(gòu):圈套;把弓张满。

225. 过洪泽湖

陈 毅

扁舟飞跃趁晴空,斜抹湖天夕照红。
夜渡浅沙惊宿鸟,晓行柳岸雪花骢。

【作者简介】陈毅(1901—1972),四川乐至人。中国共产党党员,无产阶级革命家、政治家、军事家、外交家、诗人,中国人民解放军的创建人和领导人之一,曾任新四军军长。有《陈毅诗词选集》等。

【背景说明】这首《过洪泽湖》是1943年5月,陈毅将军登舟前往参与指挥新四军现场作战,渡过洪泽湖时写下的。陈毅将军用精练的诗句,真实地描绘了洪泽湖晚霞夕照、水乡渔舟唱晚的唯美画卷。

226. 将赴烟台赠阿英

李一氓

久迟春信到清明,沂水沂山踯躅^①行。
野冢石塘初哭子,党碑元祐旧镌名。
伫看泰岱阵云起,自有文章意气横。
挥手桃花潭上别,淮南柳色早青青。

【作者简介】李一氓(1903—1990),四川彭州人。1925年加入中国共产党,抗战胜利后,任苏皖边区政府主席、中共中央华中分局宣传部部长等职。系老一辈无产阶级革命家、理论家,同时也是诗人、书法家。有《存在集》《一氓书缘》等。

【背景说明】这首诗写作者与阿英在淮阴里运河边依依相别的场景。诗中提到的石塘,即淮安县石塘区,位于里运河边。子,指阿英之子钱毅烈士。钱毅任新华社暨盐阜日报社特派记者,1947年2月初赴淮安石塘区采访,深入敌占区。3月1日被敌人包围,在突围中不幸被捕。敌人迫其"自新",钱毅义正辞严地回答:"宁可枪毙,决不自新!"翌日,敌人将其杀害,年仅二十二岁。

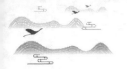

【注释】

① 踯躅（zhí zhú）：徘徊不前的样子。

227. 夏日勺湖即事

玛继宗

以勺名湖事恐讹，几重蒲柳几重荷。
临流小榭游人集，隔水高楼贵客多。
龙化曲廊喷细雨，塔翻倒影蘸清波。
邻园如许佳桃李，应有弦歌答棹歌①。

【作者简介】玛继宗（1908—1996），又名马济中，号绿桐，回族，江苏淮安人。早年从汪筱川习医，又入江苏省立医政学院习西医。1950年被选为淮安县各界人民代表会议代表及常务委员会副主任，1956年起连续四届任淮安县政协副主席。著有《玛继宗诗文集》。

【背景说明】勺湖公园北岸建有淮安宾馆，湖南岸为江苏省淮安中学校园。勺湖公园为龙兴寺旧址。

【注释】

① 弦歌：读书声。棹歌：行船的歌。

228. 周恩来童年读书处梅花

谢冰岩

铁骨凌霜健,疏影映空阶。
年年花劲发,仍为伟人开。

【作者简介】谢冰岩(1909—2006),江苏淮安人。曾任新华社秘书长、中国社会科学院新闻与传播研究所副所长等。工书,行草尤胜。

【背景说明】周恩来童年读书处位于淮安清江浦区漕运西路,院内有一株百余年的蜡梅,植于周恩来书房的窗前。周恩来在学习之余,常为之浇水、培土,使梅树越长越盛。中华人民共和国成立后,周总理曾多次向赴京汇报工作的家乡同志问及书房窗前的梅花。这株梅花老干遒劲,横枝凌空,每年冬季花蕾满枝,傲霜怒雪,院里院外香气袭人。1979 年,谢冰岩回乡,观后作此五言绝句。

229. 平定洪泽湖

张爱萍

洪泽水怪乱水天,奋举龙泉捣龙潭。
红旗漫展万众勇,白帆云扬千樯舣。
塞江倒海斩妖孽,长风劈浪扫敌顽。

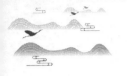

旸乌①红天炀②红泊，渔歌满湖鱼满船。

【作者简介】张爱萍（1910—2003），四川达州人。无产阶级革命家、军事家，我国现代国防科技建设的领导人之一。中华人民共和国成立后，曾任国务院副总理、中共中央军委副秘书长等职。

【背景说明】抗日战争时期洪泽湖位于淮北、淮南抗日根据地交汇地带，一度为湖匪盘踞，抢劫掠夺，民不聊生。为肃清湖匪，1941年5月，时任新四军第三师第九旅旅长的张爱萍指挥了大规模的武装剿匪战斗——洪泽湖剿匪战斗。此役胜利结束后，洪泽湖成为抗日根据地的内湖，从而为淮北、淮南根据地的建设创造了良好的环境。

【注释】

① 旸（yáng）乌：太阳。

② 炀（yáng）：熔化。

230. 蒲儿菜烧狮子头

王辛笛

勺湖采得蒲儿菜，恰称清腴狮子头。
话到当年全鳝席，还从父老赞文楼。

【作者简介】王辛笛（1912—2004），笔名辛笛、心笛，江苏淮安人。著名作家、九叶派代表诗人。1935年毕业于清华大学外文系，旋赴英国爱丁堡大学英国语文系进修。曾任暨南大学、光华大学教授，中国作协第四届理事、作协上海分会副主席。有诗集《珠贝集》《手掌集》，散文集《夜读书记》等。

【背景说明】淮扬菜系为中国四大古典菜系之一，淮安则是淮扬菜系的主要发源地之一。诗中提及的蒲儿菜、狮子头、全鳝席，均为淮扬菜代表性菜肴。文楼是淮扬菜百年老店，是著名的蟹黄汤包的原创菜馆。《赞家乡淮扬菜绝句》共四首，现选一首。

231. 淮安故乡枚里旧宅感赋

高鸣珂

家在东南第一州，夕阳城郭暮烟收。
孤亭莫辨枚皋宅，长笛空思赵嘏楼①。
风景不胜兴废感，江山谁识古今愁。
旧时门巷无寻处，去日儿童已白头。

【作者简介】高鸣珂（1914—2008），名之珪，号鹤影词人，江苏淮安人。名医高行素长子，1930年赴彭城随父临床实践。1938年春，徐州发生周棚惨案，日寇屠杀高家14口人。后高鸣珂因有抗日倾向而身陷囹圄，出狱后一直在徐州行医。擅长诗词，有《哑钟余响》等。

【背景说明】高鸣珂系淮安河下镇人，河下旧称古枚里（枚皋故里），昔时有枚皋宅、倚楼等胜迹。

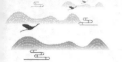

【注释】
① 赵蝦楼：亦称倚楼，在淮安夹城。

232. 秋日登高良涧进水闸

高家骅

放眼便滔滔，长虹卧碧霄。云开晴亦雨，波涌夕生潮。
舟楫凭输送，禾苗赖灌浇。鼍龙潜隐隐，鸿雁去迢迢。
天际丹山影，堤边翠柳摇。禹功殊未及，尧典庆方饶。
旭日当头照，宏图巨手描。江山皆锦绣，洪泽更娇娆。

【作者简介】 高家骅（huá）（1917—2004），字天泽，号浔叟，江苏洪泽人。中华诗词学会会员。1980 年离休。有《浔河诗草》《浔河词草》。

【背景说明】 高良涧进水闸即苏北灌溉总渠渠首闸，位于洪泽湖与苏北灌溉总渠交汇处。与高良涧进水闸并列的是高良涧船闸。

233. 醉花阴·淮阴城南公园中秋游园观灯会

王洪明

满眼华灯辉碧树，异彩添奇趣。
佳节又中秋，伛偻①提携，齐把良宵度。
嫣红姹紫芳菲路，听欢声笑语。

盛世本怡情，墨客骚人，喜作游园赋。

【作者简介】王洪明（1921—2006），江苏涟水人。早年毕业于黄埔军校，曾任淮阴教育学院副教授、淮安市老年大学诗词班老师、淮安市诗词协会《淮海诗苑》副主编等职。有《王洪明诗文选》《诗词格律讲座》。

【背景说明】淮阴城南公园位于清江浦区老城区西侧，即河道总督署西花园，民国时期改称城南公园，改革开放后改称清晏园。

【注释】
① 伛偻（yǔ lǚ）：腰背弯曲。

234. 淮河入海道破土动工

陶绍景

淮河欣入海，世代梦终圆。
破土开工日，安澜报喜篇。
灌排无顾虑，蓄泄保安全。
洪患从兹绝，悬湖不畏悬。

【作者简介】陶绍景（1923—2015），字颂春，江苏淮安人。中华诗词学会发起人之一，曾任中华诗词学会名誉副会长。在中共洪泽县委宣传部部长任上离休。有《瘦梅轩诗文选》三集。

【背景说明】淮河入海水道，位于淮河下游，江苏省北部，与苏北灌溉总渠平行，居其北侧。河道起于淮河下游洪泽湖东二河闸，贯穿江苏省淮安市的清江浦区、淮安区和盐城市的阜宁、滨海两县，并分别在淮安区境内与京杭大运河、在滨海县境内与通榆河立体交叉，在滨海县扁担港入黄海。全长163.5公里，河道宽750米，深约4.5米。一期工程设计流量2 270立方米每秒，校核流量2 540立方米每秒；二期工程设计流量7 000立方米每秒，校核流量7 920立方米每秒。一期工程于1998年10月试挖段破土动工，1999年10月全面开工建设，2003年6月主体工程提前建成并发挥效益，2006年10月工程全面竣工。二期工程先导段于2019年展开。淮河入海水道使洪泽湖防洪标准从50年一遇提高到100年一遇，结束了淮河800多年无独立排水入海通道的历史。该工程同时具有引水排涝、通航、改善生态环境等综合利用功能。

235. 题吴承恩故居塑像

丁 芒

生死纷争魔怪事，穿心入骨世人情。
射阳簃①里诗初醉，古楚巷中笛正听。
千载文章皆有泪，几多直道不蒙尘？
落梅愁绝惊回首，窗外淮堤杨柳青。

【作者简介】丁芒（1925—）江苏南通人。当代著名诗人、作家、文艺评论家、散文家。中华诗学研究会名誉会长。有《丁芒文集》等，凡六百万字。

【背景说明】吴承恩故居在淮安河下镇打铜巷，这里是吴承恩的出生地。其书斋射阳簃也是吴承恩创作《西游记》的主要场所。

【注释】

① 射阳簃（yí）：吴承恩书斋名。簃，楼阁旁边的小屋，多指书斋。

236. 赞水利枢纽工程

丁 芒

洪泽湖边铁锁开，波涛汹涌扑天来。
长江跳跃登高去，洪水循规向海排。
勇辟黄沙播大地，喜铺绿野绣长淮。
欢呼时代擒龙手，瑰若新虹声若雷。

【背景说明】此诗写于21世纪初作者应邀到淮安采风、参观三河闸等水利枢纽之时。三河闸位于洪泽湖大堤南端，其基址原为清代修建的仁、义、礼三座减水坝，坝下为三条减水河，简称三河，三河闸因此得名。该闸为淮河、洪泽湖的主要泄洪道，是中华人民共和国成立之初建设的治淮重点工程之一，是淮河流域最大的蓄泄兼筹的闸坝工程。

237. 鹧鸪天·老子山

欧阳鹤

万绿千黄抢入眸，秋光一路到瀛洲。
风摇老子山头树，浪拍淮河水上舟。

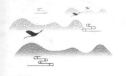

碑塔古,洞天幽。温汤滋润更悠悠。
千年胜地如重塑,定比仙源胜一筹。

【作者简介】欧阳鹤(1927—2019),字子皋,湖南长沙人。当代诗人。清华大学毕业,长期从事电力生产建设和政策研究工作,教授级高级工程师,享受国务院政府特殊津贴。曾任中华诗词学会顾问。

【背景说明】老子山,道教名山,位于洪泽湖南岸的淮安市洪泽区老子山镇。为淮河入湖口岸,三面环水。有老子炼丹台、青牛迹、凤凰墩、仙人洞、瞭望塔等胜迹。老子山周边有大小洲滩数十处,自然资源极为丰富,温泉名闻遐迩。

238. 一剪梅·赞洪泽湖

杨笑风

淮海天成五彩图,水上芙蕖,水下游鱼。一年四季景奇殊,凫鸟呱呱,汽艇嘟嘟。

双闸一堤锁玉湖,旱也根除,涝也无虞。皖苏鲁豫得宽余,喜了村姑,乐了农夫。

【作者简介】杨笑风(1927—),江苏淮安人。1949年9月参加工作,历任老年大学教务主任、《淮安诗苑》副主编。

【背景说明】明万历年间,朝廷为"束水攻沙,蓄清刷黄",大筑高家堰,湖面不断扩大,成为横跨古淮河、纵横数百里的洪泽湖。今洪泽湖被誉为"日出斗金"的宝湖。

239. 萧湖雨后

章壮余

萧湖经雨后,漾漾小楼东。
古柳呈新绿,疏荷示嫩红。
波平映云树,日夕现霓虹。
几点渔舟近,蛙声一片中。

【作者简介】章壮余(1929—2011),江苏淮安人。南京师范大学中文系毕业。曾任教务处长、副教授、老年大学诗词教师。中华诗词学会、江苏省诗词协会会员。作品发表于《中华诗词》《江海诗词》《中华诗词年鉴》。编著《松霞诗词选》,著有《门外诗谈》。

【背景说明】萧湖位于淮安区河下镇,为一方胜迹,鼎盛时,湖中有私家园林十余处。详见金农《泛萧家湖》背景说明。

240. 南水北调工程淮安翻水站观后

汤也鸾

万古长江水,东流不掉头。
而今听调遣,分道向幽州。

【作者简介】汤也鸾(luán)(1930—),江苏淮安人。淮安市第一人民医院离休干部。历任报社主任、医院办公室主任、《淮阴市卫生志》主编。中华诗词学会会员。

【背景说明】南水北调工程淮安翻水站位于淮安老城南,处于大运河、苏北灌溉总渠、淮河入海水道交汇处,是南水北调的第二梯级枢纽工程。

241. 望海潮·龟山即景

蔡厚泽

长淮如练,西来千里,龟峰直截流沙。半屿孤峦,分洪入运,奔腾浪拍悬崖。山寺鼓轻挝。水妖今何在?往事难查。翠岗烟袅,晚钟声送入千家①。

临眸浩瀚无涯。更得襄阳妙笔②,胜境不虚夸。云飞彩凤,浪遏浮槎。鸥鹭回旋,湖天一色,夕阳万顷烟霞。新水涨荷花。遥听渔曲,余韵清嘉。

【作者简介】蔡厚泽（1932—2020）,字仲恒,江苏洪泽人。中华诗词学会会员。有《瘦菊轩诗钞》。

【背景说明】龟山位于洪泽湖南岸,在洪泽区老子山镇龟山村境内,濒临淮河。历史情况见苏辙《过龟山》背景说明与相关注释。

【注释】

① "晚钟"句：龟山寺晚钟为著名景观。宋米芾有七绝《龟山寺晚钟》刻石。

② 襄阳妙笔：米芾（人称米襄阳）的诗与书法。

242. 长 相 思

梁 东

长淮风,洪泽风,吹上都梁第一峰。秋山一点红。
明祖宫,泗州宫,天水遥连一梦通。盱城薄雾中。

【作者简介】梁东(1932—),安庆市人。当代诗人。历任煤炭部办公厅主任、中国书法家协会第三届理事、中国煤矿书法家协会主席、中国煤矿文联主席、中华诗词学会常务副会长等职。获国务院政府特殊津贴。

【背景说明】淮河与洪泽湖交汇处,有位于盱眙县城的著名的盱眙第一山(亦称都梁第一山),还有被称为东方庞贝城的水下泗州城,以及沉在水下三百年之久的明祖陵等名胜古迹。泗州城、明祖陵均曾长期为水下蛟宫,故诗人称"明祖宫,泗州宫"。

243. 临江仙·清江浦

周笃文

眼底斑斓石闸,千年历尽沧桑。纤夫万辈号呼忙。清江流血汗,几度演兴亡。
今日太平呈象,琼楼宝气珠光。腾飞经济彩虹长。诗潮追李杜,歌舞颂时康。

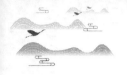

【作者简介】周笃文（1934— ），湖南汨罗人。当代著名学者、诗人。原中国新闻学院教授、中外文化研究所所长。中华诗词学会创始人之一，历任中国韵文学会常务理事、中华诗词学会副会长兼秘书长、中华诗词编著中心总编辑。

【背景说明】2010年12月，周笃文教授率领中华诗词学会专家验收组，考察淮安市清河、淮阴两个区诗教工作，授予两区"中华诗词之乡"称号，因作此词相赠。清江浦是明清时期黄、淮、运河交汇处的重镇，为全国漕船制造中心、漕粮转输中心、黄淮运河道治理中心。详见程敏政《次清江浦邵文敬吴文盛二主事邀饮寄寄亭中夜放舟至清口晓渡淮至清河乃别》背景说明。

244．吴承恩故居

陈振文

东土唐宗作运筹，山高路险向西游。
真传犹在如来手，经典原藏有字楼。
神勇金猴应万变，慈悲和尚解千愁。
当今多少留洋仔，也渡重涛去五洲。

【作者简介】陈振文（1934— ），江苏泗阳人。1956年毕业于江苏师范学院。历任中学教师、大学副教授。中华诗词学会会员。有诗集《芸窗吟草》。在2008年中华诗词学会迎奥运全国诗词大赛中荣获三等奖。

【背景说明】吴承恩故居在淮安河下镇，详见丁芒《题吴承恩故居塑像》背景说明。此诗作于2010年作者参观吴承恩故居之时。

245. 清明谒关天培祠

陆春桂

挥师奋勇抗英夷,威震虎门血染旗。
青史丹心昭日永,春风秋月慰关祠。

【作者简介】陆春桂(1935—),江苏淮安人,高级讲师。历任中学教导主任、职业培训中心主任。中华诗词学会会员、中国老年书画研究会研究员,书法作品在全国大赛中入选、获奖三十余次。

【背景说明】关天培(1781—1841),字仲因,号滋圃,山阳(今江苏淮安)人,清朝爱国将领,民族英雄。任广东水师提督期间,全力支持林则徐虎门销烟。1840年,鸦片战争爆发,英军对虎门要塞发动总攻,关天培亲自指挥。尽管守军人数远低于对方,但面对英军猛攻,他们仍死守阵地,顽强抵抗。终因援军未至,壮烈殉国。朝廷追谥关天培为忠节,加封振威将军。关天培祠,即关忠节公祠,位于淮安市淮安老城县东街,道光二十六年(1846)建。

246. 踏莎行·金湖感怀

郑伯农

华夏新城，尧邦故土。平波曲水绕洲浦。荷塘万亩碧连天，风飘英气漫吴楚。

陈粟鏖兵，韩梁擂鼓。湖滨代代留铮骨。而今万众享安康，回眸应记兴邦苦。

【作者简介】郑伯农（1937—），福建长乐人。当代文艺家。1962年毕业于中央音乐学院。历任《文艺报》主编、《中华诗词》主编、《诗词之友》名誉主编、中华诗词学会驻会名誉会长。

【背景说明】金湖县地处里运河西岸的湖荡区，古时为淮夷聚居地，也是帝尧故里古三阿的所在地，是著名的荷花之都。位于江、淮中间地带，为古邗沟之所经，三阿要塞之所在，从魏晋以迄近现代，为历代争战之地。"陈粟鏖兵，韩梁擂鼓"即指此。今日金湖，民富景幽，有"苏北小江南"之称。该诗作于2011年夏。

247. 古清口淮安大桥赞

王士爱

斜索凌云悬玉虹,竖琴乐奏动长空。
一桥飞挽天涯路,万毂交驰四海风。
鲁匠汗流千日泪,李春心呕几秋冬。
高标炜炜①彪清口,大雁传奇上九重!

【作者简介】王士爱(1937—),江苏建湖人。中共党员。曾在部队文工团从事戏剧创作工作,1982年转业到地方,历任淮阴市委宣传部副部长、市文化局局长、市政协文史委主任等职。

【背景说明】淮安大桥,即五河口大桥,位于京杭运河古清口枢纽区域,为长春—深圳高速公路(原宿淮高速公路段)组成部分。2003年5月动工建设,2005年12月20日竣工运营。淮安大桥北起淮阴区王营镇淮闸,南至清江浦区城南街道新闸,线路全长2 062米;桥面为双向六车道高速公路,设计速度120千米每小时。该桥建设刷新了多项纪录,突破了多道难关。

【注释】
① 炜炜(wěi wěi):光彩明亮的样子。

248. 白马湖桃花岛

陈永昌

桃花岛上伏无花,绿树丛中四五家。
蛙鼓迎宾敲不息,归舟载得一天霞。

【作者简介】陈永昌(1939—2021),笔名常咏,江苏泗阳人。当代诗人,曾任《江海诗词》常务副主编。已出版诗集五部、散文集四部。

【背景说明】桃花岛为白马湖中小岛,在金湖县境内,因岛上桃树甚多而得名。小岛绿树掩映,青堂瓦舍,住有四五户渔民。四面水光接天,菱藕环绕,真仙境也。

249. 临江仙·登第一山

张忠梅

翠叠层峦临碧水,长淮如带飘柔。魁星灵阁[1]接云头。清泉浸月,古寺磬悠悠[2]。

米芾兴狂曾泼墨,坡仙几度优游[3]。摩崖细细辨题留[4]。登高回望,笑语满山楼。

【作者简介】张忠梅(1944—),山东海阳人。毕业于复旦大学,中学高级教师。历任中学教师、教育局教研室副主任。中华诗词学会、上海诗词学会会员。2008年被评为江苏省首届"十佳女诗人"。

【背景说明】第一山即盱眙第一山,为隋唐宋运河与淮河交汇处的文化名山。详见米芾《第一山怀古》背景说明。

【注释】

① 魁星灵阁:第一山魁星阁。

②"清泉"二句:第一山有玻璃泉,"玻璃泉浸月"为第一山八景之一。"五塔寺归云"亦为第一山八景之一。

③"米芾"二句:第一山有米芾墨迹石刻,苏东坡曾多次游第一山。

④"摩崖"句:第一山有苏、黄、米、蔡的墨迹石刻、摩崖题刻。

250. 菩萨蛮·金湖万亩荷花荡

杜 渐

霏霏细雨荷花荡,轻烟袅袅烟云漾。画舫弄清波,芸窗①拂白荷。

青篙撑小舸,俊俏鱼郎过。翠鸟立荷尖,一飞鸣碧天。

【作者简介】杜渐(1944—),自号公曼。祖籍河南郑州,生于重庆,长于江苏南京,从教于金湖县。中学高级教师,历任教育局教研室主任、县政协副主席、县人大常委会副主任。中华诗词学会会员。有《公曼诗词》《诗词写作入门》。

【背景说明】金湖县地处里运河西岸的湖荡区,是著名的荷花之都,有"苏北小江南"之称。详见郑伯农《踏莎行·金湖

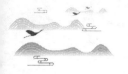

感怀》背景说明。

【注释】

① 芸窗:书房。书房用芸香以防蛀虫,故以芸窗指代书窗、书房。

251. 游淮安河下古镇

杜 渐

曾是繁华地,街深老铺长。
屐声敲石板,古韵逸砖墙。
舟荡诗中意,旗挑酒外香。
恍然如隔世,摩托院门旁。

【背景说明】淮安河下镇位于淮安市淮安老城西北、里运河东岸。明朝中叶"中盐法"推行以后,河下镇成为盐商聚居地,盛时有一百多条街巷,七十余座私家园林,尤其以萧湖中为多。河下不仅"富甲一郡",而且科名麇聚,更是很多名人的故里,巾帼英雄梁红玉、抗倭状元沈坤、《西游记》作者吴承恩、乾嘉学派先驱阎若璩,都是河下人。清道光十一年(1831)淮北废"纲盐法",推行"票盐法",盐商大困,河下遂衰落。尽管历三朝之变迁,然其传统文化之神韵犹在。现为著名的运河历史文化旅游区。

252. 清江浦夜游

李树喜

荷花过后蓼花开,次第亭桥入眼来。
百代风流沉水底,千家灯火上楼台。
乡愁客路难消解,新句中宵费剪裁。
幸有秋风相伴我,宜诗宜酒莫徘徊。

【作者简介】李树喜(1945—),河北安平人。高级记者、作家、诗人、学者,历任光明日报出版社社长兼总编辑、中华诗词学会顾问、中国毛泽东诗词研究会副会长。著作甚丰。

【背景说明】"清江浦夜游"指夜晚乘船游览以清江浦河为主的淮安里运河文化长廊。

253. 满庭芳·参观周恩来故居

周兴俊

老榆依然,老屋照旧,庭园肃静祥和。课桌仍在,学子笑如昨。忽有千滴热雨,飘洒在、观者心窝。竟激起,诗情澎湃,泪眼欲滂沱。

高格!如日月,经天纬地,无限光泽。总理国家事,心血消磨。竭虑鞠躬尽瘁,能不比、诸葛还多?人已逝,故居如炬,日夜照山河。

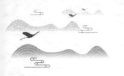

【作者简介】 周兴俊（1945— ），笔名易行，北京人。当代诗人。历任线装书局总经理兼总编辑、中华诗词学会顾问。先后主编《中国名胜古迹大观》《中国名胜诗文墨迹大观》《苏轼诗文选》《大江东去》《千古绝唱》《千古风流》等。

【背景说明】 周恩来故居位于江苏省淮安市淮安区淮城街道内，镇淮楼西路驸马巷7号，是周恩来出生及他十二岁以前生活过的地方。后经保护、修缮，故居恢复到周恩来离家去东北时的原貌。1979年3月5日，周恩来故居正式对外开放。周恩来故居由东西相连的两个宅院组成，共有大小房屋三十二间，为青砖、灰瓦、木结构。故居宅院系清咸丰到光绪年间所建的青砖瓦木结构平房，具有明清时期典型的苏北城镇民居建筑风格。周恩来故居为全国重点文物保护单位、全国中小学爱国主义教育基地、全国百家红色旅游经典景区、国家5A级旅游景区。

254. 过吴承恩故居

陈光永

风墙雨瓦积苔痕，廊竖檐横院落深。
碧水池中三圣石，紫砂壶内一乾坤。
悟园设伏诸山怪，书屋安排各路神。
一部西游天下读，几多磨难警生人。

【作者简介】 陈光永（1945— ），江苏盱眙人。《都梁诗讯》主编。中华诗词学会会员。

【背景说明】 吴承恩故居在淮安河下镇打铜巷。详见丁芒《题吴承恩故居塑像》背景说明。

255. 唐多令·寻访水下泗州城

李文庆

淮浦柳含烟,泗州浪底眠。雾迷蒙、鹭静鸥闲。芦苇深深寻旧迹,三五友,弄轻帆。

思绪越千年,云开淮上山。度春风、换了人间。古邑何时重出水,丰姿展,动尘寰。

【作者简介】李文庆(1946—),浙江上虞人。毕业于复旦大学中文系,副研究员。历任县委宣传部副部长、盱眙日报社总编辑、江苏省毛泽东诗词研究会常务理事等职。中华诗词学会会员。

【背景说明】泗州城为隋唐宋时期的漕运枢纽、运河名城。清康熙十九年(1680)沦没。详见潘耒《泗州》背景说明。

256. 望海潮·游明祖陵

李文庆

长淮凝碧,晴峰叠翠,湖风万顷芦洲。清穆祖陵,森森石像,苍松神道悠悠。水漫帝王州。叹浪中沉寂,三百春秋[①]。重见青天,赭墙芦柳唱渔舟。

而今古迹新修。共欣欣宾客,佳节优游。芳苑畅怀,莲池娱目,虹桥欢笑长留。携手上层楼。赏祭陵大典[②],舞媚歌柔。信

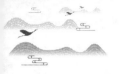

是东南胜境,归去话风流。

【背景说明】明陵即明祖陵,为明太祖朱元璋高祖、曾祖、祖父母的衣冠冢和祖父母的实际安葬地,在明代帝陵中规制最大。现为全国重点文物保护单位。详见张相文《龟山望明陵》背景说明。

【注释】

① 三百春秋:清康熙十九年(1680),明祖陵与泗州城同时沦没于洪泽湖中,至20世纪60年代重现,正好约300年。

② 祭陵大典:2002年夏,盱眙县龙虾节期间,曾隆重举行明祖陵祭祀大典。

257. 暮游天津路大运河新桥

陈安祥

漫步新桥上,和风沁肺心。
春催两岸绿,夕照满河金。
路阔平如砥,楼高耸入云。
忽闻归鸟唤,惊醒乐游人。

【作者简介】陈安祥(1946—),江苏淮安人。毕业于中国人民大学,历任市人民法院副院长、区人民法院院长、区政协副主席。中华诗词学会会员、江苏省诗词协会理事。

【背景说明】天津路大运河新桥位于清江浦区天津路与京杭大运河淮安绕城段交会处,由淮安市交通局承建。

258. 登观湖楼

穆厚高

熏风送我上高楼,三十六湖眼底收。
远望渔舟连浩渺,白云尽处水东流。

【作者简介】穆厚高(1947—),江苏涟水人。曾任县委统战部副部长等职。金湖县诗词协会副会长兼秘书长。有多篇诗词作品在各类竞赛中获奖。有《浅海拾贝》。

【背景说明】这个观湖楼,指金湖县荷花荡景区内的观湖楼。荷花荡景区是高邮湖的一部分。高邮湖系众多小湖泊水位升高汇聚而成,昔有"三十六湖"之说。

259. 一剪梅·雨中游白马湖

赵京战

绿浪兼天看翠湖,岸绕菰蒲,水隐龙鱼。
迷蒙细雨润如酥,荷叶流珠,苇叶悬珠。
鸥鸟间关声若呼,我在清虚,君在迷途。
桃花岛上酒家垆①,醉里莼鲈,梦里宏图。

【作者简介】赵京战(1947—2021),笔名苇可,河北安平县人。当代诗人。曾任中华诗词学会顾问。有《苇可诗选》《苇航集》《中华新韵（十四韵)》《诗词韵律合编》《网上诗话》《新韵三百首》《居庸诗钞》等。

【背景说明】白马湖在淮安城西南十公里，分属淮安区、洪泽区、金湖县、宝应县，现有水面百余平方公里。详见萨都剌《夜过白马湖》背景说明。该诗作于2012年夏。

【注释】
① 垆（lú）：酒店里安放酒瓮的土台子，借指酒店。

260. 芳草渡·金湖

徐　红

淮夷地，帝尧乡；听古韵，感沧桑。接天莲叶好风光。轻舟剪浪，十里藕花香。

鱼万吨，蛋双黄；尝美食，赞粮仓。抓鸭拎蟹市场忙。渔家女，秧歌舞，远飘洋。

【作者简介】徐红（1947—），张家港人。当代诗人。历任《江海诗词》主编、红叶诗社社刊主编。

【背景说明】金湖县古时为淮夷聚居地，也是帝尧故里古三阿所在地，是著名的荷花之都。今日金湖，民富景幽，有"苏北小江南"之称。详见郑伯农《金湖感怀》背景说明。金湖县作为著名的鱼米之乡，亦盛产鹅鸭，高邮湖双黄鸭蛋为名特产品。该诗作于2010年8月。

261. 洪泽湖边断想

戴家才

踯躅长堤沧海滨,遥怜今古治淮人。
伏波堰接三河远①,润泽书涵八字真。
筑坝吾车倾土石,开渠我镢②劈芦根。
安澜史著君臣绩,曾记劳劳百万民?

【作者简介】戴家才(1948—),江苏泗阳人。毕业于南京师范学院政教系,中共党员。历任中学校长、党校副校长。中华诗词学会会员。有《枫叶笺诗稿》。

【背景说明】明朝万历年间大筑高家堰,使湖面不断扩大,形成横跨古淮河、纵横数百里的洪泽湖。淮河入江水道开挖于20世纪70年代左右。详见汤调鼎《富陵湖》背景说明。洪泽湖历史上重要的治水人物中最早的当数汉末的陈登,曾被封为伏波将军,筑捍淮堰并开邗沟西道。诗中的"八字"指1951年毛泽东主席"一定要把淮河修好"的题词。作者本人作为民工,曾参加治淮工程。

【注释】

① 伏波:东汉伏波将军陈登,为洪泽湖大堤的创筑者。三河:三河闸下淮河入江水道。

② 镢(jué):镢头,刨土的工具。

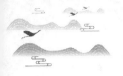

262. 梁红玉祠

王明政

带甲夫人布束鬟,须眉千载羡红颜。
剑鸣犹带英雄气,鼓动方知气韵娴。

【作者简介】王明政(1948—),江苏淮安人,中文系毕业。先后在淮安师范和淮安中学工作。淮安市诗词协会理事。陆续在《中华诗词》《当代诗人作品精选》等书刊上发表诗词数百首,并发表《诗律揭秘》《词律探源》等著作。

【背景说明】梁红玉,楚州(治今江苏淮安)人,南宋名将韩世忠之妻,协助韩世忠抗金,屡次建功勋、受封赏,是中国历史上著名的巾帼英雄。梁红玉祠位于淮安河下镇,祠堂正殿塑梁红玉戎装雕像,英姿飒爽。祠外河心有梁红玉击鼓抗金兵的巨型雕塑。

263. 江城子·洪泽湖大堤

卜开初

巍巍古堰逾千年,动心弦,荡云天。力遏黄淮、蓄泄保良田。恰似长龙昂巨首,留浩气,卧苍烟。
工程浩大史无前,忆群贤,各争先。世界申遗、理所正当然。多少英雄昭后辈,挥翰墨,著新篇。

【作者简介】卜开初（1949— ），江苏洪泽人，中共党员。历任副主任中医师、中医研究院教授。中华诗词学会会员、中国楹联学会会员。有《文学堂诗词选》《杏林诗选》《声律大观》等。

【背景说明】公元200年陈登筑捍淮堰。明朝万历年间，为"束水攻沙，蓄清刷黄"，大筑高家堰，逐步成今规模。洪泽湖大堤是里下河地区最重要的防洪屏障，也是大运河五十八处世界遗产点之一。

264. 访高堰关帝庙遗址① 怀康熙巡堤

荀德麟

三龙②盘绕动天庭，一线长堤③系上京。
关键尤须关帝助，圣工④难得圣躬行。
夕阳白浪泥途远，孤庙黑风宫烛明。
柱础墙基堪作证，机宜面授两河⑤清！

【作者简介】荀德麟（1950— ），自号槿轩主人，江苏涟水人。资深编审。历任中国文物学会大运河专委会理事、中华诗词学会第四届常务理事、淮安市诗词协会会长。已出版史志著作、文学著作三十余种，多部著作获国家、省哲学社会科学优秀成果奖和"五个一工程"奖。其《美好江苏赋》入选大学语文课本，诗词作品入选《金榜集》等。有诗词选《槿花集》《声律大运河》等。

【背景说明】高家堰关帝庙位于高家堰著名险工侯二门，属于镇水建筑与宗教建筑，主祀蜀汉名将关羽。关羽以其忠义，多

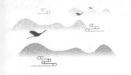

受历代朝廷加封,与孔子并称文、武二圣;儒、释、道三教将其尊为护法神,或尊为"帝君",故称其祠庙为关帝庙。清康熙皇帝每次南巡,必视察高家堰。康熙四十二年(1703),皇帝第四次南巡。回銮途中,于三月初二再次视察高家堰,驻跸关帝庙。次日继续视察直至高家堰南端翟家坝,返回途中仍驻跸关帝庙。

【注释】

① 关帝庙遗址:高家堰关帝庙始建于明末,1958年开挖二河河道时被拆除,今仅存部分遗址。

② 三龙:黄河、淮河、运河,三条河盘绕交汇于高家堰北端的清口。

③ 一线长堤:长达七十公里的高家堰,是明清时期经营的清口枢纽的主体建筑工程之一,也是"束水攻沙,蓄清刷黄"的关键工程,是朝廷关注的首要工程。

④ 圣工:高家堰,是皇帝关注的"一号工程"。

⑤ 两河:黄河、淮河。由于康熙皇帝的亲自指示,狠抓落实,清口区域曾呈现黄淮安澜、漕河通畅的局面。

265. 临江仙·谒枚乘故里①

荀德麟

晋雨唐风难废,宋砖元瓦重新。运帆淮月恋风神。椽毫承屈宋②,只手启昆仑。

《七发》汗然疗疾,两书卓尔规箴③。医人医世看雄文。千年银杏老④,万古警钟存。

【背景说明】 枚乘故里在淮阴区马头镇境内,地傍古运河。

【注释】

① 枚乘故里：位于运河与淮河交汇处。

② 椽（chuán）毫：如椽大笔。椽，承托屋面用的木构件，圆的叫椽。屈宋：屈原、宋玉的简称。

③ 规箴（zhēn）：劝诫告勉。

④ "千年"句：枚乘故里院内有一株树龄千年的古银杏树。

266. 行香子·题盱眙第一山

荀德麟

碧水依依，叠巘①萋萋。得闲来、莫问何时。松风竹雨，泉咏鸟啼。更桃花水，桂花月，雪花枝。

阶级峻崎，楼阁参差。觅荒岩、每遇珍遗。隋炀宫瓦，历代镌题②。喜东坡韵，南宫字，乐天诗③。

【背景说明】盱眙第一山位于隋炀帝所开通济渠入淮口对岸。山上建有隋炀帝行宫，有白居易诗、苏轼词、米芾字石刻等文化胜迹。详见米芾《第一山怀古》背景说明。

【注释】

① 叠巘（yǎn）：大山上的小山很多。

② 隋炀宫瓦：隋都梁行宫遗址上的瓦砾。历代镌题：盱眙第一山有唐、宋、元、明、清、民国名贤题刻与摩崖石刻百十处，极其珍贵。

③ 东坡韵：苏轼咏盱眙第一山的《行香子·与泗守过南山晚归作》等诗词。南宫字：米芾在第一山留下的"第一山"石刻等书法名迹。米芾人称"米南宫"。乐天诗：白居易在第一山

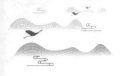

所咏的诗歌。

267. 水调歌头·龙虾咏

王兆浚

龙虾闯天下,古邑誉神州。狂飙①席卷南北,高韵不胜收。香醉秦淮河畔,情满钱塘江上,指日走西欧。千载虾之都,今夕最风流。

陡湖里,长淮岸,蛤滩头②。芳池十万,虾硕云涌任遨游。习习和风拂柳,阵阵清涛拍岸,归橹唱丰收。一曲龙虾咏,万户酒盈瓯③。

【作者简介】王兆浚(1950—),字渝泉,江苏盱眙人。淮安市诗词协会常务理事、《都梁诗讯》主编。中华诗词学会会员、江苏省楹联研究会会员。曾获评江苏省诗教工作先进个人。

【背景说明】2001年7月,盱眙县人民政府、扬子晚报社联合于盱眙县举办第一届中国龙虾节。此后,每年均举办一届,迄今一直延续,不断创新,成为国际性旅游节庆之一。小龙虾走红全世界,变成大产业,为富民强县做出了重大贡献。

【注释】
① 狂飙(biāo):狂风。
② 陡湖:盱眙境内湖泊,龙虾养殖基地。蛤滩:蛤瓢滩,在盱眙城对岸,为淮河著名洲滩,也是龙虾养殖基地。
③ 瓯(ōu):小盆,杯子。

268. 登观湖楼感赋

闵永军

拔地穿云耸碧空,登高俯瞰入眸中。
四围翠黛烟波叠,一派平湖花影重。
紫燕高飞招彩凤,绿莺低唱引蛟龙。
纵观美景陶人醉,唯我芙蓉举世崇!

【作者简介】闵永军(1951—),江苏金湖人。中共党员。中华诗词学会会员、江苏省诗词协会会员、淮安市诗词协会常务理事。发表诗词千余首,并多次获奖。有《道是寻常却艰辛》《蓦然回首》《海纳百川》《骁骋诗选》等。

【背景说明】观湖楼,即金湖县荷花荡景区观湖楼。

269. 鹧鸪天·古文楼

赵庆生

花巷排阶意韵稠,幽庭曲院古文楼。
汤包皮薄如蝉翼,涨蛋糕鲜胜庶馐①。
声鼎沸,味勾留,帝王别驾不知羞。
百年老店风尘月,村女孤联柱上头。

【作者简介】赵庆生(1951—),江苏淮安人。中华诗词学

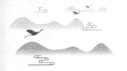

会会员。擅作《鹧鸪天》,人称"赵鹧鸪"。有《兰圃一叶》。

【背景说明】相传清乾隆皇帝第四次南巡路过淮安河下,与纪晓岚在花巷古文楼遇一村姑,出下联"小大姐,上河下,坐北朝南吃东西",难倒乾隆君臣,至今无人对出,仍孤悬于文楼墙上,成为一道趣味文化景观。淮菜名点蟹黄汤包由文楼厨师首创,文楼涨蛋亦为淮菜名肴。

【注释】

① 庶馐(shù xiū):多种美味。

270. 鹧鸪天·入海道之水上立交

赵庆生

如练双流一脉长,蛟龙际会故山阳。
东西导水奔沧海,南北行船贯大江。
淮水隐,运河彰,立交观止叹洋洋。
千年灾难而今息,根治如期导远航。

【背景说明】淮安水上立交枢纽工程位于淮安市淮安区南郊,京杭运河与苏北灌溉总渠、淮河入海水道交汇处,是淮河入海水道的第二级枢纽。主要建筑物有入海水道穿京杭运河立交地涵、古盐河与清安河穿堤涵洞、渠北闸和入海水道北堤跨淮扬公路立交旱闸等。淮安枢纽工程于2000年10月20日开工,2002年12月28日,立交地涵水下工程通水验收。淮安水上立交枢纽工程为亚洲最大的水上立交工程。

271. 咏盱眙龙虾节广场万人龙虾宴

李厚仁

相逢无不说虾肥,十里山城喜气飞。
广场万人欢宴散,香风笑语袭人归。

【作者简介】李厚仁(1952—),江苏盱眙人。中学高级教师。历任盱眙县特级教师、中学校报主编。中国毛泽东诗词研究会、中国诗词家联谊会会员,《都梁诗讯》编委。

【背景说明】每年盱眙龙虾节期间,都要举行万人龙虾宴,每逢开宴,人头攒动,异香满城,笑语沸天。

272. 临江仙·咏淮阴

周桂峰

淮水东流入海,运河北上如龙。千秋楚雨趁吴风。东南称巨埠,漕运系宸衷[①]。
自古风云变幻,匆匆无数英雄。仁施四海仰高峰。大鸢长翼展,一笑傲长空。

【作者简介】周桂峰(1952—),江苏涟水人。淮阴师范学院教授、硕士研究生导师。淮安市诗词协会常务副会长、《淮海诗苑》主编。有《题画诗说》《李清照论》《古代诗歌研究》

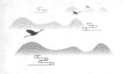

《宋词文化论》《李清照研究》等专著，发表诗词研究论文数十篇；校点出版《山阳诗征》。

【背景说明】淮安，位于淮河、运河交汇处，为襟吴带楚之地，向有"壮丽东南第一州"之誉，历史上多少英雄、名贤在此建功立业，由此腾跶而起，如大鸢展翅，翱翔长空。一代伟人周恩来就是其中的杰出代表。

【注释】
① 宸衷：皇帝的心意。

273. 念奴娇·韩侯钓台怀古

周桂峰

一湾河水，是谁把、千古将星轻撇？镇日垂纶，怎敌他、碌碌饥肠如裂！漂母义高，亭长情薄，胯下辱难雪。暖风冷雨，几番淬炼英杰。

雄才终得逢时，亡秦灭楚，功高齐日月。祸福难期，人道是、须信摇唇蒯彻。鼎足三分，全身远害，岂是忠臣节？钓台犹在，碧波漫卷黄叶。

【背景说明】韩侯钓台在淮安市淮阴区马头镇，是韩信微时无以为生计，垂钓腹饥，遇漂母施食处。此词所涉及的典故，均见《史记·淮阴侯列传》。

274. 洪泽望湖楼夜宴

陈仁德

是谁夹道种垂杨？百里长堤接大荒。
逐浪舟飘天尽处，采菱人在水中央。
红莲摇落增秋气，白鹭归飞近夕阳。
酒罢凭栏风乍起，望湖楼上夜凉凉。

【作者简介】陈仁德（1952— ），笔名虞廷。当代诗人。中华诗词学会理事、重庆诗词学会副会长。诗作甚丰。

【背景说明】洪泽望湖楼在洪泽区高良涧街道洪泽湖大堤下，为一船楼酒店，乃开湖宴、观湖景之绝佳处。

275. 过洪泽湖怀陈毅

李葆国

高家堰上柳烟轻，漫抚星云波不惊。
风雨当年洪泽渡，绕碑犹有马蹄声。

【作者简介】李葆国（1952— ），字塬村，山东武城人。当代诗人。曾任中华诗词学会常务理事、中华诗词学会学术部副主任。有《石桥轩吟稿》等。

【背景说明】洪泽湖大堤上有陈毅《过洪泽湖》诗碑。详见

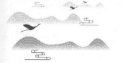

陈毅《过洪泽湖》背景说明。

276. 蝶恋花·洪泽湖大堤

范诗银

百里高堤千载古,一釜陈汤,尽把乾坤煮。
谁解赤诚肝胆苦,斑斑石绿鸣天鼓。
唤取东风吹万树,裁剪晴光,穹外云鹄①舞。
鸡唱悬瓢牛共虎,玉樽心醑英雄谱。

【作者简介】范诗银(1953—),齐齐哈尔人。当代诗人。中华诗词学会常务副会长、《中华诗词》杂志社社长。有诗词著作多部。

【背景说明】洪泽湖大堤,旧称高家堰。洪泽湖有"悬湖"之称,全赖此堤。古谚语曰:"倒了高家堰,淮、扬二府不见面。"高家堰有镇水神物"九牛二虎一只鸡"。中华人民共和国成立以来,经过数十年持续治理,洪泽湖大堤固若金汤,有"水上长城"之誉。

【注释】
① 鹄(hú):天鹅。

277. 重访洪泽湖大堤周桥大塘

沈华维

题留碑不语,经阅几星霜。
松影遮林道,蓬蒿隐坝墙。
缺遗谁补救,危难见担当。
鸥鹭曾相识,我来迎送忙。

【作者简介】沈华维(1954—),宁夏永宁人。当代诗人。历任中华诗词学会副会长、《红叶》诗刊主编。有《自然醒来》《问心斋诗词集》《沈华维诗文选》等。

【背景说明】清道光四年(1824)冬,洪泽湖大堤被凌汛撕开,由于决口太宽,周桥大塘深不可测。朝廷遂令林则徐前往现场指挥。时林则徐母亲病逝,重孝在身。他与当地官民风餐露宿,终于堵住了决口。此后,朝廷又出巨资,用6年时间,于道光十年(1830年)筑成长737米、顶宽33米的圈堤,并用条石砌成固若金汤的护墙。从密密的条石缝隙之间的铁锔上所铸的"林工"字样,可以深刻感受到林则徐为国为民、勇于担当的精神,寻觅到能工巧匠的印迹,勾勒出一幅生动的治水图景。

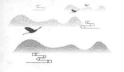

278. 洪泽湖感怀

陈廷佑

此湖不与别湖同,悬起千年治水功。
百代修堤彰禹绩,三流入海①导淮洪。
终能塘坝金汤固,始见城乡庶境②通。
万顷波涛谁作主,一湾诗酒笑秋风。

【作者简介】陈廷佑(1954—),河北深州人。当代作家、诗人。曾任国务院参事室、中央文史研究馆办公室副主任。中华诗词学会常务理事、中国作家协会会员。

【背景说明】明朝万历年间,朝廷为"束水攻沙,蓄清刷黄",大筑高家堰,使湖面不断扩大,成为横跨古淮河、纵横数百里的洪泽湖。详见汤调鼎《富陵湖》背景说明。

【注释】

① 三流入海:淮河入江水道、淮河入海水道、分淮入沂水道。

② 庶境:众多境界。

279. 次潘泓《老子山》韵

张玉银

寻常地段出名山,人去丹熔洞自闲。
唯剩余温暖泉水,洗清俗气再登攀。

【作者简介】张玉银(1956—),字子贵,笔名若雨、楚客,江苏洪泽人。淮安市诗词协会副会长。中华诗词学会会员、解放军红叶诗社社员、江苏诗词协会会员、江苏省楹联研究会会员。有《松竹轩吟咏》等诗词著作多部。

【背景说明】老子山,道教名山,位于洪泽湖南岸的淮安市洪泽区老子山镇。老子山温泉闻名遐迩。详见欧阳鹤《鹧鸪天·老子山》背景说明。

280. 老子山

潘 泓

此是神州第几山,崖丘散淡草花闲。
名声或可论高矮,道德为峰岂易攀。

【作者简介】潘泓(1957—),笔名夫复何言,湖北红安人。当代诗人。中华诗词学会常务理事、湖北省中华诗词学会副会长、《中华诗词》杂志编辑部主任。著有《复言诗词集》等。

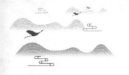

【背景说明】老子山位于洪泽湖南岸的淮安市洪泽区老子山镇。为淮河入湖口岸,三面环水,详见欧阳鹤《鹧鸪天·老子山》背景说明。

281. 过洪泽老子山

宋彩霞

千亩荷花荡,帆扬万里舟。
碧波弹白鹤,长岸掩青牛。
洞小香犹雪,心宽意自柔。
我来寻古迹,一步一清幽。

【作者简介】宋彩霞(1957—),山东威海人。当代诗人。中华诗词学会常务理事、《中华诗词》杂志副主编。中国作家协会会员。诗词中国"最具公众影响力诗人"荣誉称号获得者。有《白雨庐词》《宋彩霞作品选》《当代诗词鉴赏》等。

【背景说明】老子山为道教名山,位于淮河入湖口岸,三面环水。山中有老子炼丹台、青牛迹等胜迹。详见欧阳鹤《鹧鸪天·老子山》背景说明。

282. 龟山行

朱洪滔

御碑辨识故风姿,遥想当年盛极时。
港里①三千漕运客,城头十万项王师②。
疏筠只见农家屋,断壁难寻水母祠③。
淮渎安澜临旷世,龟山依旧锁支祁。

【作者简介】朱洪滔(1960—),笔名寒枫,江苏涟水籍,盱眙人。淮安市诗词协会理事、盱眙诗词学会副会长、《都梁诗讯》副主编。中华诗词学会会员。

【背景说明】龟山即洪泽湖南岸下龟山,对岸为霸王城遗址,距泗州古汴河口十公里,也是漕运要地。详见苏辙《过龟山》背景说明。

【注释】

① 港里:龟山运河口的圣山湖,昔时为漕运船坞所在地。

② 项王师:西楚霸王项羽的雄师。龟山运河口圣山湖南侧有霸王城,相传为项羽在淮上的驻屯城堡。

③ 筠(yún):竹子的别称。水母祠:遗址在龟山临淮山麓。

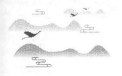

283. 游河下古镇

邵忠祥

心欲周庄去,盎然游北辰①。
枕河思欸乃,敲石入氤氲②。
吴院观梅劲,魁星来此频③。
流连因故事,斟酌几沉吟。

【作者简介】邵忠祥(1962—),江苏淮安人。中学高级教师。淮安区诗词协会副会长。中华诗词学会会员。曾在"挞春鼓"诗词竞赛中获一等奖,获评淮安市"十佳青年诗人"。

【背景说明】淮安河下镇,即古北辰镇,是明代中叶推行"中盐法"后,淮北盐商聚居地,为歌舞繁华之地。详见丘濬《夜泊淮安西湖嘴》背景说明。

【注释】
① 北辰:北辰镇,淮安河下镇旧称。
② 欸乃(ǎi nǎi):摇橹的声音。氤氲(yūn yīn):烟云弥漫的样子。
③ 吴院:河下镇吴承恩故居。魁星:魁星楼,即状元楼。

284. 江城子·水釜城

陈幼实

多情水釜雨初晴,百花琼,鸟欢鸣。万木葱茏,倒影媚姿呈。杂草丛生荒野地,逢妙手,邑人①惊。

家乡一夜喜扬名,美倾城,客争行。滚滚财源,幸福彩旗擎。胜却天庭灵宝殿,怜玉帝,苦相争。

【作者简介】陈幼实(1962—),江苏盱眙人。洪泽区第二中学教师。曾任洪泽区诗词协会副秘书长。有《中国古代教育》。

【背景说明】水釜城,在洪泽区高良涧街道洪泽湖大堤东坡之下,占地约50万平方米。小桥流水,青堂瓦舍,掩映于宝树繁花之中,为一座宋代建筑风格的园林。

【注释】

① 邑(yì)人:同邑的人,同乡的人。

285. 鹧鸪天·高良涧镇

袁翠萍

独上层楼夜色阑,闲庭小院旧时谙①。
陋房老宅容光变,碧柳鲜花景色繁。
天碧碧,水蓝蓝,污泥浊垢入"龙潭"。

悬湖醉蟹名天下，绿色城乡尽美谈。

【作者简介】袁翠萍（1963— ），江苏洪泽人。供职于江苏洪泽人民医院妇产科。洪泽楹联学会常务理事、副秘书长。中华诗词学会会员。曾获评淮安市"十佳青年诗人"、江苏省"十佳女诗人"。

【背景说明】高良涧镇原为洪泽县城，2014 年撤镇设街道，今为洪泽区政府所在地。该地有古越城遗址，该镇则始兴于明代。高良涧龙门坝、龙潭，均为历史文化景点。

【注释】

① 谙（ān）：熟悉，精通。

286. 菩萨蛮·游清晏园

朱德慈

清江浦畔清涟水，曲桥九折斜阳里。游客泛兰艭①，荷风送晚凉。

煌煌河道署，迎送今来雨。书院号荷芳，书香继世长。

【作者简介】朱德慈（1963— ），江苏宿迁人，文学博士。曾执教于淮安师范学校、淮阴师范学院。扬州大学文学院教授、中国词学会常务理事、江苏南社研究会副会长。有《常州词派通论》《潘德舆年谱考略》《近代词人考录》等。

【背景说明】清晏园即河道总督花园，位于清江浦城西城内，为大运河重要历史文化景点，内有石画舫、今来雨轩、荷芳书院等历史文化景观。

【注释】

① 艭（shuāng）：古时的一种小船。

287. 钵池山

李静凤

泽被千年事，渊波静不争。
云迷丁令鹤①，鸟答子乔②笙。
问道嘘大块，怀幽扪斗枰③。
神仙安可睹，历历十三城④。

【作者简介】李静凤（1964— ），字羽闲，别署青凤、散花精舍主人，江苏南京人。当代诗人。历任中华诗词学会常务理事、江苏省诗词协会副会长、江苏省昆曲研究会理事、南京市浦口区文联副主席。有《散花集》《中国硬笔书法家书羽闲诗词联作品集》等。

【背景说明】钵池山，在清江浦东南侧。相传王子乔在这里炼丹得道，并携鸡犬升天。详见李白《淮阴书怀寄王宗成》注释。

【注释】

① 丁令鹤：丁令威成仙后化为鹤。

② 子乔：王子乔。王子乔在钵池山炼丹得道后，吹笙跨鹤而去。

③ 嘘（xū）：叹气。大块：大地、大自然。扪（mén）：按，摸。斗枰：棋枰。

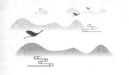

④"历历"句：2005年9月，江苏省第四届园艺博览会在淮安市钵池山公园举行。此前，全省十三个辖区市在园内各修建一处园林景点，使钵池山公园不仅更加亮丽，而且具有独特的历史文化意义。"历历十三城"即指十三个城市所建十三处景点。

288. 桃花岛暮春

宗寿华

烟波飞处故人庄，桃岛闲眸看落芳。
溪水渐流春渐远，知音或在水云乡。

【作者简介】宗寿华（1966— ），笔名湖城吟草，江苏金湖人。中学地理高级教师。在《中华诗词》《中华辞赋》等发表作品，并多次在全国比赛中获奖。有《湖城吟草》《湖城飞韵》等。

【背景说明】桃花岛即白马湖中桃花岛，详见陈永昌《白马湖桃花岛》背景说明。

289. 洪泽湖泛舟

高 昌

小艇随风发，澄波舷外流。
云飞山插翅，海去浪回眸。
万亩红荷挺，一群苍鹭游。
蒹葭连岸起，送绿上心头。

【作者简介】高昌（1967— ），河北辛集人。当代诗人。历任《中华诗词》主编、中华诗词学会副会长。有《公木传》《玩转律诗》《玩转词牌》《百年中国的感情气候》《儒林漫笔》等。

【背景说明】高家堰，即洪泽湖大堤，长约七十公里，是淮河流域重要的防洪与灌溉设施。其历史详见汤调鼎《富陵湖》背景说明。

290. 菩萨蛮·高家堰

林　峰

长淮鼓振清光晓，大风涌处云帆渺。岸阔白沙明，堤高秋潋平。

伊谁挥棹去，曾作中流主。人事两茫茫，唯余千树苍。

【作者简介】林峰（1967— ），浙江龙游人。当代诗人。中华诗词学会副会长、《中华诗词》副主编。著作甚丰。

【背景说明】高家堰，即洪泽湖大堤。详见汤调鼎《富陵湖》背景说明。

291. 过洪泽湾

江 岚

浮萍不动柳丝垂,水远天高白鹭飞。
三两渔家夕阳下,炊烟袅袅唤人归。

【作者简介】江岚(1968—),本名昌军,笔名听雨庐主,河南信阳人。当代诗人。中国人民大学文学硕士,《诗刊》杂志旧体诗页等主编。有《听雨庐诗稿》等。

【背景说明】洪泽湖历史详见汤调鼎《富陵湖》背景说明。

292. 冬日观涟水五岛湖公园夕照山

郭伟明

经冬荒野阔,水瘦露凋荷。
夕照山虽小,五湖生一螺。

【作者简介】郭伟明(1968—),笔名红尘佛,江苏涟水人。1988年警校毕业后在涟水县公安局工作。曾获淮安市田园诗人大赛"十杰"诗人称号。

【背景说明】夕照山在涟水五岛湖公园内,与公园西侧的能仁寺妙通塔南北相对,上多白鹭,为公园内重要景点之一。

293. 夜色荷花荡

奚晓琳

圩青柳隐寺,舟小月横桥。
亭榭千年影,蛙声十里潮。
茶烹苏子句^①,尘拂藕花绡^②。
风动人何处,荡深星色遥。

【作者简介】奚晓琳(1969—),吉林省吉林市人。当代诗人。中华诗词学会会员、吉林市诗词学会副会长。作品被收录于《中华诗词文库》《二十世纪诗词文献汇编》等。有诗词选集《林中小溪》等。

【背景说明】金湖荷花荡景区坐落在金湖县塔集镇联圩内,三面环高邮湖,宋代诗人苏东坡中秋节行舟夜泊于此,把酒赏月。景区内有"鼍社珠光""海市蜃楼""临湖听涛""东湖观日"等湖上奇景。现已建成集旅游观光、休闲度假于一体的生态农业景区。

【注释】

①"茶烹"句:苏东坡曾游金湖境内湖区,写下"酒沽横荡桥头月,茶煮青山庙后泉"的诗句。

②藕花绡(xiāo):绣有藕花的丝织品。绡,生丝织物。

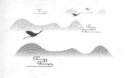

294. 白马湖飞舟

朱士华

一箭离弦水上飞,牵风鸥鸟逐相回。
船家应是神弓手?射下金乌余落晖!

【作者简介】朱士华(1970—),江苏涟水人。历任金湖县委组织部副部长、县委办公室主任、县人大常委会副主任。曾获淮安市青年诗人大赛第一名。

【背景说明】白马湖在淮安城西南十公里。汉唐宋元时期,为淮扬运河航道的一部分,明清时期为淮扬运河水源地之一,并通航。详见萨都剌《夜过白马湖》背景说明。

295. 四月湖城

孙 兵

飞花藏柳海,四月至湖城。
落日长堤远,浮云古寺轻。
高低桥有梦,前后鸟多情。
极目三河美,诗心总不平。

【作者简介】孙兵(1973—),江苏金湖人。经商。酷爱诗词,为中华诗词论坛版主。有诗歌集《梦里江南》。

【背景说明】 荷花之都金湖县是美丽的苏北水乡，有白马湖、宝应湖、高邮湖，故有"湖城"之称。

296. 采桑子·寻芳

汪厚乐

水乡夏日金湖美，细雨飞扬。逸兴飞扬，荷伞摘来肩上扛。
浮生常羡白鸥舞，水畔寻芳。梦里寻芳，仙子凌波水一方。

【作者简介】 汪厚乐（1973— ），江苏淮阴人。作品散见《中华诗词》《江苏大学学报》《淮海诗苑》等。有《未央词》。

【背景说明】 此词系作者在荷花之都金湖县采风所作。

297. 古堰乡愁

王庆邦

短归成异客，古堰去悠悠。
野渡炊烟瘦，孤帆落日柔。
飞花空自在，隔岸忆同游。
春冷榆钱小，莺啼不忍收。

【作者简介】 王庆邦（1973— ），江苏洪泽人。高级厨师。中华诗词协会会员、淮安市诗词协会会员。曾获淮安市青年诗人大赛"十杰"诗人称号。

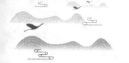

【背景说明】古堰指高家堰，即洪泽湖大堤。详见汤调鼎《富陵湖》背景说明。

298. 鹧鸪天·洪泽湖

韩　新

湖水东流浪不惊，烟波缥缈似无形。
远天飘絮犹思去，近岸浮萍任转横。
经古渡，绕长亭，无端别绪自难明。
柳丝不懂堤前客，依旧随风地上倾。

【作者简介】韩新（1974—），江苏盱眙人。爱好诗词。中华诗词协会会员。曾获淮安市青年诗人、巾帼诗人、田园诗人大赛"十杰"诗人称号。

【背景说明】明万历年间大筑高家堰，湖面遂不断扩大，形成横跨古淮河、纵横数百里的洪泽湖。详见汤调鼎《富陵湖》背景说明。

299. 喝火令·洪泽湖之夏

刘如姬

红藕银鱼戏，青萍白鹭停。縠纹[①]漾漾暮烟凝。谁在绿杨堤岸，斜笠一竿轻？

月上明如镜,潮生卷似绫。鹢舟何处枕云汀②?一夜风吟,一夜度流萤,一夜涛声渔火,摇落满天星。

【作者简介】刘如姬(1977—),笔名如果,福建永安人。当代诗人。中国作家协会会员、中国楹联学会会员、中华诗词学会理事。有《如果集》等。

【背景说明】洪泽湖历史详见汤调鼎《富陵湖》背景说明。

【注释】

① 縠纹(hú wén):绉纱似的波纹。

② 鹢(yì)舟:船头绘有鹢的船。鹢,水鸟,似鹭而大。云汀(tīng):云气弥漫的小洲。

300. 清平乐·参观淮扬菜博物馆

任云霞

青檐华屋,光艳招人目。图列肥鲜穷水陆,隔案奇香可掬。遥思旧浦人家,庖丁到此相夸。聚得清新至味,来赏今日名花。

【作者简介】任云霞(1977—),江苏涟水人。教师。曾获淮安市"十佳青年诗人",淮安市巾帼诗人大赛第一名,淮安市首届校园诗词大赛教师组"十杰"诗人称号。中华诗词学会女工委微刊执行主编。作品发表于《江海诗词》《中华诗词》等。

【背景说明】中国淮扬菜博物馆坐落在中国四大菜系之一的淮扬菜发源地和故乡之一——江苏淮安。博物馆2009年10月9日建成开馆,是中国最大的以菜为主题的文化博物馆,占地面积

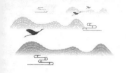

约 6 500 平方米。博物馆通过现代高科技手段布展，集知识性、趣味性、参与性于一体，充分展示了淮扬菜文化发展、创新、鼎盛的过程，使参与者全面了解淮扬菜悠久而丰富的历史文化内涵。

301. 淮安河下

裴增明

山阳右席北辰洲①，偷取瑶池古末头②。
万户悬灯星汉坠，一桥③傍舸橹林留。
遣心神怪观音露④，应症岐黄司马谋⑤。
皆语魁元多此土⑥，何人不悔觅封侯？

【作者简介】裴增明（1979— ），祖籍江苏盐城，成长于淮安。小学教师。平素爱读书，博览典籍，长于诗文。

【背景说明】淮安河下镇，即邗沟入淮处古末口所在地北辰镇。明代中叶推行"中盐法"后，淮北盐商聚居于此，遂为歌舞繁华之地。详见丘濬《夜泊淮安西湖嘴》背景说明。

【注释】

① 山阳：淮安区的古称。右席：面向南靠西的一边。北辰：河下镇古称北辰镇，初建于淮河边的沙洲之上。

② 古末头：古末口，吴邗沟入淮处。

③ 一桥：河下镇湖嘴大街西首的罗柳河桥，该桥紧傍湖嘴大街里运河码头。

④ 遣心神怪：著名神怪小说《西游记》作者吴承恩。观音

露：中药方剂，此指佛教传说中能够解除人间痛苦烦恼的观世音菩萨，亦借指《西游记》的醒世救人价值。

⑤ 应症：应症而治。岐黄：岐伯、黄帝，代指中医。河下为名医聚居之地，很多疑难杂症、恶疾患者最终得以治愈。

⑥ "皆语"句：科举时代的河下镇是进士之乡，有"十二翰林三鼎甲"之盛。

302. 题蒋坝民俗村

侯荣荣

老屋谁家几度春？花栏豆架一时新。
梁间燕子归来晚，却识游人似故人。

【作者简介】侯荣荣（1981— ），江苏淮阴人。南京大学古典文献学博士。现任教于淮阴师范学院。淮安市诗词协会常务理事。曾获淮安市巾帼诗人、校园诗人大赛"十杰"诗人称号。有《琅嬛琐屑》等文史著作多种。

【背景说明】蒋坝位于洪泽湖大堤南端，因湖兴镇，为历代治水官员驻扎之地，有康熙、乾隆皇帝南巡遗迹。商业发达，客商云集，"十里听响，五里停舟"。镇内蕴含着丰富的农耕文化和水文化，有大堤风光带、彭祖墓、信坝碑、古炮台、三河闸等名胜，以及蒋坝民俗村等。蒋坝鱼圆更是淮扬菜系中的一绝。

人、栖海庐，江苏涟水人。中学英语教师，铭社社员。有诗集《朝华集》，作品散见于《人民日报》《中华诗词》《诗词百家》《江海诗词》等。

【背景说明】 安澜塔即淮安水利枢纽水上立交桥两端塔楼。详见赵庆生《鹧鸪天·入海道之水上立交》背景说明。

【注释】
① 海漘（chún）：海边。
② 夕曛（xūn）：落日的余晖，引申为黄昏。

305. 临江仙·秋雨涟湖

张爱甲

柳手轻扶云脚，千丝一霎缠荷。随风邀塔共吟哦。唤来鱼几尾，咬碎一池歌。

破帽遮头甚好，管他秋雨如何。乾坤留我醉清波。诗心无惧少，拙句不嫌多。

【作者简介】 张爱甲（1987—），江苏涟水人。中学教师。曾获淮安市青年诗人、校园诗人大赛"十杰"诗人称号。

【背景说明】 涟湖即涟水县城的五岛湖公园。

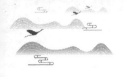

后　记

　　为了挖掘和弘扬千秋运河的文化底蕴，助力淮安大运河文化带建设，根据淮安市委宣传部的建议，笔者从《淮安诗征》中遴选形成《淮安运河诗词三百首》，并加以笺注。

　　书名系套用蘅塘退士孙洙《唐诗三百首》，遴选诗词的数量，依《诗经》实际存诗数，共305篇，凡248位作者，作者人数为《唐诗三百首》的三倍多。这不仅是坚持以"史诗"为重、以名家为重、以内涵为重的结果，也是基于对各个朝代、各个时期、各种题材与体裁的涵盖要求，意在对运河沿线的自然与社会生活、城市与乡村状貌、航道与重要设施、文人与市井文化、政治与运河管理等内容，都尽可能兼顾。对现当代作品，则以对运河沿线现存代表性景区、景点的涵盖作为好中选优的主要依据。

　　选编工作遵照市委宣传部的要求，肇始于2022年8月，初步杀青于2022年12月底。本书作为淮安大运河"诗路"的历史文化读物、"百里画廊"建设与宣传推介的文化产品，其出版工作受到淮安市大运河文化带规划建设管理办公室的高度重视与全力资助，谨此表示崇高的敬意与诚挚的谢意。

　　《淮安诗征》由于卷帙浩繁，面广量大，尽管三度通览，屡次回顾，反复汰选，在遴选时亦难免有权衡不周之处，敬希广大读者谅察。

荀德麟

2023年4月23日

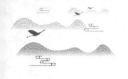

303. 鹧鸪天·悬湖喜雨

郭卫帮

昨日逢秋暑未清,今朝秋雨涨秋萍。
浪回礁岸鸥先觉,风入湖心舟自轻。
花外路,柳边亭,新凉一片好心情。
游人莫问归何处,天地之中任我行。

【作者简介】郭卫帮(1982—),笔名叔尼,江苏洪泽人。打工诗人,爱好古典诗词。

【背景说明】悬湖即洪泽湖,因湖底高于湖东里下河平原而得名。详见汤调鼎《富陵湖》背景说明。

304. 登安澜塔

鲁家用

四野苍茫淮楚地,交流三水壮涛纹。
楼船似马趋南北,淮道如龙入海潖[①]。
索跨长堤迷禹迹,人临双塔莽乾坤。
春潮频打石头响,犹数飞禽对夕曛[②]。

【作者简介】鲁家用(1987—),又名鲁加专,笔名博锐倦